至高忠诚

［美］詹姆斯·科米／著

乔迪／译

JAMES COMEY

A HIGHER LOYALTY

中信出版集团｜北京

图书在版编目（CIP）数据

至高忠诚 /（美）詹姆斯·科米著；乔迪译 . -- 北京：中信出版社，2020.12

书名原文：A Higher Loyalty

ISBN 978-7-5086-9616-4

I. ①至… II. ①詹… ②乔… III. ①回忆录—美国—现代 IV. ① I712.55

中国版本图书馆 CIP 数据核字（2018）第 231086 号

至高忠诚

著　者：［美］詹姆斯·科米
译　者：乔　迪
出版发行：中信出版集团股份有限公司
　　　　　（北京市朝阳区惠新东街甲 4 号富盛大厦 2 座　邮编　100029）
承 印 者：北京诚信伟业印刷有限公司

开　本：787mm×1092mm　1/16　　印　张：19　　字　数：240 千字
版　次：2020 年 12 月第 1 版　　印　次：2020 年 12 月第 1 次印刷
京权图字：01-2018-7218
书　号：ISBN 978-7-5086-9616-4
定　价：69.00 元

版权所有·侵权必究
如有印刷、装订问题，本公司负责调换。
服务热线：400-600-8099
投稿邮箱：author@citicpub.com

仅以此书献给我在美国司法部和联邦调查局的前同事，他们立志为美国的司法事业奋斗终生。正是他们对真相的不懈追求造就了美国这个伟大的国家。

目 录

自　序

在这本书里，我想谈谈道德领袖这个话题。我是谁？我有什么资格谈这个话题？如果有个家伙想讨论道德领袖问题，十有八九人们会觉得他自以为是，甚至有些道貌岸然。如果这个家伙又恰好是位公众人物，且刚被撤职的消息传遍街头巷尾，那么公众对这个家伙的印象肯定会更糟糕。

我深知，在部分人眼中，写自传是一种自负的行为，所以长期以来，我不愿动笔，但最终我还是改变了这种想法。促使我这么做的一个非常重要的原因就是：美国正在经历一个危险的时代，政治环境错综复杂。政治家对基本事实与真相纷争不断、百般质疑，却对谎言习以为常；他们对不道德的行为熟视无睹，帮其推诿卸责，甚至还予以嘉奖。这些令人忧心忡忡的现象出现在华盛顿，出现在整个美国，甚至已经席卷世界各地——大公司的董事会、各大媒体的新闻编辑部、大学校园、娱乐行业以及其他各种专业领域，包括奥林匹克的赛场，无一幸免。对于有些无赖、骗子和施虐者，我们还能指望恶有恶报；而还有一些人，他们总能为自己的不当行为找到借口或理由，总有周围的亲人朋友为其辩解维护，甚至助长这种行为。

因此，如果说有哪个时代需要对道德领袖进行审视的话，那就是当下这个时代。尽管我并不是这个领域的专家，但我确实从大学就开始学习、研究并思考究竟什么是道德领袖。在毕业后几十年的工作中，我也身体力行地实践我习得的理论。在这个领域，没有什么完美导师可以为我们提供指导，只能依靠我们这些有心人推动其发展，在挑战自我的同时也督促领导者做到更好。

　　道德领袖勇于接受批评，尤其是自我批评。他们不会回避尖锐的问题，反而敞开胸襟接受它们。人非圣贤，孰能无过？我也不例外。在本书中你会发现，我其实有些固执和骄傲，有时会过于自信或盲目自大。我这一生都在与这些缺点做斗争。很多时候，当我回忆往事，我总是希望当时的自己采取了其他的做法；还有一些事情，每每忆起，都会令我备感惭愧。不仅是我，很多人都有过这种体会。然而，重要的不是回忆，重要的是我们能从回忆中学到些什么，从而让我们下次做得更好。

　　有些时候，即使我确信自己的所作所为完全正确，但我知道，我并不是圣人，我也可能犯错。因此，虽然我并不喜欢总是被人批评，但倾听他人的不同意见、接受他人的批评能有效地刺破这种虚伪的"圣人感"。毕竟，怀疑精神是一种大智慧。随着年龄的增长，我越发无法百分之百地确信自己的选择。那些从不相信自己会犯错，也从未怀疑过自己的判断和观点的领导者，对他们所领导的组织和人民来说，是十分危险的。在某些情况下，他们的领导将会为国家和世界带来灾难。

　　道德领袖眼光长远、思维缜密。他们不只聚焦短期利益和紧急事件，还不遗余力地践行那些亘古不变的价值理念，这些价值理念可能源自宗教传统或某种道德世界观，又或是对历史事件的解读。正是真实、正直、尊重等价值理念促使道德领袖做出抉择，尤其是那些十分艰难的抉择。这些价值理念比社会上的流行思想或某个群体的集体决议更重要，比上层管理者的一时冲动和下层员工的热血激昂更重要，也比企业利益或盈亏更重要。道德领袖忠于自己的个人所得，但更忠于这些核心价值理念。

　　道德领袖也要理解人类的本性，理解民众对于意义的追求。他们要打造这样一种文化：人人修身自持，不会相互畏惧。在这样的环境中，民众才敢对彼此说真话，他们在追求更好的自己的同时，也会促使身边的人变得更加优秀。

如果人们都不愿意忠于真相，特别是当公众机构及其领导者不愿意这样做时，整个社会就会迷失。从法律层面讲，如果所有人都不肯讲真话，我们的司法系统就会失效，从而导致法治社会的分崩离析。从领导力层面讲，如果领导者不肯讲真话，或者不肯听真话，他们就不能做出明智的决策，不能自我成长，也不能获得支持者的信任。

但让我比较欣慰的是，正直和诚实这些品质可以通过有力的途径进行培养，并最终塑造出诚实、开放、透明的文化形态。道德领袖不仅可以通过自己的语言塑造文化，更重要的是，他们可以通过自己的行为塑造文化，因为他们永远处于聚光灯之下。然而不幸的是，相反地，虚伪的领导者同样有塑造文化的能力，他们通过在大众面前展现虚伪、腐败和欺骗来塑造文化。是否正直、是否绝对忠于事实真相，是将道德领袖与尸位素餐的当权者区分开来的重要因素。而这两类领导者之间的不同，不容忽视。

为给这本书起一个恰当的名字，我花了很长时间。从某种意义上讲，这本书的名字来源于一场奇怪的白宫晚餐会。在这场餐会上，我被要求对美国的新总统宣誓效忠。请注意，是要求我对他本人效忠，是将我对美国总统的效忠放在第一位，而将我作为联邦调查局局长对美国人民的效忠放在第二位。从更深一层的意义上讲，这本书的名字是对我过去 40 年职业生涯的总结，总结我作为联邦检察官、商业律师以及先后与三位美国总统共事的人生经历。从这 40 年的工作经历中，我学到了一个道理：我们所有人最终都应忠于的不是某个人、某个政党或某个组织，而是亘古不变的价值信念，其中最重要的就是对真相的绝对忠诚。这也是我在工作中希望传递给身边所有人的态度。我希望，这本书能够启发我们所有人思考那些使我们生而为人的价值理念，去探寻能够体现这些价值理念的领袖。

前　言

人类能够刚正不阿，这是民主得以存在的原因；人类总是更倾向于贪私枉法，这是民主必须存在的原因。

——雷茵霍尔德·尼布尔

联邦调查局总部和国会山之间隔着 10 个街区，宾夕法尼亚大道贯穿其中。我曾经无数次沿着这条大道往返于两地之间，执行过数不清的任务，沿途的每条街道都深深地印在我的脑海中。沿着宾夕法尼亚大道走过国家档案馆，看到游客正排着队等待参观那些对美国来说举足轻重的文件；经过新闻博物馆，看到门前的石头上刻着美国宪法第一修正案；途中还会看到卖 T 恤的小贩和流动的餐车。这一切已然成为我日常生活的一部分。

2017 年 2 月的一天，我正在去参加一场机密会议的路上。我坐在一辆全副武装的黑色雪佛兰萨博班的后排——因为中间一排的座椅被移除了。从狭小的防弹窗望向车外，随处可见的都是我再熟悉不过的场景。在这场机密会议中，国会将会对 2016 年美国大选中俄罗斯势力是否进行过干预的问题进行简要通报。

一想到要跟国会成员一起开会，我的心情就十分低落，因为平日里跟这些人一起开会实在是太艰难了。似乎每个人都选定了一个立场，然后就只能听进去与自己利益相符的陈述。他们一直争论不休，却非要通过我传话："局长先生，如果某人提出了这个观点，那这个人是不是智商有点儿问题？"然后就会有人反驳："局长先生，如果某人说提出这个观点的人智商有问题，那您觉得这样的人是否才是智商有问题的那位？"

当会议的主题涉及人们记忆中争议最大的那场总统大选时，最激烈的一场争论就开始了。大家不愿、也不能将自己的政治立场放在一边，专心聚焦在事实真相上。共和党人都希望确保俄罗斯势力没有帮助唐纳德·特朗普当选总统；而民主党人，虽然仍被大选结果搞得晕头转向，却坚定地站在共和党的对立面。两党之间毫无共识。这就好像一场感恩节家宴，原本都是兄弟，但非得在感恩节的餐桌上争得面红耳赤。

那时，我作为联邦调查局的局长，成为众矢之的。联邦调查局就是两党相争下的炮灰，这并不是什么新闻。从 2015 年 7 月开始，我们就陷入了这场竞选泥淖之中。那时，联邦调查局经验丰富的调查员正在对希拉里·克林顿通过私人邮件系统处理高级机密一案展开刑事调查。那时候，即便只是使用"刑事"和"调查"等字眼，都会引起一场轩然大波。一年之后，在 2016 年7 月，我们又开始调查是否有俄罗斯势力严重影响大选结果，从而导致希拉里落败，帮助特朗普成功当选。

对于联邦调查局来说，这是一场无可避免的灾难。尽管联邦调查局是美国行政机构的一员，但其性质决定了，联邦调查局不能涉足美国的政治生活。因为联邦调查局的使命是寻找真相，而为了寻找真相，联邦调查局不能站在任何政党的立场上，只能站在国家的立场上。当然，联邦调查局的工作人员也可以和普通民众一样，有私人的政治立场，但当他们站在法庭上，或向国会汇报调查结果时，他们既不是民主党人，也不是共和党人，更不是其他任何政党或组织的成员。40 年前，国会讨论决定，联邦调查局局长的任期为 10年，以确保其政治中立性。但是，在这样一个备受党争困扰的国家，联邦调查局的这种中立性未免有些格格不入且令人困惑，因而经常遭受挑战。这给我们的探员带来了沉重的负担，尤其是当他们一遍又一遍地被质问行动动机的时候，更是如此。

　　此时坐在车里，我瞥了格雷格·布劳尔（Greg Brower）一眼。布劳尔是联邦调查局国会事务分部的新任部长，和我坐一辆车来国会山开会。布劳尔是个 53 岁的中年人，头发花白。他来自内华达州，原来在一家律师事务所工作，之前曾出任过内华达州的首席联邦助理检察官，也曾被选为州立法人员。因此，他了解执法机关的工作方式，也知道政界与法律界完全不同，挑战性极强。现在，他的工作是在这个明争暗斗的国会上出任联邦调查局的代表。

　　自从 2016 年出人意料的总统大选结果出炉之后，国会议员就开始这种明争暗斗了，但布劳尔显然并没准备好应对这一切。布劳尔加入联邦调查局的时间不长，所以我担心这种狂热和压力会让他吃不消。我甚至有点怀疑他会不会直接打开车门，趁早逃得远远的，因为我年轻的时候也曾这么想过。我看着他，觉得此刻他可能跟我想的一样：我到底是怎么走到今天这一步的？

　　我能从布劳尔的脸上看出这种担忧，因此我决定打破眼前的沉默。

　　"好极了！"我突然大声说道，就连坐在前排的探员都不由得看向我。

　　布劳尔转头看着我。

　　"我们简直就是踩进了屎盆子。"我说。

　　他看起来十分困惑：局长刚刚是不是说了"屎"？

　　确实，我就是这么说的。

　　"我们'屎足深陷'了。"我咧嘴大笑起来，还伸出胳膊比画了一下有多深，学着莎士比亚的《亨利五世》中圣克里斯宾节演说的语气说，"英国的人民啊，今夜会希望自己在此见证。"

　　他大笑了起来，显得放松了许多。我也放松了下来。我知道布劳尔依然会时不时地想从车里逃出去，但这种紧张的气氛确实被打破了。我们一起深呼吸了一下。有那么一瞬间，我觉得我们两个好像是出去旅行的友人，一切都会好起来的。

　　随后，幻梦破碎，因为我们到达国会山了。我们将要探讨有关特朗普被指控与普京互相勾结的问题和一些秘密档案的问题，鬼知道还有什么其他问题。近来，这种令人备感压力的讨论已成为常事。这段时期对我个人而言，甚至对整个国家而言，都是一段最为疯狂、最为重要且极富教育意义的时期。

于是，我不止一次地发现自己在思考着同一个问题：我到底是怎么走到今天这一步的？

第一章
生　活

对死亡的思考，就是对生活本身的解读。

——詹恩·阿登

生活，是从一个谎言开始的。

1992 年，我在纽约市做一名联邦助理检察官。这句话就是那时候我从一个黑帮的高级头领的口中听来的，而这个黑帮，是全美国最为臭名昭著的黑帮之一。

萨尔瓦多·格拉瓦诺（Salvatore Gravano），又称"公牛萨米"（Sammy the Bull），是联邦证人中级别最高的美国黑帮成员。他协助联邦调查局工作，一方面是为了减刑，另一方面是因为他在政府的录音证据里听到他的头儿——约翰·戈蒂（John Gotti）讲他的坏话。格拉瓦诺现在正处于监禁中，他向我介绍了黑帮的那些门道。

La Cosa Nostra[①]（意为"我们的事业"）的成员在加入帮派之前，都要参加一个秘密仪式，在帮派一把手、二把手和军师面前宣誓，然后才能成为一名"正式成员"。这个秘密仪式的第一个问题就是："你知道自己为什么在这儿吗？"备选成员需要回答"不知道"，尽管在格拉瓦诺看来，只有傻瓜才不知道自己为什么在大半夜被叫到夜店的地下室里，和一群黑帮头领待在一起。

近 20 年来，美国黑帮的头领都决定不再吸纳新成员。1957 年，出于人员素质管理、防止线人渗入等原因，头领们决定"关张"，意味着各帮派之间不再交换各黑帮成员的化名和真名等信息，也不再吸纳新成员。然

---

① La Cosa Nostra 是源自意大利西西里岛的美国黑帮。——译者注

而，在 1976 年，这些头领同意各黑帮可以再吸纳 10 名新成员来代替已经去世的老成员，然后再次"关张"。对每个黑帮来说，这 10 个人都是多年以来想入伙而不得的人，是最为坚定的黑帮成员。格拉瓦诺就是这时候加入帮派的。

在停止招募了几十年之后再次招募新人，给帮派工作带来了一大难题。在最古老的入帮仪式上，新加入的成员要拿着一个熊熊燃烧的圣像，将食指割破，把血抹在上面，然后宣誓"若叛帮，灵魂将如此圣像般备受煎熬"。格拉瓦诺回忆道，在他入帮时，宣誓的时候拿着的是一块燃烧的纸巾，上面蹭了一点儿血。甘比诺家族①（The Gambino）甚至都懒得去找需要的圣像。

对于格拉瓦诺来说，他的帮会生活就是一个彻头彻尾的谎言。在他刚刚入帮的时候，老大跟他讲过帮规：不得使用爆炸性物品，不得杀害执法人员，若没有帮派正式决议不得杀害另一名正式成员，不得与正式成员的妻子偷情，不得参与毒品交易。作为帮规来说，前两条的执行力度确实挺强，因为一旦有任何人使用爆炸性物品造成无辜人员伤亡或杀害执法人员，美国政府都不会放过他，但剩下的那些就只是说说而已了，黑帮成员才不会花心思去遵守这些规定。正如我的同事、助理检察官帕特里克·菲茨杰拉德（Patrick Fitzgerald）所说的那样，这就像冰球比赛中的斗殴现象——尽管明文规定不允许斗殴，但比赛中仍然屡见不鲜。

内部相对团结的纽约西西里黑帮有一条与众不同的规定。他们将诚实的重要性置于其他规定之上，无论是在老巢西西里岛还是在大西洋彼岸的美国，都是如此。新入帮的成员都要遵守这条规定，绝不能跟帮派内的正式成员撒谎，除非你准备要他的命，要做一名"有底线的人"。我曾就此事向另一位联邦证人，西西里黑帮杀手弗朗切斯科·马里诺·曼诺亚

---

① 甘比诺家族是美国五大黑帮家族之一，是 La Cosa Nostra 帮派的首领家族。——译者注

（Francesco Marino Mannoia）求证："弗朗切斯科，这条规定是不是意味着除非我打算杀你，不然你都会相信我？"

他有点困惑："当然，'有底线的人'只能在人命关天的事情上说谎。"

谎言堆成的生活，一致认可的沉默，一人独大，宣誓效忠；非友即敌的世界观，在大大小小的事情上说谎，却忠于一些反常的规则。这些规则被黑帮上下奉为圭臬，但在我的职业生涯中，我经常会惊讶地发现，这些规则在黑帮之外的世界也经常存在。

我早年间做过一阵子联邦助理检察官，尤其是在我从事了打击黑帮的相关工作之后，我越发觉得我的职业生涯选择是正确的。但那时，法律这条道路对我来说还不够明确。最终，我选择了在执法部门工作，因为我相信这是我能对社会有所贡献的最佳方式。尤其是对那些被欺负，被霸凌，甚至因此而误入歧途的人来说，这是我能够帮助他们的最佳方式。在我 16 岁那年，我也有被人用枪指着脑袋的悲惨遭遇，而极有可能是这段经历促使我选择做一名执法人员。但当时，我并没有如此深刻地认识到这一点。

当晚，持枪歹徒并不知道我在家。他应该已经盯梢我家很久了。那天晚上，他看到我的父母对着躺在地板上的某个身影说再见。他可能觉得那个身影是我的姐姐崔茜，但那其实是我的弟弟皮特。崔茜已经回学校了，而我最小的弟弟克里斯正在外面参加童子军活动。我父母离家几分钟后，歹徒就破门而入，直奔楼下。

1977 年 10 月 28 日，星期五，这一天永远改变了我的生活。几个月来，大部分纽约人都对"山姆的夏天"心怀余悸。无论在城市还是在郊区，成双入对的人们都不敢开车出门，因为有个连环杀手专门袭击坐在车里的夫妻或情侣。对于新泽西州北部的人们来说，这个夏天，乃至秋天，都被笼罩在"拉姆齐强奸犯"的阴云之下。有个歹徒在一个叫拉姆齐的地方犯下一系列罪行。而我家所在的这个寂静清冷的小镇艾伦代尔，就在拉姆齐南边不远的地方。

那天，沉重的脚步踩在地下室的楼梯上，吱嘎作响，家里的狗也开始低吼。皮特听到后立刻从沙发上蹿起，躲了起来。但这个歹徒知道他在家。他用枪指着皮特的藏身之处，命令他走出来，然后问他家里还有没有别人。皮特说没有了。

那时，我正读高三，是个几乎没有朋友的书呆子。那天晚上，我正在自己的房间赶一篇校报的稿子。稿子中讽刺了学校里的"风云人物"和"校园老大"，还讨论了对于高中生来说压抑至极的同侪压力。我已经拖稿了，文笔也不怎么精彩，但我星期五晚上又没别的事儿可干，所以我在卧室的书桌旁奋笔疾书。

此时的地下室里，歹徒正强迫皮特带他到主卧去。很快，我就听到了门外有两个人的脚步声，正走向我父母的卧室。紧接着，我听到衣柜门开开合合，抽屉被拉开又被关上。我觉得肯定是我弟弟在闹腾，我有些生气，但又有些好奇他在干什么。于是，我站起来，打开了我房间卫生间的推拉门。这个卫生间可直接通向我父母的主卧，透过卫生间的门，我看到主卧灯火通明，而皮特正躺在床的一边。他的脸正对着我，眼睛紧紧闭着。

我走进主卧，侧头一看，瞬间呆住了。只见一个矮小结实的中年白人，戴着一顶针织帽，正一只手拿着枪，另一只手翻看我父母的衣橱。那一刻，我觉得时间仿佛静止了。有那么一瞬间，我什么也看不见，一阵眩晕感袭来，心怦怦地跳，好像要从嗓子眼儿跳出来一般。那个歹徒看到了我，一把抓住皮特，把膝盖顶在他后背上，用枪指着他的头，转向我说：

"别动！动一下我就打爆他的头！"

我弟弟才15岁啊！我一动也不敢动。

歹徒对皮特吼道："小畜生！你不是说家里没别人了吗！"

然后他放开了皮特，命令我躺在皮特旁边。他站在我俩脚边，逼我们说出家里的钱藏在哪儿。后来我才知道，当时皮特的牛仔裤口袋里有一点儿钱，但他始终没有松口。而我当时把我知道的全告诉他了。我告诉他所有我能想到的可能有钱的地方——储钱罐里、钱包里、放奶奶给的一点儿零用钱的地方，所有可能藏钱的地方，我无一隐瞒。听完我的话，歹徒把我们丢在床上，自己找钱去了。

过了一小会儿，他回来了，用枪指着我们。我不知道过了多久，我害怕极了，真的觉得我就要死了。绝望、恐慌和惧怕席卷而来，我开始默默地祷告。然而，就在下一秒，一阵寒意席卷而来，我的恐惧随之消失了。我开始分析，假如他先把皮特打死，我就要滚下床，抓住他的腿。然后，我开口说话，更准确地说，我开始撒谎，谎言一个接一个。我开始对这个男人说，我们和父母的关系有多么疏离，我们有多么恨他们。我并不在乎他从我父母那拿走什么东西，也不会对任何人说起他的行踪。我的谎话滔滔不绝。

随后，歹徒让我闭嘴，让我们站起来。他押着我们走过主卧门口狭长的走廊，时不时停下来翻一翻他看到的房间或者壁橱。直到这时，我才开始相信，至少暂时相信，我会活下去。我开始仔细观察他的脸，这样我就能跟警察描绘出他的样貌。他用枪筒从后背顶了我好几次，警告我不要看他的脸。

我又开始跟他说，一遍又一遍地跟他说，他应该把我们关在某个地方，我们会老老实实地待着，绝不会出来添乱，这样他就可以顺利逃脱。我开始苦思冥想，家里有什么地方能把我们关在里面。绞尽脑汁之后，我建议他把我们锁在地下室的卫生间里。我告诉他卫生间的小窗户打不开，因为父亲为了防寒把窗户封死了。但这并不属实，父亲确实在窗框上钉了塑料布，但只要轻推窗户的下框，就可以打开窗户。

他把我们带到地下室的卫生间，勒令我们待在这里不许动："告诉你父母你们一直在这儿！"他又拿了个什么东西把卫生间的门顶住，以防我们逃跑，之后他便离开了。

歹徒离开后，我们听到了车库门开合的声音。在肾上腺素消耗殆尽后，我开始后怕，吓得浑身哆嗦。我抬头望了一眼窗外，突然，那个歹徒的脸出现了！他正在从外面检查窗户是否能被打开。我感到毛骨悚然。待他的脸消失后，我对皮特说，我们得在这儿待着，等父母回来。皮特不同意："你知道他是什么人。他会再去伤害其他人的。我们得出去告诉别人。"我已经无法思考了，并没理解皮特的意思，也不敢想如果我19岁的姐姐崔茜真的在家，事情会发展到什么地步。

我拒绝了皮特的建议，我太害怕了。皮特和我争论了几句，然后说他要自己走。皮特把塑料布从窗上掀开，打开窗闩，把窗户推开，爬了出去。

在我的记忆里，我在窗边站了几秒，思考到底应不应该爬出去。在我还没反应过来的时候，我就已经站在窗外的花园里了。双脚落地的那一刹那，我听到了枪声。我四肢着地，一咕噜滚到了屋后花园中密实的灌木丛里。歹徒已经抓住了皮特，正在向我大喊："小子！要么滚出来，要么就等着给你弟弟收尸吧！"我走了出来，歹徒破口大骂，骂我骗了他。一瞬间，另一个谎言从我脑海中冒了出来："我们这就回地下室里去，这次一定会好好待着。"然后我向推开的窗户那儿走去。

"太晚了，小子！背对篱笆站好！"

那天晚上，我又一次觉得自己要死了。就在这一刹那，邻居家的狗森丹斯跳了过来，那是一只大型西伯利亚雪橇犬。紧跟着它的是我们的邻居史蒂夫·默里，他是一名高中地理老师兼橄榄球教练。

接下来的几秒钟，我的大脑一片空白，只记得我和皮特、默里教练一起跑进我家的房子，紧紧关上了门，把歹徒隔在外面。我们锁上了门，但歹徒还在外面，他手里有枪，很可能会去袭击教练的妻子和母亲，因为她们刚刚跟教练一起目睹了我家门口的这场骚乱。我竟然丢下她们自己跑了进来！我至今想起这一幕仍旧羞愧难当。

随后，我们爬上楼梯，关掉所有的灯，找东西把自己武装起来。我找了一把大菜刀，拿在手里。那时候还没有 911 报警电话，我们只能给总机台打电话，要求转接警方。我跟一个调度警员通上了电话，他一个劲儿地告诉我要冷静。我说我冷静不了，一个持枪歹徒正在我家外面，还要再冲进来，我要求警察马上过来！一片黑暗中，我们在前门等候，争论着是否要去追那个歹徒。这时，一辆警车从门前经过，我们把门厅的灯闪了几下，警车停了下来。我们立刻把前门打开，径直跑向警官。我鞋也没穿，手里还拿着一把大菜刀。警官立刻从车上下来，掏出枪。我大叫："别开枪！"然后指了指默里教练的房子："他朝那儿跑了！他有枪！"歹徒从默里教练的房子里冲出来，跑向旁边的树林里。

各辖区的警车都涌向我们这条小街。我跳上自行车，光着脚，冲向不远处我爸妈正在上舞蹈课的教堂。我跳下车，把车扔在一边，猛地推开教堂的门，用尽全身力气喊了一声："爸！"大家都停下来，跑过来看我，我的父母冲在最前面。一看到我的脸，我母亲就哭了起来。

那天晚上，警察并没有找到那个"拉姆齐强奸犯"。几天后，一名嫌疑人被逮捕了，但并没有立案，随后嫌疑人也被释放了。但在那之后，再也没有出现过类似的抢劫案和性侵案。

这段经历让我痛苦了许久。从那之后的 5 年里，我几乎每个晚上都会想起他，不是时不时地想到他，而是每个晚上，他就像梦魇一样缠着我。在那之后很长一段时间，我睡觉的时候，床边都会放上一把刀。那时，我并没意识到，实际上，这段令人恐惧的经历以其独有的方式让我从中受益。它让我一次次体会到从鬼门关走一遭的感觉，因此令我更加珍惜生命，相信奇迹。高三那年，我开始欣赏日落，开始观察树上的花蕊，开始领略世界的美。那种感觉一直持续到今天。尽管对于那些从未体验过死亡倒计时的幸运儿而言，我的这些举动未免显得有些奇怪。

正是因为"拉姆齐强奸犯"的出现，我从很早就意识到，我们生命中许多原以为珍贵无比的东西实际上一文不值。每当我跟年轻人传授经验的时候，我的建议看起来都会有些神经质。我会告诉他们："闭上眼睛，坐一会儿，想象一下你已经走到了生命的尽头。这时候，你会对一切有更加清楚的认识。房子、车子、墙上的奖状重要吗？谁在乎啊！你都要死了！你希望自己被怎样盖棺定论？"我告诉他们，我希望有人会愿意以己之力，相助他人，扶助弱小。我希望他们能坚守正义，发挥自身价值。这才是生命真正的财富。

这次经历并没有直接促使我走向成为一名执法人员的道路，至少没有让我立刻下定决心。我依然觉得我想成为一名医生，并且真的去威廉与玛丽学院念了化学专业，成为一名医学院预科生。有一天，我在去实验室的路上看到了布告栏里的一个词——死亡，我停了下来。这是一门宗教学院的课程，宗教学院与化学学院在同一栋楼，我去上了这门课。这门课改变了我的一切。课堂上探讨的话题极大地激起了我的兴趣，让我了解宗教世界中，人们如何面对死亡。于是，宗教学成为我的第二专业。

在宗教学院的课上，我认识了雷茵霍尔德·尼布尔（Reinhold Niebuhr），一位知名的哲学家与神学家。他的著作激起了我强烈的共鸣。尼布尔看得到世界的丑恶，了解人性的局限使我们不可能像爱自己一样爱他人，但他依旧认为我们应该在这个不完美的世界里寻找公平与正义。他从未听过乡村歌手比利·科灵顿（Billy Currington）的歌"上帝很伟大，啤酒很香甜，而人类很疯狂"，但他应该会同意歌词里所写的，很可能还会添上一句"但你仍应该尽力，在不完美的世界里，寻找公平与正义"，尽管这并不会让这首歌一夜成名。尼布尔相信，政府公权力是寻找公平与正义的最佳工具。渐渐地，我觉得自己不想做医生了。律师能够更加直接地参与寻找公正的路途。而这条路，应该是"给世界带来不同"的最佳方式。

第二章

我们自己的事

亲近你的朋友，但更要亲近你的敌人。

——阿尔·帕西诺（饰演迈克尔·柯里昂），《教父 II》

美国共有 94 个联邦司法区，每个司法区内设立一个联邦检察官办公室和一名联邦检察官，联邦检察官由总统提名，经参议院批准。每个司法区的联邦检察官办公室在管辖范围和人员多寡上都有所不同。例如，位于曼哈顿的纽约南区联邦检察官办公室是最大的一个，也是责权最重的。纽约南区联邦检察官办公室十分活跃，管辖范围广，办案能力又强。长期以来，人们都调侃说，只要是发生在地球上的案子，就没有纽约南区联邦检察官管不着的。

1987 年，我加入了纽约南区联邦检察官办公室。这是我梦想中的工作。在那里，我将要为一个传奇人物——鲁迪·朱利安尼（Rudy Giuliani）工作。

1985 年，我从芝加哥大学法学院毕业，那时候我并不知道我要成为一名什么样的律师。在大三那年，我开始申请联邦初审法官助理的实习生岗位。在我临近毕业那年，终于申请到了，我成为一名新任法官的助理。

这位新任法官就是小约翰·M. 沃尔克（John M. Walker Jr.）。他鼓励我们实习生坐在法庭里，看看有什么有趣的案子。1986 年春，联邦检察官希望依据一项新颁布的联邦法条拘留一名被告，不允许其被保释，理由是他会危害社会。这不是一位普通的被告，而是被称为"胖托尼"的安东尼·萨莱诺（Anthony Salerno），纽约的五大黑帮家族之一——杰诺韦塞家族（The Genovese）的大头目。

"胖托尼"就像从经典黑帮电影中走出来的人物一样。他身材魁梧、剃个光头，拄着一根拐杖，嘴里总是叼着一支没有点燃的雪茄，甚至在法庭上也是这样。他声音粗哑，在法庭上经常操着一口方言，动不动从椅子上跳起来，就他律师的辩护喊上两句："这事儿简直不能忍，你说对不！"他的共同被告文森特·卡法罗（Vincent Cafaro），外号"大鱼"，长着一张长脸和两只豆豆眼，在25岁的我看来，他活像一条鱼。为了向法官证明萨莱诺是一位危险人物，联邦助理检察官提交了一卷录音带，是通过联邦调查局的窃听器录下来的。这个窃听器装在了帕尔马男孩俱乐部的一张桌子下。这个俱乐部是属于"胖托尼"的，就在纽约东哈莱姆的意大利聚居区。从录音里能听到萨莱诺说要雇人打架和杀人，而且从萨莱诺的嘴里明确说出了自己的地位："我是谁？我是你们的老大！"

这句话说明，在黑帮内部，老大是不能被质疑的。他嘴里说出的一句话，都可能意味着将要有一个活生生的人失去生命。黑帮里背叛是重罪。成为一个叛徒是不可饶恕的。黑帮的金科玉律就是效忠，除非你死了——平安终老也好，暴死街头也罢，或者当叛徒，否则绝不可能退出帮会。

就在两位联邦助理检察官向法庭指控"胖托尼"的时候，我坐在一旁，内心十分震惊。他们手上有录音和证词证明"胖托尼"和"大鱼"组织了这些"冲突"——打断别人的腿，恐吓工会，经营黑帮。辩方律师却称，这些不过是些"激烈的言辞"。但检察官拿出了更有力的证据，推翻了辩方的强词夺理。这两名检察官也就比我大了几岁，他们身形挺拔，言辞诚恳、掷地有声。他们不夸大事实，也不拿腔拿调，他们似乎只是想彰显正义，讲出真相。我坐在那里，如梦初醒。"这就是我想要终生从事的职业，这就是我的梦想。"我要在纽约找个律师事务所先工作一年，有了这一年的经验我就能申请成为一名联邦助理检察官了。紧接着便是让我毕生难忘的一年，这一年，一个让我终生铭记的人出现了。

25岁那年，我开始在纽约的一家律师事务所工作。这个工作让我有机会到威斯康星州的首府麦迪逊调查一个复杂无比却又无聊透顶的保险案。但这个案子让我获益颇丰，尤其是跟理查德·L. 卡茨（Richard L. Cates）共事，让我受益匪浅。这个案子是由威斯康星州法院审理，理查德是这个案子的本地律师。那年，理查德 61 岁，他的主要工作是给那些大城市来的、负责这个案子的大律师提供当地的信息。我在他身上同时看到了善良和强硬、自信与谦逊。几十年后，我才意识到，这些品质才是成为一个伟大领袖的基石。除此之外，我还在这个男人身上看到了高超的判断力和无比的忠诚。

理查德于 2011 年过世。他是个孤儿，来自纽约。他一生工作勤奋，待人友善。他与妻子感情深厚，养育了 5 个孩子。他曾在政府部门任职，在战争时期曾两次服役于海军陆战队。用他儿子的话说，他永远致力于保护弱小，使其免受欺凌。为了使孩子们不在温室里长大，他举家搬到了麦迪逊郊区的一家农场，而自己每天骑车几英里① 去上班。他和自己的儿女关系很好，经常一起玩闹，和孙辈也聊得来。

尽管理查德见识过许多世界上的黑暗，却总是能发现生活的乐趣，保持乐观的心态。他不需查阅任何资料就能写出一份判决书，他会微笑着问目击证人："讲讲你都看到了什么？"他的聪慧和记忆力使他能够循序渐进、抽丝剥茧，直至问出最有价值的问题。

在我们共事的那一年里，理查德并没有特意教过我什么，至少我不记得他这么做过。但这一年里，我作为一个即将踏入婚姻殿堂的菜鸟律师，通过观察他的言行举止，确实学到了很多。我看到他在伪装与压力下还能纵情大笑；我看到他在那些来自大城市的律师因为过虑和自大而陷入僵局时能够保持理性、一针见血；我看到他在提到妻子儿女时眼里绽放的光彩；我也看到他在每一桩案件中都竭尽全力。他并不在乎从同一桩案件

---

① 　1 英里 ≈ 1.609 千米。——编者注

中，他得到的回报与那些来自纽约、洛杉矶的律师相比是多么的微薄，他只是想做一个快乐的人。

那时候，我觉得这就是我想过的生活，这就是我想成为的人。虽然我没能完全成为理查德那样的人，但我从他的身上学到了最宝贵的东西。你可能很少会听到有人说"我真庆幸当年去了大律所工作"，这却是我的心声。

联邦助理检察官并不处理政治案件，而是在自己工作的辖区内代表联邦政府参与处理民事案件或刑事案件。1987年，我被派到刑事案件分部。我的工作就是协助联邦探员调查刑事案件，在查清案情之后，向法庭起诉罪犯。这些联邦探员来自联邦调查局、美国缉毒局、美国烟酒枪炮及爆炸物管理局、美国特勤局或美国邮政检查局。我在这里工作了6年，接触了大大小小、各行各业的案子，从邮件盗窃案、毒品买卖案、银行抢劫案到复杂的诈骗案、武器出口案、敲诈勒索案，再到谋杀案。我处理的第一起案子是一个贩毒团伙故意杀害联邦探员未遂案。在烟酒枪炮及爆炸物管理局的探员持搜查证试图搜查一个藏毒地点时，毒贩开枪射伤了联邦探员。

在这起案件中，我们试图劝服一名目击证人，让她与我们合作，指认贩毒团伙。探长开车带我来到了北曼哈顿的一座公寓，这是贩毒团伙控制的地盘。探长说，如果证人能够相信在法庭上起诉毒贩的检察官，她就有可能会出庭做证。我们爬了6层楼才到她家，她开门让我们进去。一进门，我们看到一个二十来岁的男人坐在一个吧台椅上，背对着墙，一动不动。他紧紧地盯着我们，一言不发。我们在里屋单独和目击证人谈话，想劝服她出庭做证，但我使出了浑身解数都未能如愿。我们离开的时候，吧台椅上的男人依然坐在那儿，一动不动，只是盯着我们。当我们走出公寓，回到街上的时候，我对探长说，那个吧台椅上的男人看起来太可怕了，总觉得他会突然跳起来，拿枪毙了我们。

"幸亏他知道我们有枪，才不敢轻举妄动。"我说。那时候联邦助理检察官并不配枪，只有联邦探员才配枪。

探长转过头问我："你有枪？我的枪落在车里了。"然后他回到车里拿出了他的枪。

很久以后，我才敢告诉我妻子这次出外勤的经历。

在鲁迪·朱利安尼手底下工作，你得遵守一个不成文的规定，但哪个公司没有几条不成文的规定呢？在这儿，朱利安尼是绝对的老大，所有的成功都要归功于他的英明领导。如果你违反了这条规定，就只能卷铺盖走人。朱利安尼的自信心爆棚，但当时年轻的我觉得这种自信简直是太酷了，我就是被这种自信吸引来的。我喜欢看到自己的老大成为封面人物，站在法院的台阶上，双手叉腰，睥睨天下。每当看到这一幕，我都感到激情澎湃。

很少有检察官能真正见到朱利安尼本人，因此当他出现在我办公室门口时，我简直惊呆了。那时，我刚刚被指派负责一个案子，案子涉及一位纽约当时的名人阿尔·夏普顿[①]（Al Sharpton）。他总是穿着一身破旧的运动服，胸前挂着一块诺贝尔奖章大小的勋章。那时，纽约州法院已经在调查他，因为他被指控非法挪用慈善组织的善款，而我则被指派调查该案件是否需要联邦法院插手。之前，我从来没在这层楼看见过朱利安尼，但现在这位传奇人物就站在我办公室门口！他跟我说，他正在亲自跟进这个案子，他说他相信我会干得不错。我的心怦怦地跳，我太紧张，也太兴奋了。我的偶像居然在给我鼓舞士气！他竟然对我寄予厚望！他转身要走，又停下，回头跟我说："去吧！去把他的那块勋章取下来！"但是，这个案子并没有在联邦法院立案。纽约州检察官起诉了夏普顿，但他最终被无罪开释了，那块勋章依旧在他手里。

过了很长时间我才意识到，朱利安尼虽自信心爆棚，却没有表现出足够的谦逊。这种不平衡就导致了他身边的人没有太多表现的空间。在我

---

① 阿尔·夏普顿是美国非裔美国人浸信会牧师、民权运动家、社会正义运动家。——译者注

的第一次新闻发布会上，我就意识到了这一点。那次，我和联邦调查局合作，抓获了一伙汽车盗窃犯。这伙人在曼哈顿的停车场偷了SUV（运动型实用汽车）之后，把它们装进布朗克斯码头的集装箱里，然后运到非洲或加勒比地区再次贩卖。这个案子由联邦调查局特工玛丽·艾伦·比克曼（Mary Ellen Beekman）负责。她在加入联邦调查局之前曾是个天主教修女。在这个案子里，她深入犯罪分子内部，秘密拍摄了很多犯罪分子的作案过程。玛丽·比克曼的专长就是破获汽车偷窃案件，她能说服那些顽固的罪犯与政府合作，让他们成为政府的秘密线人。她不太赞同执法人员满嘴脏话，她的讯问技巧无比高超，她总是能利用之前做修女时培养的能力，利用犯罪分子的内疚感突破他们的心理防线。在这个案子里，犯罪分子十分高效，在失主报案之前就把车运到国外了。看到这个案子解决得如此漂亮，联邦调查局和朱利安尼都决定要就这个案子开一场新闻发布会。

在朱利安尼、纽约市警察局局长和联邦调查局纽约分局局长站在台前与记者交流时，我的主管要我站在讲台后面，不能说话也不能动。然后，他说了一句我之前听过好多次的话："在纽约，最危险的事情就是挡在鲁迪与话筒之间。"我站在讲台后面，像个雕塑一样一动不动。

尽管朱利安尼的自信看起来很威风，但这种独霸天下的领导风格让他的交际圈逐渐缩小。多年以后，我才意识到这是一件十分危险的事情：领袖需要听到真话，但独裁者无法从手下的人嘴里一直听到真话。朱利安尼的这种作风让曼哈顿的许多联邦法官心生怨恨，其中包括许多曾在纽约南区联邦检察官办公室就职的人。他们觉得朱利安尼让整个纽约南区联邦检察官办公室都成了他一个人的天下，他利用案情发布会宣扬自己的功绩，以实现他的政治野心。几十年后，当我坐上他的位子，成为纽约南区联邦检察官的时候，我依然能感受到大家的这种怨愤。

朱利安尼最主要的工作就是打击集团犯罪，这部分工作在他接管纽约南区联邦检察官办公室之前其实就做得挺好。他的助理检察官曾单独起诉了例如萨莱诺这样的黑帮老大，也曾同时起诉黑帮委员会五大黑帮家族的首脑。黑帮委员会是一个瓜分赃款、调节黑帮之间分歧的组织。最重要的是，朱利安尼将民事案件引入，使政府能够控制那些大公会，比如国际卡车司机工会、电工工会、木匠工会及码头工人工会。这样就使黑帮失去了主要的现金来源，也削弱了他们的影响力，因为他们不能再对工会进行勒索了。这个举动摧毁了纽约的西西里黑帮，并且在朱利安尼离开联邦检察官岗位去参政之后的很长时间，依然保有成效。

纽约的五大黑帮家族里，最有势力的是甘比诺家族。和其他黑帮家族一样，甘比诺家族也来自当年的西西里岛移民。最初，他们通过恐吓身边的其他移民获利，进而恐吓整个社区、整个城市。1946年，政府开始着手打击黑帮，将一名外号叫"幸运儿"的活跃黑帮分子查理·卢西安诺（Charlie Luciano）驱逐出境。后来，查理被送回西西里岛，很快与当地黑帮建立了联系，从而建立了牢固的跨大西洋犯罪活动网络，导致跨大西洋毒品交易活动猖獗了几十年。在20世纪七八十年代的毒品交易中，核心人物是一个叫约翰·甘比诺（John Gambino）的人。他是甘比诺家族的元老级人物，能说一口流利的意大利语，是在美国的甘比诺家族和西西里黑帮之间的纽带。

我很幸运地参与了"美利坚合众国诉约翰·甘比诺"一案，成为该案件的两个助理检察官之一。这个案子最初是由另外两个检察官提起诉讼的，但他们由于个人原因中途退出了。那时候，我刚刚被升为一个小主管。接手这个案子之后，我招募了另一个助理检察官——帕特里克·菲茨杰拉德，共同负责此案。帕特里克是我在法学院的好友，毕业于哈佛大学法学院。他是爱尔兰裔，从小生活在布鲁克林的一个小公寓里。他父亲是一个门卫，帕特会在放学后时不时地给父亲替会儿班儿。他非常聪明，而且毫不做作。我还记得有一年法学院放暑假时，我和朋友一起租了个海边的房子度假，帕特就来蹭我们的沙发和啤酒。

1988 年，帕特加入了美国联邦检察官办公室，比我晚一年。在他第一次出刑事庭的时候，我是他的主管。帕特是个无比邋遢的人，却拥有非凡的记忆力。法庭上会有文件车（用购物推车改装的一种小车），用来运送文件或物证，他的文件车永远乱糟糟的。有一次，我看到一堆关键文件被帕特放得乱七八糟，我说："你得把这些放在文件夹里。"他点头同意。过了一会儿，我回来，发现他把这些文件放在了没有标签的文件夹里，然后又放回了那一堆文件中。但很奇怪的是，他居然找得到每个文件。

甘比诺案子交到我们手上的时候，我和帕特都已经是颇有经验的助理检察官了。我们打了个电话商量究竟找谁跟帕特一起处理这个案子。因为那时我并不是这个案子的候选检察官，而这个案子需要由两个检察官一同处理。那时候，我正盘算着离开纽约。我妻子帕特里斯更适应她老家艾奥瓦州的大片田野，更喜欢弗吉尼亚州北部枝繁叶茂的郊区。她一直不喜欢纽约。我们刚结婚的时候，我承诺会在弗吉尼亚州安家立业。但当这个为朱利安尼工作的机会摆在我面前时，我违背了当初的诺言。帕特里斯和我在新泽西州郊区住了 6 年。一开始我们住在一家自行车店上面的小公寓里，然后搬到了一个寒酸的小房子里和别人合租。现在我们有了两个女儿，这房子确实是太挤了。

我在厨房和帕特打电话的时候，帕特里斯就在旁边听着。突然她打断了我，让我先挂掉电话，要跟我说点事儿。我跟帕特说，我一会儿给他打回去。

"听起来，这是个百年难遇的案子。"她说。

"确实是。"我回答道。

"那我愿意留下来，为了你留下来，这样你就能跟你最好的朋友一起办这个案子了。你给他回电话吧，跟他说别找别人了，你跟他一起办。"于是，我们在那儿又住了一年。

帕特和我花了几个月了解这个案子，学习黑帮的那些门道。我们向一个专家请教，他可以说是美国最了解西西里黑帮的人了。幸运的是，他的办公室离我们很近。他就是肯尼斯·麦凯布（Kenneth McCabe），纽约警察局前探员。肯尼后来到联邦检察官办公室担任侦查员，参加了早期打击黑帮的斗争。肯尼是个大块头，身高1米9，体重超过110公斤，说话声音低沉，带着浓重的纽约腔。他在纽约警察局和联邦检察官办公室工作了20年，知道每个黑帮成员的样貌、名字和外号，因为他监视过数不清的黑帮成员的婚礼、葬礼，和几百名黑帮成员有过面对面的交流。

很长时间以来，纽约的联邦调查局打击黑帮犯罪小组并不愿意将黑帮成员的葬礼和婚礼列入监视范围。原因我也不清楚，但我猜可能是探员们并不想大老远跑去做那些看起来没什么价值的事儿，更别提婚礼和葬礼很多都是在周末或是晚上。但肯尼觉得婚礼和葬礼很重要，因为在这些典礼上，只要通过观察就可以发现很多信息。因此，他风雨无阻、夜以继日地观察并记录这些信息，持续了很多年。

与此同时，黑帮家族也知道肯尼斯·麦凯布的存在，并把他视作一个值得尊敬的对手。肯尼能理解这些黑帮成员希望被人尊重，也确实以黑帮的礼仪尊重这些黑帮成员。肯尼从不在黑帮成员的家里传唤他们，也不在他们的妻子或儿女面前逮捕他们。因此，只要有哪个黑帮成员想弃暗投明，肯尼斯·麦凯布是他们第一个想到的人。

肯尼带我们了解了黑帮生活的基本准则，然后带着我们和联邦调查局探员去拜访那些已经投诚的原黑帮成员。他们分布在全国各地，正是他们为我们解决这个案子提供了基础。我们拜访的其中一个投诚者就是前文提及的"公牛萨米"——萨尔瓦多·格拉瓦诺，甘比诺犯罪团伙的前二把手。

1992年，我和帕特、肯尼一起到一个联邦监狱拜访格拉瓦诺，这是我第一次见到这个黑帮头目。我至今记得，在等待狱警去带格拉瓦诺出来的时候，我是有一点儿紧张的。这场会面会顺利吗？这个当年叱咤风云的黑帮人物会怎么看待面前这两个年轻的检察官？和一个自认杀了19个人的犯罪分子见面，会是怎样的一幅场景？

格拉瓦诺身材矮小，穿着一身囚服和一双没有鞋带的橡胶底鞋子走进了房间。他眼光锐利，扫视了一圈之后看向了大块头的肯尼。他并没有自我介绍，也不需要自我介绍。他一边对肯尼说"我很荣幸见到你"，一边跟肯尼握手。然后，他转头跟我和帕特打招呼。幸亏我们跟肯尼在一起，否则绝不可能这么顺利。

格拉瓦诺是位重要证人，他靠着谎言一步步爬上了黑帮高位。在被逮捕之后，又被联邦政府逼迫说出关于黑帮的真实信息，以便政府能有效摧毁西西里和美国内部的黑帮组织。他充满谎言和杀戮的生活成为寻找真相和正义的必要条件。在他与政府的合作结束之后，他被法庭开释，并加入了美国联邦证人保护计划。然而，"江山易改，本性难移"，改头换面的他最终还是因犯罪被收监入狱了。

格拉瓦诺教会了我很多关于黑帮的知识，也让我知道黑帮的生活是如何"从一个谎言开始"的。同时，曾经的西西里黑帮杀手弗朗切斯科·马里诺·曼诺亚也给我讲了不少黑帮的故事。

像格拉瓦诺一样，曼诺亚也对美国的司法体系困惑不已。他很好奇，为什么帕特和我坚持要了解所有他曾参与过的犯罪活动，才能让他出庭做证。当然，这是出于美国法律的要求，我们必须要披露证人的所有相关信息来证实证人的可信度。尽管他并不明白这些法条，但因为意大利政府给他开出的豁免协议要求他必须与美国政府合作，因此他毫无保留地向我们讲述了他亲身参与的 25 起谋杀案。

20 世纪 80 年代，很多纽约的西西里黑帮成员都被卷入了一场清理门户的斗争中。只要他们找到了所谓的叛徒，他们就会把叛徒带到远离人烟的地方，然后将其勒死。曼诺亚给我们讲了他参与的一起案子。几个小时里，我们坐在那儿，听他用波澜不惊的语气给我们讲述了他如何通过精密的策划完成了一场残忍的谋杀。在他看来，勒死这种需要 4 个壮汉合力完成的杀人方法，与用枪在远距离射杀这种胆小鬼的做法相比，高明了不知道多少倍。

曼诺亚向我们解释道，黑帮成员绝对不能在大庭广众之下主动暴露自己的身份。在美国黑帮内部，成员身份是绝对保密的。如果一个黑帮成员想认识另一个黑帮成员，那只能通过两个人都认识的另一个黑帮成员的介绍才行。这种防暴露的措施曾经促使曼诺亚杀了两个无辜的人。

根据曼诺亚的讲述，那次他和另一些黑帮成员被指派去调查他们所属的黑帮家族的地盘上发生的一些犯罪活动，因为这些活动未经家族许可。他们圈定了一些惯犯，然后把目标锁定在两个人身上。随后，他们把这两个人带到了一个偏远的地方，分别对两人进行讯问。不过，尽管他们用上了"囚徒困境"这种讯问手段，分别告诉其中一个人另一个人已经打算把他出卖了，让他不要再负隅顽抗了，但最终还是一无所获。两组负责讯问的黑帮成员碰了头，商量之后认为这两个惯犯确实是无辜的。他们所调查的案子跟这两个人没有关系。

"然后呢？"我们问。

"我们把这两个人勒死了。"曼亚诺的语气没有一点儿起伏。

"为什么？！"帕特简直不能理解，"他们是无辜的啊！"

"因为他们看到了我们的脸，知道了我们是西西里黑帮成员，那我们就不能让他们活下去了。"

"那你们一开始还讯问他们干吗？"我说。

曼诺亚皱了皱眉，目光悲悯，回答道："我也不知道为什么。我只知道这是我们的义务。"

曼诺亚是我们在约翰·甘比诺这个案子中传唤的第一个黑帮杀手身份的联邦证人。随后，我们又传唤了另一名联邦证人加斯帕雷·穆托洛（Gaspare Mutolo），他也是一个西西里黑帮杀手。我们意大利的同事曾把他藏在了意大利乡下一个空无一人的女修道院里。在他出庭做证前，帕特和我，还有一些联邦调查局的探员一起飞到罗马与他会面。到那之后，穆托洛亲手做意大利面招待我们。我们就一边享用这个绝顶杀手做的意大利面，一边听他讲他的黑帮传奇。

我原本以为自己在面对这个冷血杀手的时候会感受到一点儿不同，但当他把咖啡递到我手里的时候，我什么异样的感觉也没有。在电影里，这时候通常会有背景音乐响起，暗示些什么，或是灯光会变暗，但现实情况中什么都没有。恶魔也只不过长着一张普通人的脸。他会大笑，也会哭泣，有自己的偏好，也会为自己的行为找借口，还能做出一盘美味的意大利面。这些杀手故意选择了和普通人不同的生活，之后便再也不能回头。他们用自己的逻辑，为自己的谋杀找一些正当的借口。这些人中，没有人认为自己是坏人。他们对杀人这件事的看法都是一致的：第一次杀人确实极其困难，但只要有了第一次，之后就没什么了。

穆托洛杀过多少人，他自己都不记得了。他能记住名字的有30多个，还有七八个连名字也记不住，剩下的就更不用提了。他记得自己杀过一个叫加拉塔罗的人，还想起来曾经用一把砍骨刀捅了另一个叫加拉塔罗的人，但那个人没死。在证人席上，他说自己还杀过一个叫加拉塔罗的人。那这样算起来，他一共杀了两个加拉塔罗，还用刀砍伤了另一个加拉塔罗。

那些日子里，白天我在法庭上，听穆托洛作为证人讲述黑帮里死亡和犯罪的秘密，晚上我就去美国法警署控制下的一个安全屋拜访格拉瓦诺。在此之前，格拉瓦诺已经在布鲁克林联邦地区法院的法庭上，指认了黑帮家族头目约翰·高蒂。在这次庭审上，辩方律师对陪审团讲述了格拉瓦诺的19次杀人经历。格拉瓦诺本人并不知道，我们是故意这样做的，目的就是让陪审团事先习惯听到黑帮这些打打杀杀的事儿，这样当格拉瓦诺作为关键证人出庭做证的时候，至少让陪审团更愿接受他的证言。

然而，格拉瓦诺认为这是他黑帮生涯中的一大耻辱。一天晚上，我到安全屋去看他。他把一张纽约小报摔在我面前，一脸嫌恶。报上刊登了一篇文章，用严肃认真的口吻记录了每个出庭做证的黑帮成员杀了多少人，那些西西里黑帮杀手的杀人数量远远高于他。指着这份报纸，格拉瓦诺对我吼道："吉姆！你这就是在让我难堪！"

多亏了数十位联邦探员和检察官的辛苦工作，西西里黑帮被成功摧毁。黑帮的头目被捕入狱，他们在大西洋两岸的势力也土崩瓦解。奇怪的是，约翰·甘比诺在很多重要的指控上都得到了陪审团 11∶1 的票选结果，但他在重审之前招供，承认自己有罪，被判处 15 年有期徒刑，最终死在了监狱里。在他死后，依然有人打着意大利黑帮的旗号活动，但那不过是群小喽啰组成的乌合之众，与"幸运儿"卢西安诺等人相比根本不值一提。这些小打小闹更像是在演《黑道家族》，只不过身边并没有红颜知己般的治疗师罢了。

第三章

恃强凌弱

勇气就像是燃烧的火焰，而恃强凌弱则是燃烧冒出的烟。

——本杰明·迪斯雷利

黑帮成员可能在穿着打扮上喜欢标新立异，在言谈举止上喜欢独树一帜，但他们有一个共同点——恃强凌弱。所有恃强凌弱的人基本上都差不多，他们通过欺凌弱小来满足内心的某种不安全感。我非常了解他们的心理，我见过很多这样的人。

　　大部分人第一次看见我的时候，都会注意到我的身高。我有将近2米高，在人群中很显眼。但我小时候并没这么显眼，实际上，当我们家从纽约州的扬克斯搬到新泽西州的艾伦代尔的时候，五年级的我从一个受欢迎的小孩子变成了被欺凌的对象。

　　自出生后，我就住在扬克斯一栋简陋的房子里，周围邻居们的房子也不奢华。我所有的亲戚都住在扬克斯。扬克斯是纽约五大区中最北部的布朗克斯区的一个小城镇，居民大多数都是蓝领工人。我的曾祖父母是在19世纪爱尔兰移民潮中来到美国的。我的父母都在这座城市长大，住在市区北部的一个爱尔兰聚居区，相隔只不过几条街。我祖父也念过书，但只念到小学六年级。因为我的曾祖父在一次工伤事故中不幸丧生，因此我祖父不得不辍学养家。后来，他当了一名警察，最后成为扬克斯警局的局长。

　　我家就住在十六中的后面，在这所学校里，我度过了一个愉快的童年。我母亲曾经也就读于这所学校，我祖母的一个好朋友是这所学校的校长。在我们搬家之前，我是五年级最受大家喜欢的学生，是学校的宠儿。

　　那时，扬克斯和十六中就是我生活的全部。我能透过家里高高的篱笆墙看到学校的红砖楼，学校的操场与我家后院之间只有一墙之隔。我、姐姐和两个弟弟每天走路去上学。因为篱笆墙太高了，我们翻不过去，所以得绕过整个街区才能到学校。我书念得很好，也很适应学校的生活。我觉得我在这儿已经有了归属感。这种感觉好极了，但我父亲带回家的一个消息彻底改变了我的生活。

那时，我父亲布赖恩·科米（Brien Comey）在一家大石油公司工作。他最初的工作就是把成罐的汽油卖给加油站，因此得不断寻找新的加油站才行。随后的几十年里，他能开车带你在纽约市四处转，给你看那些他发现的加油站，用他的话讲，那是"他的"加油站。在20世纪60年代，汽车行业和石油行业都正在蓬勃发展。

1971年，我父亲在新泽西州北部找了份新工作，于是我们得搬家。那时候，我对新泽西州的概念只有被称为"帕利塞德"（Palisades）的高高陡崖。扬克斯地处宽阔的哈得孙河东岸，透过房屋之间的空隙，我能看到帕利塞德陡崖在哈得孙河西岸矗立着，形成一道黑色的石墙。我并不觉得那里是世界的尽头，因为我们曾经开车去过印第安纳州一次。但实际上，我的世界确实在那里结束了。我们就要搬到墙的另一侧去了，对我这个十六中的宠儿来说，那里有一个新的世界。

我很快发现，我在新学校不是宠儿了。新学校是位于新泽西州艾伦代尔的布鲁克塞德小学。我的父母习惯省吃俭用，所以妈妈都是在家自己用电推子给我们兄弟几个剪头发，在希尔斯大卖场给我们买便宜的衣服。我的裤子不够长，白袜子露在鞋子外面，厚底的黑鞋子裹着我扁平的大脚。我当时并没意识到，我的纽约口音与当地孩子都不一样，特别引人注目。

这种引人注目很快就给我惹来了麻烦。在我入学后不久，我就被一群混混围住了，他们嘲笑我和我的穿着打扮。我不记得我当时说了什么，但我一定说了些什么，因为我之前是个骄傲的好学生，嘴上是不肯认输的。但当时的我并没强壮到能支撑我的"嘴硬"。他们将我打倒在地。

这些小混混总是会在放学后叫同学到附近公园玩，然后再对他们拳打脚踢。我也被他们叫过很多次，但我都没去，我避开了公园这条路。我记得有一次有个小混混想要打我的时候，我跟他理论："如果你不喜欢我，我也不喜欢你，那我们俩用拳头互殴有什么用呢？能改变什么呢？"但是，这番理论让他更生气了。可能我老老实实让他打的话，他打够了就会放过我去找别人吧，但我并没有这个勇气让他打个够。

接下来的三年，我都在试图躲避这些人。他们总是骂我，但我总是避免与他们发生肢体冲突。我不够强壮，没有力量反抗他们。所以我在学校都是独来独往，回家就和弟弟们在一起，闲的时候就一个人在城里逛逛。

艾伦代尔的学生和另一个镇的学生上的是同一所高中，因此，九年级的我遇上了另一群混混。我也不知道他们是怎么找上我的，那时的我并不高大显眼——可能从高中毕业之后才长起来——但我有点小聪明，而且很健谈，可能是这些引起了他们的兴趣吧。那时我正试着加入橄榄球队，也加入了校合唱团，可能他们觉得合唱团的男孩儿都有点文艺、有点格格不入，因而总是将其作为霸凌的首要对象。

当时，我的很多高中同学都已经开始发育了，他们高大威猛，而我还有点婴儿肥。从开学第一天起就有人拿这个开玩笑。他们欺负我的时候，经常把我摔到储物柜的门上。这实在是太疼了，但我能忍。而接下来这个是我绝对不能忍的。如果我记得没错，这些小混混会拉着男孩儿内裤的后腰，把内裤向上一拉，直接从裤子里拉出来。这事儿一般是由两个人合作完成，而我在九年级的时候曾被这样欺负过几次。

一开始，我没有反抗，也没告诉任何人，所以他们总来找我。那些小混混会在学校走廊里抓我、掐我、拧我，要么就对着我的肩膀狠狠打上一拳。后来，每当远远看到他们过来了，我就躲开。

我努力想避开他们，但有时候真的太难了，例如在更衣室换衣服时，或在橄榄球场上训练时。我曾经报名参加了橄榄球队，但连续几周鼻青脸肿地回家后，我妈终于受不了了。有一次我摔到了尾椎骨——那时候我连尾椎骨是什么都不知道。我妈都没告诉我，就直接去了默里教练家里，说我以后都不踢球了，因此我的橄榄球生涯只持续了三周时间。我妈的这种做法实在是太让我丢脸了，但内心深处我又觉得有点如释重负。其实，我妈看到了我自己都没意识到的一面——我并不适合打橄榄球，我一点儿都不健壮。她宁可看到我伤心失望，也不愿意我再鼻青脸肿地回家了。尽管我妈这么做让我少了几次被欺负的机会，但并没有彻底解决这个问题。在这以后，我都只敢在空无一人的更衣室里换衣服。

那些日子确实很难熬，但幸运的是，我有几个好朋友，也有一些偶像，有一些重视我的人，他们让我觉得自己很重要。这些人让我忘记了被欺凌的痛苦。起初，是我的父母给我这种感受。我父母很严厉，但也很善良。他们是那种会把孩子的成绩单贴在冰箱门上的父母，他们把最难看的成绩单贴在最上面，这样家里所有的孩子都能看到你这张成绩单。他们会逼我们，但也一直都在背后支持着我们。我妈每天早上都会唰的一下拉开我卧室的窗帘，然后对我说："起床啦！去向世界证明你的能力！"几十年后，当我成为司法部副总检察长的时候，父母送了我一个雪景球，里面是一个象征着正义的天平，底座上刻着"扬帆起航，绽放光芒"。直到现在，这个雪景球还摆在我的办公桌上。

我上高中的时候，放学回家之后会跟妈妈聊一聊白天发生了什么。2012 年她罹患癌症即将离世的时候，我们又谈起了我小时候的事。她告诉我，从我还是个小孩子时，她就对我抱了很大的期望。她在离世之前，给我看了一张她珍藏的小字条，是我 7 岁那年写的。那次，我因为犯错被关到卧室反省。我在纸条上写道："我错了妈妈，但我保证，将来一定会出人头地。"这张字条，她保留了将近 50 年。

在我的求学路上，我遇到了很多好老师，我跟他们关系都不错。其中跟我关系最好的是我的英文老师安迪·邓恩。安迪当时是校报的指导教师，而我是一个颇有追求的校报记者。不知为什么，虽然我在高中也有几个好朋友，但我总是跟老师的关系更亲密。

还有一个叫作哈里·豪厄尔的人，在我的生命中也扮演了很重要的角色。

在高二和高三的两年里，我都在哈里的零售店里打工。哈里的零售店离艾伦代尔不远，我的工作主要就是搬货、收拾购物车和收银。实际上，这个工作工资并不高，也就每小时4美元的样子，但我非常喜欢这个工作。我的喜爱可能大部分都来源于哈里这个老板吧。

哈里是个白人，中等个头，身材保持得很好。他的头发永远都梳得整整齐齐，穿着一件白色短袖T恤，名牌别在左胸的兜上。一条黑色腰带，无论穿什么颜色的裤子，永远搭配一双锃亮的布洛克皮鞋。在我的印象里，他就像45岁的罗伯特·杜瓦尔（Robert Duvall）那样帅气英俊。

回想起来，尽管后来我为包括总统在内的很多杰出领导人工作过，但我依旧认为哈里·豪厄尔是我遇到的最出色的老板。这可能是因为他热爱自己的工作，总是为自己的工作而自豪吧。哈里十分了解零售行业，他勤勤恳恳、兢兢业业，一步一个脚印地走到了店长的位置。在他的管理下，他的店永远都是公司所有零售店中最干净、运营得最好的那一个。

哈里店里的员工大部分都是学生。我们每天都过得非常高兴，在工作的时候会开心大笑，也会开彼此的玩笑，但都对自己的工作十分认真负责，自己手上的活儿绝不假手他人，而且一定要做到最好。所有这些都是哈里教给我们的。他为我们创造了一个既富有挑战性又十分轻松的工作环境。当我们犯傻的时候，他绝不嘲笑我们，但又经常忍不住咧嘴笑一下；如果我们犯了错误，或是哪儿做得不够好，他会直言不讳地指出来。我们爱他，又敬畏他，他让我们觉得自己很重要。他非常关心自己的工作，也同样关心我们，我们都拼命地工作，想让他满意。哈里·豪厄尔让我爱上了零售店，也爱上了零售店的工作。因为有了这份爱，我愿意把店里的每一条走道都擦得干干净净，把每一个瓶瓶罐罐、每一个包装袋儿都摆得整整齐齐，好让顾客觉得舒服自在。

在那个还没有条码的年代，我们用手持的打码机把价签打在货品上。这是个缓慢的过程，需要非常耐心才能不把价签标错。万一要是标错了，这个价签就会永远打在货品上。

后来，公司引进了"新技术"，一种硬质塑料做的价签枪，能够把价签贴在货品上。整个店里只有两三把这种价签枪，领导跟我们讲这个价签枪造价高昂，使用的时候需要格外小心。

一天晚上，我正忙着装纸制品区的货——厨房用纸、厕纸、面巾纸等。我已经装了差不多 1/3 了，划开纸箱子，用这个新型价签枪给每件商品贴上价签，然后把商品摆在货架上。我正干得晕头转向的时候，一个同事跟我说："科米，价签枪借我，用一下就还你。"然后他伸出手想要接过这把价签枪。我想都没想，就扔了过去。

就在价签枪离开我手的那一刹那，我同事转身消失了。我看着这把昂贵的价签枪在空中划出了一道完美的弧线，转了几圈，从二三十英尺^①的空中掉在了地上。在我的记忆里，我叫着："不！"然后飞身去接价签枪，但于事无补。这把昂贵的价签枪在哈里的脚边摔得粉碎。哈里经常来我这边看看，而我同事看到了他过来的身影——他的时机把握得太好了。

面对这种情况，许多领导都会直接呵斥这个愚蠢的孩子，我就认识几个这样的领导。而当这把价签枪在哈里擦得锃亮的皮鞋旁摔得粉碎的时候，他只是看了一眼，对我说："扫干净吧。"然后转身走了。之后，他再也没有问起这把价签枪，也没要我解释什么。16 岁的我只能认为是哈里当时意识到我被陷害了，带着他一贯的微笑，他理解我的处境，理解我是被陷害的，并且在心里同情我。

可能是这把价签枪确实不贵，也可能哈里最后让我同事赔偿了，但哈

_____

① 1 英尺 ≈ 0.304 米。——编者注

里的宽容与仁慈给我留下了深刻的印象，也让我更加爱戴他。我工作更卖力了，把纸制品区的过道整理得越发整洁。不过后来，我又干了一次傻事。

　　一天晚上，我被指派去装奶制品货架。这可比纸制品复杂多了，货品重量根本就不在一个量级上。我走到后面的冷库去取牛奶。当我推开厚重的冷库门的时候，我看到牛奶被一排一排摞在高高的货架上，每个塑料板条箱内装有 4 加仑①牛奶。那时候还没有塑料奶瓶，这些牛奶都装在纸质包装盒里，就跟现在学校午餐供应的那种纸盒牛奶差不多，只不过比它大了好多倍。我拉过一辆两轮手推车，开始往上装。显然，我想得太简单了，我装了 6 板条箱，那可是足足 24 加仑牛奶啊！我妈如果看见了，肯定会说我是因为懒得跑第二趟，所以才装了这么多。我歪歪扭扭地推着手推车，小心翼翼地控制着平衡，把它推出了冷库。我用右肩抵住手推车的后沿儿，左手扶在这堆牛奶上面，跌跌撞撞地推着车冲过冷库门，沿着奶制品货架往前走。这堆牛奶实在是太重了，我推着车，速度越来越难控制。我走得越来越快，小心翼翼地不让这堆牛奶倒在我身上。就快到牛奶陈列柜的时候，我来了个急刹车，完全忽略了惯性作用。当然，牛奶自己可不会忽略这一点。

　　就在我突然停下手推车的时候，板条箱却因为惯性继续向前，结结实实地摔在了地上。哗啦！奶盒顶部全部崩开了，牛奶洒了一地。天哪！我从没见过这么多牛奶洒在地上！这一摊牛奶顺着奶制品走道流到麦片区，流到罐装食品区，流到国际食品区……这简直是场灾难，我都不知道怎么描述。

　　我赶紧跑到后面，抓起一把拖布，拿了个桶，疯狂地擦着地上的"奶湖"。没有人注意我，纸质的牛奶盒不会摔碎，只是开口了。我想，如果我动作够快，可能会在其他人看到之前解决掉这个问题。

---

① 1 美制加仑 ≈ 3.785 升。——编者注

在哈里来之前，我已经擦了一会儿了。他站在"奶湖"的一头，手插着腰，小心不让擦好的皮鞋被弄脏。他站在那儿欣赏了一会儿我的"杰作"，然后说："学到什么没？"

"学到了，先生。"

"那就好，弄干净吧。"他转头走了。

那时候我太年轻了，还不能领会领导艺术的真谛，但 16 岁的我已经知道，我想成为哈里那样的人，而不是成为学校里的那种小混混。可能，哈里能感觉到我在学校的处境，他能理解，我只是一个想要融入某个集体、做好一些事情的孩子罢了。

不能融入集体，还总被欺负，这种日子确实不太好过，但换个角度想，这也培养了我识人的能力。在随后的日子里，我花了好一段时间学习评估威胁、判断声调，弄清楚走廊和更衣室里不断变动的局势。要避免被人欺凌需要不断地学习和调整自己，这就是为什么有那么多恃强凌弱的人。因为跟着他们欺负别人实在是很容易，你只需要走近他们，融入进去就行了。

在这些被欺凌的日子里，在一次次被欺负的过程中，我了解了权力能带来的后果。哈里·豪厄尔拥有权力，而他在使用权力的过程中，满怀着同情与怜悯。这对他来讲并不容易，因为他在和一群未成年的孩子打交道。其他人也拥有权力，比如说学校里那群小混混，但他们用自己手中的权力去欺负那些手无寸铁、无力反抗的人，只因这做起来更加容易。同样地，人们总是随波逐流，而不是奋起反击。

从我早年间所犯的一个大错误中，我也学到了这个教训。

1978 年，我考上了威廉与玛丽学院。那时候，我首次离开家乡外出求学。尽管我们所有人都不愿意承认这一点，但大家都会害怕，都会想家，我也不例外。因为学校里的学生太多了，我们 17 个大一男生只能住在主宿舍楼外面的一个配楼里，楼里没有宿管员，也没有其他老师管我们。直

第三章 恃强凌弱

到现在，我都不敢回忆当初那段时光——实际上，学校在不经意间创造了一个《蝇王》[1]中的世界。

宿舍楼里有一个男孩有点惹人讨厌。现在想起来，他不过是有点儿自大，有点儿保守而已。他在老家有个女朋友，他总是提起自己的女朋友。他的屋子收拾得很干净，还摆了几盆绿植。大部分情况下，他都是我行我素。但不知为什么，其他男孩就是觉得他很讨厌。于是，他们弄乱他的房间，扔掉他的东西，把他最喜欢的录音带洗掉去录东西，还干了很多别的坏事。而我，也是这个群体的一员。我也做了一些坏事，帮着他们干完坏事之后还嘲笑了几句。我也给他人造成了痛苦。

40年过去了，我依然觉得很羞愧。我怎么能去欺负别人呢？但我确实是个欺负人的混蛋。毕竟，当时身边所有人都那么做。可能我怕如果我不去欺负他，其他人就会来欺负我吧。又或者是因为我一直以来都没能融入这样的群体，我只是不想显得那么格格不入。在这里，我终于融入了这个群体，我成了一个恃强凌弱的人。

我的父母总是教育我，不要随波逐流。我妈经常说："要是别人跳楼你也跟着跳吗？"在我高中毕业的时候，我代表所有毕业生发言，讲的就是同侪压力的消极影响。我从16岁那年开始，就笃信拉尔夫·沃尔多·爱默生的一句话："依照世人的观念生活很简单，离群索居、遵从自己的内心也不难，难的是身处喧嚣却仍能不染世俗、卓然独立。"（应该是这么说的，我没有查证。）

尽管家教森严，自己之前也有过被欺负的经历，并且内心总是感到一丝内疚，但我依然没能抵抗住这种所谓的"友谊"与"快乐"，可能内心深处还隐隐有逃过一劫的喜悦。这是个和我当年一样倒霉和可怜的孩子，

---

① 《蝇王》是威廉·戈尔丁发表于1954年的寓言体长篇小说。小说讲述了一群被困在荒岛上的儿童在完全没有成人的引导下如何建立起一个脆弱的文明体系，最终由于人类内心的黑暗面导致这个文明体系无可避免地被野蛮与暴力代替。——译者注

但我骚扰并欺凌了他。我就是个胆小鬼，是个伪君子，是个混蛋。

几十年来，我认识了很多我这样的人。我们都无法抵挡加入主流群体的诱惑，总是压抑自己内心的声音，认为主流群体可以解决我们遇到的各种问题。我们认为这个群体能做出明智的决定，仿佛群体是某种道德实体，能够超越个人，而个人只有跟从的份儿。在群体面前，我们倾向于沉默，让"群体的智慧"出面解决问题。但这种从众心理，让我们放弃了自己的责任和义务。最终导致那些呼声最高的少数人的意见代表了大多数，而这些"少数人"最懂得如何利用大家的从众心理，为自己谋利。

如果我家一直住在扬克斯，如果我一直是大家眼中的宠儿，如果我一直能很好地融入群体之中，我不知道我现在会成为什么样的人。做一个圈外人，被人嘲笑愚弄，确实很痛苦。不过，也正是这段经历让我成为一个更好的人。这段经历让我逐渐坚定自己对恃强凌弱行为的憎恶，使我对受害者深感同情。实际上，我做检察官时觉得最有成就感的事情就是把各种各样的恃强凌弱的人关进监狱，使好人免受他们的欺侮。大学毕业后，我再也不愿随意向任何"主流群体"低头了，即使这会让我的生活更加不易。人生啊，弹指一挥间，对此已经深有体会的我决意要将余生花费在有意义的事情上。

第四章

意　义

我始终相信福祸相依，也一直相信我们能赋苦难以意义，予灾祸以价值。

——赫尔曼·黑塞

我和很多伟大的男性共事过，但对我的生活和领导能力影响最大的两个人都是女性。

1993 年，甘比诺家族的案子完结了。我遵守了我的诺言，和妻子帕特里斯一起搬到了弗吉尼亚州首府里士满。我们在那儿没什么朋友，但养家的成本小得多，生活也舒适得多。

一开始，我在一家律师事务所谋了个差事，后来又重操旧业，在里士满做一名助理检察官。其实在律师事务所工作也不错，挣得多，同事之间处得很好，但我就是有点怀念我以前的工作，尽管它的工作环境没那么好，工资也没那么高。我就是想让自己变得有用一点儿，为社会做点儿什么，为那些需要我的受害者争取权益，但律师事务所的同事并不能理解我。

我的新上司是联邦检察官海伦·费伊（Helen Fahey）。她是弗吉尼亚州东部所有联邦助理检察官的头儿。费伊的晋升之路不同寻常，而且非常鼓舞人心。孩子小的时候，她是个家庭主妇，在家照顾小孩；等孩子长大了，她就到国防部下面的一个部门工作，一开始她只是个打字员。与此同时，她一直在求学，坚持了 17 年时间。她曾经对媒体说过："人要一步步来，我就是这样的。一次打一份工，一份工至少做满一个月，一次上一门课。"她至今没有拿到学士学位，但由于考试成绩好，工作履历漂亮，她依然成功地考上了法学院。

1996 年，我开始跟着费伊工作，那年我 35 岁。我在里士满的联邦检察官办公室做一个小主管，和其他三个主管一起在费伊手下工作。那时候，我抱负满满，尤其希望能在反暴力犯罪和反腐工作上做出一番成绩。我曾经在曼哈顿担任联邦助理检察官，后来又在里士满的一家大律所做合伙人，这些经历让我觉得自己在这儿是个红人——我妈以前总喜欢这么说我，但她可不是在夸我。可能是潜移默化中从鲁迪·朱利安尼那儿学了些他的调调，我喜欢抛头露面，渐渐地成为里士满联邦执法机关的代言人，代表部门出席各种场合，还上了电视。一家免费发放的里士满周报将我作为封面人物，称我是"一个好人"，并把我的头衔写成了"联邦检察官"，而不是"联邦助理检察官"。这张照片是在我里士满的办公室里照的，但糟糕的是，我并没有告诉我的上司。如果是在鲁迪·朱利安尼手下工作的话，这种行为会让我死得很惨。当我看到这些印着我照片的报纸分发得到处都是的时候，我的第一反应是我完蛋了。然后我想起来，我的头儿不再是鲁迪·朱利安尼了。费伊想看到我成功。她的确笑话了我，而我也确实活该，但更多时候她是为我感到高兴，我们是同一阵营的战友。

海伦·费伊用她自己的方式领导着我们，很少有领导者能做到她那样。我知道有人在背后说她软弱："她简直是把里士满拱手让给科米了。"但她知道自己在做什么。她是在放手让我成长，偶尔在我身后提点我几句，以免我误入歧途。最后，我们总是能大获全胜。她不在乎那些小肚鸡肠的人在背后怎么说她，这一点我真的很敬佩她。随着年龄的增长，我越发觉得她的这种品质是难能可贵的。她把团队的利益和工作成果看得比她自己的名声和感受更重要。

那时，我们正致力于调查持枪犯罪，试图降低里士满的谋杀率，但有些联邦法官对此不以为然，甚至激烈反对，因为他们认为此类案件不应归于联邦法院。对此，我并不在乎，里士满的团队也不在乎，我们这么做是为了拯救生命。于是我们奋力前行，最终惹怒了一个高级法官。他签发了一项命令，要求拘留联邦检察官海伦·费伊，缘由不过是一个微不足道的行政错误：未能按时填写申请表，申请由联邦法警在指定日期将一个罪犯带到庭上候审。然而，这张表是我们填的，费伊压根儿跟这事儿没关系。她几乎一个月才来里士满一次，根本没必要把她扯到这事儿上来。但这位法官就是这么做了，为的就是让费伊和我们知难而退。

但他不了解海伦·费伊。

在费伊出席听证会那天，整个法庭、法院走廊和外面的街上都挤满了警员和联邦探员。费伊冷静地走向被告席等候。法官出现了，看到这么多执法人员都到场支持费伊，他有点慌乱，开始抱怨我给他带来了多大麻烦，他完全忽略了费伊，把怒火都转嫁到我所在的听众席。然后，他撤销了对费伊的指控。费伊觉得这事儿简直匪夷所思，但是她告诉我们，我们做得对，而且要继续努力。

我整个职业生涯的领导能力都来源于费伊的信心，不仅是对我的信心，而且是对她自己的信心。她在团队的成就中显得熠熠生辉，而我们在她的光芒里绽放自我。我们爱戴她。她因为足够自信而保持谦逊。

然而，对我的领导能力影响最大的人是我的妻子帕特里斯。

人固有一死，这是无法避免的。我曾经距离死亡只有一步之遥，而在"拉姆齐强奸犯"的影响逐渐消失后，我再次体验了与死神擦肩而过。有一次，我去看望帕特里斯，她当时还只是我女朋友。那时候，她在和平队做志愿工作，正在非洲西部塞拉利昂共和国的一个小村落里。我去看她的时候，因感染疟疾而差点儿丧命。当时如果不是她骑着小摩托车，连夜带我跑上好几十里路去医院的话，我可能真的就死在非洲了。但有时，相比自己直面死亡，失去生命中的挚爱更能让我们感受到生命的短暂，理解生而为人的意义。

1995 年夏，帕特里斯和我住在里士满的一个新区。我们的房子有 5 个卧室，是一栋殖民地风格的建筑，坐落在一条路的尽头。在这里，就算只是给孩子办个生日宴会，消防车都会开到家门口待命；在这里，邻居们都彼此熟悉，孩子们可以在门口安静的街道上尽情玩耍。我们搬过来之后，家里的两个姑娘开心极了。1994 年，我们又给她俩添了个弟弟。再后来，我们有了科林。

科林·爱德华·科米（Collin Edward Comey）出生于 1995 年 8 月 4 日。他生下来就很健康，有将近 3.5 公斤重。跟科米家的其他孩子一样，他也是个大个子。那天，帕特里斯在医院照顾科林，其他三个孩子来看他和妈妈。对于很多新生儿父母来说，这实在是最幸福的时刻。然而，帕特里斯慢慢感觉到科林有些不对劲儿。他有点太闹腾。帕特里斯就去问医院的工作人员是不是出了什么问题。工作人员向她保证孩子什么问题都没有，一切都正常。一名护士过来，用一副过来人的口吻对帕特里斯这位 4 个孩子的妈妈说："别紧张，你只是没遇见过孩子疝气罢了。"

但他确实有些不对劲儿。当时我们还不清楚，后来才知道，那时候科林的小身体正在跟一群致命细菌做斗争。世界上大概有 1/4 的准妈妈会携带 B 族链球菌。这种细菌对母体并无伤害，对婴儿却是致命的。今天，我们可以通过晚期孕检轻松检测出这种细菌，生产的时候用盘尼西林（又称青霉素）就可以治疗。但在 1995 年，对这种细菌的检测治疗手段并不是孕检的常规项目。尽管在当时，有一些医院和医生确实会进行这项检测，但妇产科协会并没有对此提出过公开建议或指导，州医学委员会也并未将这类检测列入标准检测名录。

第二天早上，科林就发起了高烧，血液中也出现了持续的感染现象，他患上了败血症。科林在新生儿重症监护病房里住了 9 天，也抗争了 9 天。但很快，他就只能靠呼吸机维持生命了。呼吸机让他的小胸脯上下起伏，但他并没有好转。这 9 天里，帕特里斯几乎没睡觉，她坐在科林床边的椅子上，实在撑不住的时候才会眯上一会儿。她说科林在她的肚子里待了 9 个月，她们母子连心，科林现在需要她的支持和抚慰。帕特里斯一直和小科林待在一起，握着他的小手，给他唱摇篮曲。

医生过来了，给我们看脑部扫描的结果，我们的心都彻底沉了下去。

病菌已经侵蚀了他的大脑，他现在只能靠呼吸机维持生命。医生跟我说，很抱歉，孩子已经过世了。但医生不告诉我们应该怎么做，他们让我们决定是否要撤走呼吸机。我们怎么能这么做！孩子小小的身体就躺在那儿，就躺在我们面前，而他们却要求我们放弃，让他真正离开这个世界。

我回家去看其他的孩子，我父母正陪着他们。压力下的我一般都显得格外平静，甚至有点儿冷漠。但当我跟父母讲述这个事实的时候，我崩溃了，号啕大哭。他们俩也不知道应该怎么办。

回到医院之后，帕特里斯和我一起做了这个决定。在这个悲痛欲绝的时刻，她想到了另一件要紧事。我们的大儿子还不到两岁，还不能理解家里发生了什么，但女儿们都大了。帕特里斯觉得，她们应该面对，也需要面对这个现实。当她们了解了事情的真相，并且接受了这个真相之后，她们要来见科林最后一面。帕特里斯觉得，两个女儿在科林刚出生的时候就抱过他，她们也应该陪他走完最后一程，我们不应该瞒着她们，不然这会对她们今后的人生造成难以磨灭的影响。我肯定想不到这点。让一个 5 岁的女孩和一个 7 岁的女孩去看她们快要离开人世的弟弟？谁会这么做呢？显然，这个明智的女人这么做了。这成为两个女儿人生中的一大财富。她们有机会跟小弟弟好好告别。

为了让女儿们接受这个事实，我们带她俩出去野餐。我们跟她们讲了事情的经过，也讲了我们的想法。当然，其间我们数次抱头痛哭。在告别的那一天，我妈把两个女儿带来了。我们撤走了科林的呼吸机，帕特里斯抱着科林，然后把他递给姐姐们。两个姐姐轮流抱着他，摇晃着他的小身体，对他说话，跟他告别。两个女儿离开之后，我抱了一会儿这个小家伙，然后还给了他妈妈。他妈妈一直在对他唱歌谣，直到他呼吸停止的那一刻。一个心碎的母亲，抱着她生病的孩子，直到他短暂生命的最后一刻。直到现在，想到这一刻我依然会觉得心酸。

实际上，我和帕特里斯都很生气。如果医院或医生将 B 族链球菌检测列为常规孕检项目，帕特里斯就会在孕晚期检查的时候查出这个问题，就可以在生产的时候得到诊治，那么科林很可能就会活下来。但医生没有要求帕特里斯做 B 族链球菌检测，所在的医院也没有强制要求医生对孕妇进行这类检查。科林永远地离开了我们。帕特里斯做了很多调查研究，和疾病控制中心的研究者建立了良好的关系。她也加入了 B 族链球菌协会，认识了很多同病相怜的母亲。在全美国，有很多婴儿原本不应因 B 族链球菌感染而丧命。但因为相应的医疗改革推行得过于缓慢，B 族链球菌感染夺走了许多婴儿的生命。

帕特里斯说："我不能把儿子的命救回来，但我一想到会有其他母亲也像我一样承受撕心裂肺的痛苦，我就无法忍受。"她试图从宗教中寻找安慰，来缓释失去科林的痛苦，以《新约全书》中她最爱的句子安抚自己。使徒保罗在《罗马书》中写道："我们晓得万事都互相效力，叫爱神的人得益处，就是按他旨意被召的人。"

但帕特里斯理解不了，为什么爱人爱万物的上帝会夺走科林的生命，她不愿将其简单地归为"上帝的旨意"。帕特里斯很多次都对我说："上帝为什么要让我的孩子去死？这是个什么样的上帝？我才不信。"但她确实相信她应该从生命的苦难中寻找一些有意义的东西。而在她看来，这个有意义的东西就是促使所有的医生都要给孕妇做 B 族链球菌检测，以挽救更多婴儿。然后，她就化悲痛为力量，开始为这个目标奋斗起来。

帕特里斯开始写文章公开怀念我们逝去的儿子，跑到全国各地，为改变相关的医疗标准而努力。她在弗吉尼亚州议会演讲，成功地使州议会通过了将 B 族链球菌纳入医疗检测和治疗的决议。她不是一个人在战斗，是她与其他很多好心人的共同努力改变了这个国家。现在，所有的孕妇都要接受 B 族链球菌检测，她们的孩子也能免于劫难。福祸相依。可能其他孕妇永远都不会知道倘若在以前她们会面临什么样的风险，但她们现在的样子，就是最好的结果。

第四章　意　义

帕特里斯一直致力于做对别人有意义的事，她的追求无疑对我产生了很大的影响。我对于毕生从事的执法与司法事业的认识，很大程度上受到了帕特里斯的影响。在科林过世之后的很多年里，我看到过很多不好的事情发生在好人身上，我也曾试图劝慰他们，希望给这些痛苦的人生经历赋予一些意义。2002 年，我重新回到曼哈顿，担任纽约南区联邦检察官。"9·11"恐怖袭击事件夺走了上千人的生命，其中有好几百人甚至尸骨无存。我曾经邀请全美国其他 92 位联邦检察官共同参观世贸大厦遗址。我对他们说，尽管我们看不见，但那些丧命者的冤魂就盘旋在这片土地的上空。这片土地上满是失去亲人的伤痛和令人窒息的悲哀。这是一片悲伤又圣洁的土地。

我举了帕特里斯的例子。我对他们说，我不知道为什么好人总是没有好报。但我记得，根据基督教和犹太教共同的传统，《约伯记》的教诲甚至禁止我们问这样的问题。周围呼啸的风中仿佛传来："你怎么敢！"但事实上，我无法解释上帝在人类历史中扮演了什么角色。要解释这个问题可要比解释为什么我儿子最终没有活在世上困难得多。要解释这个问题，我们要去了解世上为什么会有无数无辜丧命的孩子。我自己并不了解，也没那个耐心去学习那些自称已经了解上帝的人都说了些什么。我知道的是帕特里斯告诉我的：不向生命中的苦难低头，抚平创伤，缓解痛苦，让他人免遭你曾经遭受的苦难，这才是有意义的。我们的义务和责任就是确保自己能在苦难中看到一些美好，在与亲人告别的过程中找到生命的馈赠，而不是让苦难真正成为苦难，让失去真正变成失去。生命中有些苦难我们永远都无法弥补，但如果我们能化悲痛为力量，永葆善良，远离邪恶，我们便能战胜这些苦难，甚至从中获得新生。在这个过程中，我们会发现美好、公平与正义。

帕特里斯和我原本打算一直待在里士满。我们的孩子上了很好的公立学校，家里住的房子也很好，便宜而且舒服，周边环境也很安全。在科林走了之后，1996 年我们添了个女儿，2000 年又生了小女儿。我们可以在里士满养活这 5 个孩子，做喜欢的工作，生活很安定。但是，在"9·11"恐怖袭击事件发生后，我接到一通电话。

2001 年 10 月的一天，我下班回到家，陪着我的两个小女儿。帕特里斯正在教堂，参加由她发起的一个妇女组织的日常会议。她正在和在场的女性激情洋溢地讲述今后的规划。她自然听不到家里的电话响了，我接起了电话。电话里传来一个男人的声音，说他从白宫打来，给我打电话是因为总统先生想知道我是否有兴趣回到曼哈顿，出任联邦检察官。我觉得这可能是我的哪个朋友在跟我开玩笑，于是回应道："好啊，你怎么不滚……"这时电话里的男人打断了我，说他并不是在开玩笑。乔治·W.布什总统需要新任命一位纽约南区联邦检察官，但在人选上陷入了政治僵局，最后他们觉得我可能是个很好的人选。因为我曾经在曼哈顿工作过，我处理过恐怖主义相关案件，民主党和共和党都能接受我出任这个职务。现在的问题就是，我愿不愿意接受这个任命？

时隔久远，现在的我已经很难准确描述 2001 年秋天笼罩纽约的那种恐惧感。当时的美国民众，万众一心、众志成城，但也异常焦虑。我当然愿意接受了，我回应道："但我妻子现在不在家，如果她有什么别的想法，我再给您回电话。"我挂断了电话，留下两个女儿待在屋里，自己到门口车道上去等帕特里斯回来。我的心怦怦直跳。

感觉过了好几个小时，帕特里斯开着我们的红色福特小面包车回来了。她下了车，看了我一眼，说："怎么了？出什么事了？"

我独自一人，站在门口。"没什么。有人从白宫打电话来，让我回纽约担任联邦检察官。"

她的眼睛亮了起来："你可别说不去。"

"我没说不去。但我跟他们说，如果我妻子有别的想法，我就给他们回电话。"

她的眼泪流了下来，双手捂住脸。"我就要回纽约了。天哪！我居然要回纽约去了。"

我们确实要回纽约了。此时的纽约刚刚经历了"9·11"恐怖主义袭击，世贸大楼还在冒烟呢。我将带领将近250个助理检察官处理几百起案件，从恐怖主义袭击到暴力犯罪，再到公司诈骗，其中将包括我职业生涯中办得最漂亮的一起案件。

帕特里斯打开小面包车的侧门。她用来装百吉饼的大瓷盘滑了下来，掉在地上，哗啦一下摔得粉碎，就好像在预示着什么一样。

第五章
说谎容易，生活不易

第一次说谎的人需要下很大的决心，但第二次、第三次就会容易得多，然后说谎就会变成习惯，最后，他的谎言会像流水一样，而他说的真话则无人采信。语言的虚假会导致心灵的虚伪，最后吞噬人性中所有的美好。

——托马斯·杰斐逊

2005 年 3 月，玛莎·斯图尔特[1]（Martha Stewart）被刑满释放。那时，媒体大肆宣扬的都是她在被拘留期间净资产不降反增，就好像检察官起诉这个女人是为了摧毁她一样。实际上，她被起诉是因为她在调查期间做伪证，对她的处罚也向社会传递了一个信息：无论你是谁，都不能妨碍司法公正。

当时，我正在拉斯维加斯做一个演讲。我知道媒体一定会就玛莎·斯图尔特一案采访我，看看我的反应，因为是我起诉了她。也正因这起案件，我获得了大量的媒体关注，遭到不少公众批评。不出所料，一个摄影师和一个当地记者来到我面前，记者把麦克风往我面前一递，一口气说出了他的问题："科米先生，玛莎·斯图尔特今天出狱，身价比她入狱之前涨了两亿，对此您怎么看？"（他故意把"怎么看"这三个字拖了老长。）

我停顿了一下，对着摄像机，慢慢说出了我在脑海中演练了很久的话："我们司法部的目的就是好好改造罪犯，然后使他们成功地重新回到社会。至于斯图尔特女士，她可能比别的罪犯改造得好，我们对此没必要担心。"我板着脸，点了点头，然后走开了。这名记者显然没有意识到

① 玛莎·斯图尔特被誉为美国的"家政女王"，靠着提供各式家居美食及生活创意小点子，一手打造出横跨平面、电子及网络的媒体王国。2003 年，62 岁的玛莎因牵涉一桩股票内部交易丑闻而被判入联邦惩教中心关押 5 个月，接受 2 年的释放监督（包含 5 个月的电子监控）并被罚款 3 万美元，之后不得在任何公务公司担任董事职务。出狱后玛莎主要致力于执导、主持电视节目《玛莎生活》，以及同名杂志的出版工作。——译者注

我在开玩笑，但摄影师（作为媒体圈里更接地气的人）已经笑得前仰后合，摄像机都握不住了。最后，这段片子并没用上，因为画面晃动得太严重了。

玛莎·斯图尔特并没犯什么惊天大案。起初，我甚至觉得这个案子有点小题大做，因为这与我们整天忙活的那些案子相比，与那些影响国计民生的案子相比，简直不值一提。但有些事情让我改变了对这个案子的看法，这个案子不仅仅是一个有钱人把即将崩盘的股票抛售出去，还关系到更高层次的东西。同时，这个案子将会以各种方式影响着我今后的执法生涯，给予我的教训令我终身受益。

人的一生中，每个人都会说谎。重要的不是我们说了谎，而是我们在哪儿说谎，说了什么谎，多久说一次谎。

我这种身高的人，最容易被人问的问题就是——你大学打篮球吗？其实我不打，但想说明我为什么不打可就没这么简单了。我不打篮球是因为我发育得晚，我膝盖有伤，而打篮球又需要太多时间练习。我觉得没人想知道这些，就算他们想知道，茶水间的日常谈话也未必有这么多时间。因此毕业之后，但凡有陌生人问我这个问题，我就会回答："我打篮球。"就连念法学院的时候，一起打球的朋友问我本科时候打不打篮球，我都说我打。我不知道我为什么要这么说。可能是因为我不自信，也可能是这个答案不需费口舌，又或者是我想让别人觉得我是个校园球星。这似乎是个傻孩子说的一个无关紧要的谎话，但谎话就是谎话。它让我的内心备受煎熬。因此，法学院毕业之后，我给朋友们写信，承认我对他们说了谎，我其实之前并不打篮球。他们都能理解我，还有一个给我回信（能回信的都是真朋友）说："我们知道你之前不打球，但我们觉得无所谓。你是个好人，篮球打得也不错。当然，有些时候你也会犯蠢。"

我觉得，我如此在意这个小谎言的原因，是怕说谎会成为我的习惯。这么多年来，我见过太多的骗子，他们的谎言如流水，最后甚至失去了分辨真实与虚假的能力。物以类聚，那些爱说谎的人身边聚集的也都是爱说谎的人。那些不愿意放弃节操去欺骗别人的人都被逐出局，那些愿意忍受谎言与虚妄的人逐渐成为这个圈子中的核心成员。这样的圈子也吸引着其他骗子加入。这就形成了一种说谎的氛围，最终说谎成了一种生活方式。这些随便说说的小谎，实际上非常危险。"小时偷针，大时偷金"，谎言会越说越大，酿成的后果也会越来越严重。

每年，总会有那么一些人被指控犯有内部交易罪。一群衣冠楚楚的人被铐起来，在镜头前面一一掠过，走进法庭。一般除了经济媒体，公众对这类案件关注度不高。但在 2002 年 1 月，这种情况发生了变化。一家名不见经传的生物科技公司涉案，其股东成员中有一位知名的大人物。而这个案子的卷宗出现在了我曼哈顿的办公桌上。

2001 年年底，萨姆·瓦克萨尔（Sam Waksal），英克隆（ImClone）制药公司的总裁，卖出了自己手上大部分的英克隆公司股票，因为他了解到美国食品药品监督管理局将拒绝批准该公司新开发药物的生产许可。问题在于，大众对此事并不知晓。按照法律规定，公司总裁在了解了不为普通股东知晓的关键信息之后，不可买卖公司的股票，否则就犯了内部交易罪。瓦克萨尔此举就相当于把自己送到了执法部门的枪口上。很明显，他有罪，应该被起诉。但需要进一步调查的是：2001 年圣诞节后卖出英克隆公司股票的其他人是否也知道了这个机密的、未公开的信息。

这笔交易发生在曼哈顿，属于我的管辖范围，于是我很快召集了手下一帮明星助理检察官去协助调查。我的副手是戴维·凯利（David Kelley），一位职业助理检察官，同时也是我的好友。刑事部门主管凯伦·西摩（Karen Seymour）之前也是一名检察官，同样是我的好友，负责管理刑事部门的所有助理检察官。是我说服了她离开华尔街的律师事务所，帮我带领刑事部门这个团队。我们三个在一起做了所有艰难的决定。我们就像所有的老朋友一样，一起开怀大笑，一起争论不休，也一起开彼此的玩笑。

我很珍视我们之间的友谊，因为他们总是对我坦诚相待，就算我已经被血淋淋的现实围绕，他们也从不欺瞒。

组织机构中，尤其在等级森严的组织机构中，最大的危险就是反馈渠道不通畅，领导者无法知道下属的不同意见，也听不到真实的反馈。这就很容易让组织中的成员生活在欺瞒和错觉当中。若组织的领导者过于自负，不肯谦恭近人，就会养成妄自尊大的坏毛病，逐渐远离群众。纽约的黑帮组织就是这样没落的。而讽刺的是，朱利安尼领导下的纽约南区联邦检察官办公室虽然最终将黑帮组织绳之以法，却也面临这一问题。现在，既然我坐在了朱利安尼的位置上，我就要当心，不能重蹈覆辙。

现在，在纽约南区联邦检察官办公室创建新的工作氛围成为我的责任。我要吸取朱利安尼的教训，发扬费伊的优点，创设良好的工作氛围，让团队的所有人都能最大限度发挥自己的能力。从我第一天任职开始，我就试着将这种态度融入工作当中。在我任职纽约南区联邦检察官期间，我录用了差不多50位新的助理检察官。每一位助理检察官宣誓就职的时候，我都会在现场见证。我请他们邀请自己的家人参加宣誓就职仪式。我告诉他们，他们站起来宣誓自己今后会代表美利坚合众国的那一刻，是值得终生铭记的一刻。因为自那一刻起，他们所说的一切，人们都会相信。尽管我并不想戳破他们美好的梦想，但我必须告诉他们：人们愿意相信你们并非因为你们自己，而是因为无数的前辈检察官前赴后继，恪尽职守，惩奸除恶，去伪存真，最终为今天的你们留下一笔宝贵的财富。而这笔财富，我称之为"信用水池"。我告诉他们：这个"信用水池"里承载的信任和信用，是你们的前辈竭尽全力，一点一滴为你们积蓄的。正是因为有了这个"信用水池"，我们才得以开展我们现在的工作。这是一笔无价之宝。我对这些意气风发的年轻检察官说，世界上没有免费的午餐，这个宝贝也不例外。你们有责任，也有义务保护我们的"信用水池"，保证其完好无损，甚至为其填注力量，然后将它传递给你们的后辈。要想装满这个"信用水池"，可能需要很久，但要想毁掉它，是非常简单的。"千里之堤，溃于蚁穴。"一个人的行为不端就可能毁掉几百年来所有前辈的努力。

在瓦克萨尔这个案子上，政府的调查人员，包括联邦调查局探员和分析师一起对基本情况进行了分析。他们列出了一张人员名单，上面都是和瓦克萨尔在同一时间卖掉英克隆公司股票的人，其中就有玛莎·斯图尔特。就在瓦克萨尔卖掉自己手里股票的同一天，斯图尔特也把手里的英克隆公司股票都卖了。当时，公众并不知道美国食品药品监督管理局并未批准英克隆公司新药的生产许可。卖了手里的股票之后，斯图尔特女士避免了5万美元的损失。这点儿小钱对于这位身家上亿的女士来说，简直是九牛一毛。但调查员出于谨慎起见，还是去拜访了斯图亚特女士，询问了她出售股票的原因。

斯图亚特是瓦克萨尔的朋友，所以调查员觉得她可能会说，当她知道瓦克萨尔卖掉公司股票的时候，她也照做了。她当然会说她并不知道这笔交易有什么问题，如果真有什么问题的话，她感到很抱歉。这种情况下，最后调查员会给她一个严正警告，也可能开出一张对她来讲不值一提的罚单，然后这事儿就这么过去了。

但斯图亚特并没有这么做。

斯图亚特告诉调查员，她和她的股票经纪人达成了一项协议，如果英克隆公司的股票跌到某个价格，或者说"触底"了，那就立刻将其卖掉。斯图亚特说，她在卖股票之前，并不知道瓦克萨尔把自己手里的股票卖了。可能就是因为瓦克萨尔大量抛售英克隆公司的股票导致了股票价格的暴跌，因此斯图尔特才卖掉了自己手里的股票。这事儿就是个巧合，没什么可调查的。

联邦调查局的调查员才不相信什么巧合。斯图亚特的说法让他们想要进一步深究。调查员查到了很多疑点，但其中最可疑的就是斯图亚特和瓦克萨尔的股票经纪人居然是同一个人。同时，他们也了解到，这个经纪人在瓦克萨尔卖掉股票的那天早上，给斯图亚特打了个电话。但是，斯图亚特那时候正在去墨西哥的私人飞机上，并没接到这个电话。因此，经纪人给她的秘书留了个信儿，说自己有很紧急的事情，是有关瓦克萨尔的，必须要马上跟斯图亚特商谈。

该案件的调查启动之后，联邦调查员获得了经纪人手写的便条，证实了之前斯图亚特关于售卖股票协议的说法。但便条上的字是由两种不同的墨水写成的。能支持斯图亚特说法的部分是用一种牌子的墨水写的，而其他的内容则是由另一种牌子的墨水写的。

随后，调查员又查到了一个疑点。他们询问了斯图亚特的秘书，了解到在联邦调查员开始调查英克隆股票抛售案之后，斯图亚特曾让秘书把自己和经纪人的电话记录调出来，然后她走到秘书的办公桌前，让秘书起来，自己坐下，开始删掉经纪人打电话来想商谈关于瓦克萨尔一事的那部分信息。但斯图亚特在中途停止了操作。显然她觉得自己在潜在证人面前就这么删掉证据实在是太蠢了。如果被检举，这就是妨碍司法公正的重罪。她突然站起身来，让秘书把自己刚才删掉的地方恢复。

我从一开始就不怎么喜欢玛莎·斯图亚特这个案子，因为我觉得我们应该把时间花在那些更为重大的案件上。20世纪90年代正是科技泡沫破碎的时候，伴随着急剧动荡的市场环境，一大批公司诈骗案涌现出来。借用沃伦·巴菲特的名言："当大潮退去，才知道谁在裸泳。"当市场的大潮退去后，安然（Enron）、世通（WorldCom）、阿德菲亚（Adelphia）等公司的诈骗行径暴露，造成了多家公司破产，成千上万的人丢掉工作，投资者损失了几十亿美元。那时候，为处理这些大案子，我们夜以继日地在纽约的办公室里工作。这些案子太难了，要动很多脑筋才能最终破获。这跟我之前处理的贩毒案太不一样了。我处理过很多贩毒案，那时候我们的任务就是找到被告和毒品交易之间的联系。如果联邦探员闯入一个旅馆房间，发现一公斤海洛因堆在桌上，那桌边坐着的所有人都要坐牢。这些人之中，没人会说自己不知道买卖毒品是违法的，也没人会辩解说自己的会计师或律师已经检查了这些海洛因，自己的行为完全符合美国法律的要求。因为这些理由都是没用的。所有人都要进监狱。

但在公司诈骗案里，重点完全反了过来。忙活了一天，探员终于调查清楚这些交易到底是怎么回事儿了，终于知道交易的双方是谁，都交易了些什么。但涉案的每个人都会说自己完全不知道这些以抵押贷款支持的交易、逆向回购交易、外汇掉期交易等错综复杂的交易是非法的。他们肯定会说，自己对那些蒙受重大损失的人感到非常抱歉，但自己确实不知道自己哪里违法了，也压根儿就不想犯法。

于是，向陪审团证明这些人内心是否在图谋不轨的重任就落在了我们调查员和检察官的肩上，而且要使12位陪审员一致认同案件中公诉方证据充分、符合规定。要调查并指证罪犯实在是太困难了。20世纪，电子通信设备的发明为执法部门的工作提供了巨大的帮助，但取证依然是一个困难重重的过程。有时候，电子邮件里确实有一些直截了当、无可辩驳的证据。在我办过的一个案子里，一个财务主管就给另一个财务主管发邮件说："我就祈祷证券交易委员会不会发现我们在干吗。"他的同事回复道："别管证券交易委员会了，联邦调查局来的时候，我肯定就完蛋了。"这些证据确实很有利。

但通常情况下都没这么简单。联邦调查员在调查犯罪意图时经常受到阻碍，尤其是涉及巨大经济损失的案件。人们口头呼喊着公司高级管理者"一定知情"并不够，要排除合理性怀疑，找到能够证明他知法犯法的证据。在这种时候，公司的高级管理者总是表现得十分震惊，震惊于自己手下的员工居然敢违犯法律，以此表示自己对犯罪行为毫不知情。

我们有这么多复杂的大案子要忙，我为什么要关心玛莎·斯图亚特的案子？这不过是个简单的小案子，不过是个富人在自己的朋友卖了某公司的股票后自己也跟着卖了，而事后又对调查员撒了个谎罢了。我们有证据表明这是个内部交易案，如果我们再上纲上线一点儿，指控嫌疑人意图妨碍司法公正也就是了。但这个案子远不止这么简单，因为这个案子涉及一个人人爱戴的电视节目主持人，陪审团的同情心异常高涨。斯图亚特在电视上教会了我们很多小窍门，我也曾按照她的建议，在感恩节烤鸡下面垫一层罗勒叶。为什么要起诉她，惹这个麻烦呢？谁又关心这个呢？

但很快，这案子就变得不那么简单了。一天下午，担任该案件调查小组组长的助理检察官冲进我办公室。从我办公室里能看到布鲁克林大桥曼哈顿这侧的风景，可以看到纽约市警察局总部。从早到晚，我都能看到布鲁克林大桥上人来人往，纽约市警察局总部总有人进进出出。调查小组组长冲进来时，两只胳膊举过头顶，仿佛预示着胜利一样。他笑着告诉我他们找到了关键证据。

非常出人意料，这个案子的关键证据来自玛莎·斯图亚特最好的朋友，玛丽安娜·帕斯特纳克（Mariana Pasternak）。就在这个所谓巧合的股票抛售发生之后几天，这两位都到墨西哥的卡波圣卢卡斯过新年假期。帕斯特纳克告诉调查员，她们在酒店阳台上闲聊的时候，斯图亚特对她说，她之所以卖掉所有英克隆公司的股票是因为她的经纪人说瓦克萨尔把自己的股票卖了。然后斯图亚特又说："有这样一个经纪人实在是太好了！"

这就意味着，玛莎·斯图亚特确实对我们说了谎，而我们现在也有充分的证据能证实她说谎了。实际上，她根本没必要说这个谎。她本可以选择主动退还那5万美元（对她来讲，这5万美元简直是九牛一毛），然后表达出自己的悔改之意，发誓说她也不会再干这种内部交易的事儿了，这事儿就可以了结了。然而，她选择编织一个精心的谎言，然后让别人给她掩盖行迹。

斯图亚特除了有一堆狂热的粉丝帮她说好话之外，她的律师团队也十分给力。她的辩护律师给出的理由之一就是：一个身价上亿的人居然为了区区5万美元不惜触犯法律，而且还是在去墨西哥的私人飞机上干这事儿，实在是没有必要。她的时间太宝贵了，这些琐事根本不需要她浪费精力。听了这个辩护理由后，我问她的律师团：假如在一个周末的早上，斯图亚特女士端着一杯咖啡，走出自己豪宅的门，沿着蜿蜒的花园走道去取当天早上的《纽约时报》。突然，她看到报纸边上躺着一张5美元的钞票，你说她是会捡起来呢，还是对这种"琐事"视而不见呢？律师团一片沉默。她当然会捡起来了。只需给经纪人打个电话，就能避免自己5万美元的损失，她当然会这么做。大多数人都会这么做，尤其是当人们对内部交易罪这种罪名并不熟悉时。

我咨询了刑事部门主管凯伦·西摩，看看她能不能与斯图亚特的团队进行认罪协商。凯伦并不想这样做，因为她手中已经握有强有力的证据，跟犯罪嫌疑人进行认罪协商可能让他们以为我们的证据并不确凿，但她还是试了试。起先，斯图亚特的律师团说她愿意认罪，后来又说她绝不认罪。我猜测，要么是他们想试探我们的决心，要么就是没能劝服他们的当事人在这个不可能打赢的官司上认罪。但对于我们来讲，如果我们想要将斯图亚特绳之以法，我们就得对她提起诉讼，然后跟这个受人爱戴的公众人物打官司。尽管这个案子证据确凿，但我依然犹豫了。我知道斯图亚特那些媒体圈的朋友会如何维护她。他们会说我就是想借这个案子捧红自己，说我打着司法公正的幌子拿公众人物开刀，说我就是另一个鲁迪·朱利安尼，踩着别人的肩膀上位。关于这一点，斯图亚特的律师早已透露过。我站在办公室的窗前思考良久。我并不想让自己成为媒体舆论的焦点，更不想遭到不公正的指责。正在我为自己和自身形象担心的时候，我想起一个年轻的黑人牧师。

20世纪90年代末，我在弗吉尼亚州里士满担任联邦助理检察官主管。我就是那时候认识他的。当时，他是里士满浸信会第四教堂的一位年轻的助理牧师。教堂里的高级牧师是当时里士满市的市长——利奥尼达斯·B. 扬（Leonidas B. Young），是个很有魅力的人。但不幸的是，扬市长可能是太有魅力了，甚至有点招蜂引蝶。他已婚并育有子女，却同时跟很多女人有婚外情。为了保持这些婚外情，他甚至去做了阴茎植入。后来，这个手术失败了，留下很多后遗症，要花大价钱护理。他又得花钱治病，又得花钱给这些情妇买东西、安排旅行、住酒店，扬市长有些捉襟见肘。他决定要赚点儿钱。但不幸的是，他选择了利用职位便利谋求财富，并且让他的助理牧师来帮他干这事儿。

那时候，里士满政府正盘算着将公共墓地私有化，其中一个竞标公司联系了扬市长。而市长表示，如果这家公司想在竞标中一举成功，那就得雇几个人，比如说请他的助理牧师去做"顾问"。然后这个公司就雇用了这位年轻的助理牧师，给他开了好几万美元的支票。银行记录显示，年轻的牧师兑现了这些支票，然后把这些钱都给了扬市长。

我的同事鲍勃·特罗诺（Bob Trono）和我一起去见了这位年轻的牧师。在这位年轻的牧师身上，我看到了一种力量，这种力量让我想要去帮助他。我看着他的眼睛，告诉他我相信他是个好人，他这么做都是为了报答他的人生导师，那位教堂高级牧师、里士满市市长利奥尼达斯·扬。就我们所知，这位年轻的牧师并没有把不义之财据为己有。我跟他说：如果你认罪，你不会有事的，但如果你说谎，我就得起诉你了。我还告诉他，总有一天，扬市长会把他供出去。他有点慌了，额头冒汗，但仍坚持称这家公司雇用他是因为他的"专业水平"，称他并没有给扬市长钱。

会面结束后，我感到深深的悲哀，因为我能看到一个原本前程似锦的年轻牧师亲手毁了自己的未来。利奥尼达斯·扬被指控，他承认了自己非法获利的罪行，被判收监入狱。为了减免刑期，他供出了助理牧师，指控其帮助自己洗钱。就这样，这位年轻的牧师因做伪证而被起诉，起诉他的检察官是鲍勃·特罗诺。庭审现场，利奥尼达斯·扬出庭指证了他。就这样，这位年轻的牧师因做伪证被判处15个月有期徒刑。我在本书中隐去了他的名字，我希望他出狱后能过上幸福快乐的生活。

第五章　说谎容易，生活不易

就在我站在曼哈顿的办公室窗前，想起这位年轻牧师的时候，我突然为自己的所作所为感到羞愧。这位牧师并不知名，出了里士满，我可能是唯一一个知道他名字的人。而我此刻，坐在曼哈顿的联邦检察官的椅子上，居然仅仅因为不想受到指责就犹豫要不要起诉玛莎·斯图亚特，而且我居然真的因为她是个富有的名人就有放过她的念头！这简直就是在断送司法公正！我简直就是个胆小鬼！

想通了这点后，我让戴维·凯利去调查，过去这些年里美国究竟有多少人因做伪证而被起诉。有多少"普通人"面对联邦调查员说了谎，随后为此付出了沉重的代价？答案是 2 000 人。凯利告诉我，我得坚定自己的信念，我们做的是对的，我得坚持走下去。他说得对。我对我的下属们说，我们要起诉玛莎·斯图亚特。我决定让凯伦·西摩出庭起诉。

这是我人生中第一次，深思熟虑做出决定后遭到了无尽的指责。很多人穷其一生都无法理解我为什么非得小题大做，为什么非得毁掉玛莎·斯图亚特。我肯定是疯了才会做出这种正常人不能理解，也不会支持的决定。来自各方的指责让我保持了清醒：我们用正确的方式做了正确的决定，我对此完全认同。那时候我还不知道，这个案子也为将来的执法提供了良好的先例。斯图亚特最终被定罪，判处 5 个月有期徒刑，在西弗吉尼亚州奥尔德森监狱服刑。

斯图亚特的案子提醒我，司法系统最终是个信用系统。我们无法分辨人们是否说谎，是否藏匿了有用的文件，因此当我们能够证明他们说谎，证明他们藏匿文件的时候，我们就要揭发他们。这种做法给公众传递了一个信息：人们要为在执法人员前面说谎而付出沉重的代价。人们要对在执法人员面前说谎心怀畏惧，否则司法体系就无法正常运行。

曾经，人们害怕自己违反在上帝面前的誓言，因为这样他们就得下地狱。而在现代社会中，这种宗教的威慑力慢慢消失了。如果我们要建立一个法治社会，那么人们必须要有所畏惧，畏惧自己会进监狱，畏惧自己的生活被搅得天翻地覆，畏惧自己会成为过街老鼠，畏惧自己的名字永远与一桩罪行联系在一起。为了保护司法制度，创建讲真话的社会风气，斯图亚特女士必须被起诉。我很确信，一旦形成了讲真话的社会风气，玛莎·斯图亚特绝不会在联邦调查员面前说谎。但不幸的是，在现在的社会风气下，我看到还有很多人依旧在犯这样愚蠢的错误。

作为曼哈顿的联邦检察官，我的直属上级是位于华盛顿的司法部副总检察长。司法部副总检察长，通常被称为副总检察长，是司法部的二号人物，是整个司法部的首席执行官。除了司法部部长（又称总检察长）的秘书之外，司法部的所有人都要向他汇报；副总检察长本人向司法部部长汇报。这个组织架构非常复杂，只有政府才有如此错综复杂的组织架构。但我觉得这种组织架构让我的工作变得十分有趣。

2003年夏，当时的副总检察长拉里·汤普森（Larry Thompson）来曼哈顿看我。他看起来情绪很低落。他对我说，秋天他就要离职了。离职之前，他打算向布什总统和白宫推荐我来接替他，出任司法部副总检察长。因此，他来咨询我的意见。

我当然愿意。我喜欢现在的联邦检察官工作，但我本人和我家人都不喜欢纽约。纽约市内的生活成本太高了，因此我们不得不住在离我办公室50英里远的地方。长时间的通勤占据了很多我与家人交流的时间，我经常错过孩子们的独奏会、比赛，也不能给他们开家长会。有一次，我的孩子要参加下午六点的少年棒球联合会比赛，于是我下午四点就从办公室出发了，但地面交通实在是太糟糕了，我到的时候，比赛基本都结束了。类似种种，不胜枚举。这太糟心了，我不想做这样的丈夫，也不想做这样的父亲。如果我们能搬去华盛顿，我确实工作会更忙一些，但每天会节省通勤的这三四个小时。当然，我知道，距离国家政治中心越近就越危险。一位纽约的记者写了一篇相关报道，标题是《科米即将高升，华府敞开大门》，里面写了很多我同事对此事的看法。这篇文章里写道，毫无疑问，在去了华盛顿之后，我依然会保持我的幽默感，但问题是我是否能守住自己的心。我承认这也是我担心的问题，但搬去华盛顿对整个家庭来说是最好的选择。再说了，又能有多难？

就这样，我到华盛顿去见了布什总统的顾问阿尔贝托·冈萨雷斯（Alberto Gonzales）。他的办公室在白宫西厢二层，我们在那儿见了面。其实，这并不是我第一次到这间办公室。1995 年的时候，我就来过这间办公室。那时，我代表参议院委员会来调查比尔·克林顿和希拉里·克林顿在阿肯色州投资的一个叫作"白水"的住宅小区。同时展开调查的还有其他一系列相关事宜，其中就包括克林顿总统的白宫副顾问文斯·福斯特（Vince Foster）的自杀案，以及他离世后办公室里的相关文件的处理问题。我在参议院委员会做了 5 个月的法律工作，工作内容基本就是到白宫西厢二层福斯特的办公室进行检查。参议院委员会想调查的一个问题就是，在福斯特死后，当时的第一夫人——希拉里·克林顿是否亲自或是派人到这间办公室里拿走了文件。在这个案子的调查结束之前，我就离开这个团队了，但我还是能回想起来希拉里·克林顿的办公室离这间办公室有多远。

除了那次，2001 年我还来过一次。那时候，我在里士满做联邦助理检察官，正在调查一起恐怖主义案件。在这起案件中，伊朗策划并资助了恐怖分子在 1996 年对美国空军营房的一次重大袭击，因此联邦政府想要对伊朗提起诉讼。在这次恐怖袭击中，19 名美国士兵死亡，几百人受伤。这类指控是有外交指向性的，因此新上任的布什政府召集了很多国家高级安全人员来听取司法部部长约翰·阿什克罗夫特（John Ashcroft）的汇报，以确保对伊朗的指控是证据确凿、不可辩驳的。阿什克罗夫特的手下决定由我陪他去白宫汇报，因为我是这个案件的第一责任人，可以在他需要的时候做一些补充。但进战情室汇报的只有他一个人，我只要在外面等着就行。所以，虽然这是我第一次来战情室，但我一点儿都不紧张，我轻松极了。我根本用不着说话，甚至都不用参会，只是来看看，享受白宫的美景。但这个美景并没享受多长时间，我就被叫进去了。

战情室的安全门关上没多久，就又开了。门口站着的是当时的国务卿科林·鲍威尔（Colin Powell）。

"谁是负责这个案子的检察官？是你吗？"他盯着我喊道。

"是……是我，先生。"我吓得都结巴了。

"进来。"显然，里面的会议进行得并不顺利。

鲍威尔上将引导我进去，让我坐在他和国防部部长唐纳德·拉姆斯菲尔德（Donald Rumsfeld）的对面。时任国家安全顾问康多莉扎·赖斯（Condoleezza Rice）坐在主位上。我两边坐着的是司法部部长阿什克罗夫特和联邦调查局局长路易斯·弗里（Louis Freeh），两人都已经面红耳赤了。接下来的 20 分钟里，两位强硬的白宫内阁秘书长连珠炮似的开始对我提问，问这个案件的相关问题和现有证据。我真是如坐针毡，后背都湿透了。问完之后，他们让我离开会议室，他们接着开会。真的，我整个人都呆滞了，径直走了出去。几周之后，这个案子获得了上级的批准，我获准起诉了伊朗支持恐怖分子对胡拜尔大厦的袭击。

现在，我又回到了这里。白宫西厢的一楼有许多高大宽敞的办公室，椭圆形办公室就在这层。在我看来，这层的办公室之所以能有如此高的层高，是因为占据了上下两层的空间，尤其是挤占了地下室的空间。后来，我在地下室参加过很多国家安全会议，战情室的门只有 1.85 米高，对于我这个近 2 米高的大个子来说确实有点矮。为了适应这一点，我会在进门的时候小心翼翼地点下头，就好像在跟某位看不见的同伴打招呼一样。很长一段时间里，我都不知道我点头的幅度有这么精确，直到我换了一双新鞋。那是在布什总统任期内，我那双新鞋的鞋底和鞋跟与我之前穿的鞋子不太一样。但显而易见的是，穿上新鞋的我比原来高了一厘米。有一次，我急急忙忙走向战情室去见布什总统，进门的时候，我向原来一样微微点了下头。但出乎我意料的是，我重重地撞在了门框上，撞得我眼冒金星。

一个特勤局的探员问我是否还好，我说还好，然后进去了。但当我坐在桌前跟总统和国家安全团队的人讨论时，我感觉到有液体从头上流下来。我突然意识到我撞出血了。然后，我干了这么一件事：我不停地把头歪向不同的方向，让血不流到头发外面来。天知道布什总统看见我这副德行会怎么想，但他没看见我流血。

冈萨雷斯的办公室在顶层，非常小，只有几个小窗户，天花板也非常低。估计在那儿办公的人，十有八九都会得幽闭恐惧症。但我们一坐下来谈话，我就放松了。冈萨雷斯在布什总统还是得克萨斯州州长的时候就跟着他了。他是个温暖、友好、言辞极其温柔的人。我们每谈一会儿就会停一下，让人略感尴尬。在我就任副总检察长之前的"面试"中，他没有问我太多问题。我只记得他说白宫正在寻找一个"能顶得住约翰·阿什克罗夫特的强人"。他想知道我认为自己是否能够胜任。

这对于我来说是个很奇怪的问题，因为他似乎在质疑总统亲自选出来的司法部部长。但后来我很快了解到，华盛顿就是一个互相质疑的地方。人们会质疑他人是否忠诚，质疑别人的动机，尤其是当被质疑者不在场的时候，就更容易发生这种情况。阿什克罗夫特是个保守派，曾经想过参加2000年的总统大选，而乔治·W. 布什就是这年当选的。当时身处曼哈顿的我并没意识到，此时白宫和阿什克罗夫特之间的关系已经有点剑拔弩张了——总统亲自选的司法部部长在谋求自己的政治前景，而且其政治立场与布什总统并不完全一致。当时的我并不知道这些真真假假，但我向总统顾问冈萨雷斯保证，我不会因任何事情、任何人的恐吓而退缩，我会永远坚持做对的事情。他看起来对这个答案很满意，至少那时候很满意。冈萨雷斯和其他布什政府的大人物同意了我出任副总检察长的职位。随后，我和阿什克罗夫特简单见了一面，那时候阿什克罗夫特已经很了解我了。2003年12月，我搬到了司法部总部大楼的办公室里，也开始着手把家搬到华盛顿郊区。

担任副总检察长的我手下有将近 20 名律师帮忙处理繁多的工作，有近 100 名检察官直接向我汇报。我在司法部门已经工作近 15 年了，但做副总检察长使我第一次有机会近距离与内阁成员接触。我的直接上司当然是约翰·阿什克罗夫特。尽管冈萨雷斯对他有所怀疑，但我觉得他是个热心、正派、对工作兢兢业业的人。我们之间合作得很愉快，但并没什么私交。可能是因为我们之间差了 18 岁，也可能是因为我们的处事风格太不一样了。他是个很容易相处的人，很喜欢跟大家一起打球。我们曾经一起打篮球，我拼命想要防住他，但事与愿违，最终我们队输了。他也是个很老派的人，是个虔诚的信徒。他不跳舞，不喝酒，也不骂人，对我总爱说的一些"花言巧语"嗤之以鼻。

有一次会后他把我留下来，温和地指出我在会上一些措辞不当的地方。他说，他认为司法部是美国人民深信不疑的法律象征，我说我完全同意这句话。然后他说："那要是这样的话，我可能要提醒你注意自己的措辞。"

我一脸疑惑地看着他，因为我觉得自己并没在会上说什么不合适的话。我确实说了些难听的话，但那只是为了强调，为了制造会场效果，而且骂人的话我也没说太多。

"我说了什么不合适的话吗？"

他想到要重复我的话，似乎感觉难以启齿，憋了半天都没说出来。我想着肯定是那个以"F"开头的脏话。为什么我自己丝毫不记得了呢？

过了许久，他终于说了一句："这字和'诗'差不多。"

我搜肠刮肚想了半天，我究竟说了一个什么类似"诗"的字，突然我恍然大悟。在讨论一个案子的时候，我用了"屎"这个字，说了个类似于"一颗老鼠屎坏了一锅粥"之类的话。我努力让自己忍住不要笑，跟他道了歉，说下次一定在措辞上格外注意。

坐在我这个位子上，当然免不了有幸去椭圆形办公室几趟。2003 年，我第一次踏进了这个传说中的办公室。那次，我替约翰·阿什克罗夫特参加布什总统的每日恐袭通报会。"9·11"事件之后，布什总统只要在城里，每天早上都要和反恐小组的人员见面，主要包括联邦调查局和司法部的相关人员。实际上，要去开会之前我有点紧张。原因之一当然是我不想因为自己说了什么蠢话影响整个司法部的形象；还有一个原因就是，我居然要和美国总统一起，在这个"传说中"的办公室里开会了！在2003年，"9·11"事件刚过去两年，没有什么事儿比反恐更重要了。

这是我第一次面见美国总统。当我坐在总统办公室的时候，我不禁感叹这办公室实在是太大、太敞亮了。嵌入式天花板内嵌了一排灯，把办公室照得如同正午一般。这个会上，除非总统点名让我发言，否则我并不需要说话。我坐在那儿——扫视这些经常在电视上看到的大人物——总统乔治·W.布什、副总统迪克·切尼（Dick Cheney）、联邦调查局局长鲍勃·米勒（Bob Mueller），国家安全顾问康多莉扎·赖斯，还有国土安全部部长汤姆·里奇（Tom Ridge）。

在那一刻，我脑海中突然闪过一个念头。我之前一直以为坐在这儿指点江山的会是别的了不起的大人物，而事实上坐在这儿绞尽脑汁出谋划策的居然是我们这些人。我并不是在贬低当时在场的任何一位，大家都是很聪明、很有才华的人。只是我之前没有想到，当我站在金字塔顶端的时候，身边居然就是这些人。这让我感到有点安慰，又有点恐慌。突然，脑海里闪过鲍勃·迪伦（Bob Dylan）的歌词："从远处看起来巨大无比的，走近了或许并非如此。"

坐上这把交椅后，我主持的第一个案子还是一个伪证案。2003年6月，就在伊拉克战争打响后不久，记者罗伯特·诺瓦克（Robert Novak）在一篇报道中向公众披露了一名中央情报局秘密特工的名字。在这篇报道发表的前几天，这名中央情报局特工的丈夫写了一篇报纸评论文章，公开质疑布什政府发起伊拉克战争的合理性，怀疑美国政府声称萨达姆·侯赛因正尝试获得核武器这一开战理由的真伪。很快，大家就都开始怀疑布什政府非法将这位中央情报局特工的名字泄露给诺瓦克，目的就是报复她的丈夫。

诺瓦克称，该报道的消息来源是两位布什政府官员。随着这桩丑闻的影响越来越大，很快就曝出了其他涉案的官员。一开始说是有 3 个布什政府官员跟记者说过这事儿，后来增加到了 6 个。副国务卿理查德·阿米蒂奇（Richard Armitage）公开承认自己曾跟诺瓦克提到过这位中央情报局特工的名字。实际上，在对这起案件的调查开始后不久，阿米蒂奇就给司法部打电话解释说，他并不是故意泄露机密信息的，他只是和诺瓦克闲聊，并不知道诺瓦克想要干吗。诺瓦克的另一个信息来源是布什总统的首席政治顾问——卡尔·罗夫（Karl Rove）。罗夫曾经与诺瓦克闲聊，诺瓦克说到那个写评论文章批判伊拉克战争的人娶了中央情报局的一位特工。罗夫回应了一句类似"你也听说了呀！"之类的话。尽管这算不上新闻嗅觉敏锐，但诺瓦克认为罗夫的这句话证实了阿米蒂奇所言。

但还有证据表明，另一位政府官员，副总统的办公厅主任——被称为"滑板车"的路易斯·利比（Lewis Libby），曾对不止一个记者说过这个中央情报局特工的事儿。在我刚开始就任副总检察长一职时，利比已经开始接受联邦调查局的调查，他承认了自己确实说过类似的话，但他强调自己是从一个记者那儿听说这个中央情报局特工的事儿的。利比跟阿米蒂奇一样，说自己只是传闲话，而不是故意要泄露这个秘密特工的名字。但利比提到的这个记者，美国全国广播公司华盛顿分部的主编蒂姆·拉瑟特（Tim Russert）也接受了联邦调查局的调查，并表示利比在说谎。拉瑟特没有对利比说过这个特工的名字。三年后，陪审团也得出了同一结论，利比确实对联邦调查局说了谎。

这个案子让我知道了在华盛顿人们是怎么根据自己的党派立场选择行事动机的，后来我又遇到了很多类似的案子。对于民主党人来说，这就是共和党政府破坏司法公正、蚕食对手的明证；而对于共和党人来说，这就是一场小题大做的政治迫害。而我的工作则会惹恼这两个党派中的至少一个，甚至两个。

美国法律明令禁止有人公开秘密特工的身份信息，而想要指控触犯这条法律的人，需要证明其是故意泄露且用心歹毒。因此，在相关法律条款的要求下，仅仅能证明泄露信息的人粗心大意或头脑不清是不行的。在这件案子中，我们得证明那些泄露信息的人清楚地知道这名中央情报局特工在执行卧底任务，还得证明他们本身明白泄露这位特工的姓名是违法的。但就我们手里的证据而言，还不太可能证明这一点，至少不能排除合理怀疑，证明阿米蒂奇和罗夫在与诺瓦克及其他记者谈及这事儿时存在犯罪意图。诺瓦克也证明了这两个人的说法，说他们确实是闲聊，确实没有证据能反驳他们的说法。

这就让司法部进退两难了。尽管调查这个案子的人员十分专业，但在没有足够证据的情况下，司法部想要以无诉讼结案是非常困难的，因为司法部部长约翰·阿什克罗夫特是共和党人，而这个案子的调查对象是他的同僚，这个结果会让公众难以相信。但我们更不会仅仅因为不想引起争端而提起诉讼。让这事儿变得更复杂的是，约翰·阿什克罗夫特在出任司法部部长之前，曾参加了密苏里州的竞选，而为他组织竞选的人就是卡尔·罗夫。除此之外，依然待审的利比是白宫的高级官员，阿什克罗夫特和司法部其他高级官员都与他有过密切往来。

这时，司法部的公信力已经开始遭到挑战了。在公众眼里，司法部应当是一个独立于政治、种族、阶级、宗教和其他一切组织之外的机构。我们要尽一切努力保证司法部的公平公正的形象，维护其"信用水池"。阿什克罗夫特明白这一点，我也明白。于是，我向他建议辞去此案负责人的工作，他同意了。之后，我立刻指派帕特里克·菲茨杰拉德作为特别顾问监管整个调查。那时候，菲茨杰拉德在芝加哥担任联邦检察官。尽管菲茨杰拉德也是由总统任命，而且是我的好友，但由于他声名在外，具有很强的公信力，并且他从芝加哥来，远离华盛顿这个政治中心，因此不会被视为任何一派的成员。接下来，我又干了一件事儿。因为我接受的也是布什总统的政治任命，所以在这个案子上，我授予菲茨杰拉德副总检察长的所有职权。他要向我汇报，但在采取任何行动之前他都不需要我授权批准，这就让调查本身更具独立性。

2003 年 12 月，我召开新闻发布会宣布这项任命。司法部一般会就其调查上的重大发现定期召开新闻发布会，例如宣布某项指控，进行某个公开诉讼或发布某个案子的正式决议。对于那些公众特别关注的调查，司法部在开发布会之前会进行长期调查，确定无疑之后再向公众发布。任命特别顾问调查现任政府这种事儿，绝对是需要召开发布会说明的。而且我也知道，我这个决定在白宫内绝不会讨好。该项任命发布后一周，我替司法部部长参加内阁会议，总统也出席。一般情况下，白宫西厢的内阁会议室里，座位是这么安排的：国务卿和国防部部长与总统坐在一侧；财政部部长和司法部部长与副总统坐在另一侧。这就意味着，我跟副总统迪克·切尼坐在一侧，我坐在他左边。那时候，我刚刚任命了一位特别顾问去调查他的朋友，他最得力、最信任的办公厅主任利比。

我们坐在那儿等总统来的时候，我觉得我得表现得友好一点儿。于是我转过头对切尼说："副总统先生，您好，我是司法部的吉姆·科米。"

他都没转过来看我，只是冷冷地说："我知道，我在电视上看见你了。"然后，切尼一直盯着前面看，把我当空气。我们就一直沉默着，直到总统来。那一刻，我无比怀念布鲁克林大桥边上的那个办公室，但我知道，我再也回不去了。

一开始我跟菲茨杰拉德保证，这个案子也就需要五六个月的时间，确实有一些工作要做，但对他来说就是小菜一碟。在接下来的 4 年里，每当他被共和党人和右倾媒体猛烈攻击，被说成是疯狂的"亚哈船长"，从一开始就注定是个悲剧时，他就总是说起我当时对他的保证。尽管他嘴上这么说，但在接手这个案子之后，他还是一丝不苟地调查了下去。他的调查内容就是了解政府官员中都有谁对媒体提过这个中央情报局特工的事情，以及他们这么做的时候脑子里在想什么。正如我所料，进行了仔细的调查之后，他还是把目光锁定在了阿米蒂奇和罗夫两个人身上。我必须承认，当我把这个案子交给他的时候，利比那边就是个难题，而现在这个问题越发复杂了。

实际上，利比并不是从蒂姆·拉瑟特那儿听到这个特工的名字的，他在这件事情上说了谎。而且有8名布什政府官员证实他们曾和利比谈起这个中央情报局特工的名字。有更多证据显示，利比实际上是故意与记者谈论起这名特工的，是在副总统的授意下，想要"冷却"那篇伊拉克战争评论文章的热度。为什么这样一位毕业于哥伦比亚大学法学院的律师会对联邦调查人员说谎，我不得而知。可能是他不想承认这个机密信息是从副总统办公室里泄露出去的，因为这会让政府陷入很尴尬的境地；也有可能是因为他不想对已经暴跳如雷的布什总统承认他也是信息泄露者中的一员。但原因究竟是什么，只有他自己知道。

菲茨杰拉德花了三年时间才成功对利比提起诉讼。经过庭审，最终利比被判定犯有做伪证、虚假陈述和妨碍司法公正罪。这时候，共和党的忠实拥护者开始叫嚣，称菲茨杰拉德之所以用这些罪名起诉利比，是因为检察官根本没法证明利比真的犯罪了，检察官根本不能证明利比是在明知违法的情况下，有意泄露卧底特工的名字。而同样是这些人，在比尔·克林顿总统发誓说自己和实习生之间没有发生婚外情时，坚信他在说谎并闹着要把"拉链门"深究下去，那时候他们的理由是，妨碍司法公正和做伪证是冲击国家制度核心的重罪；而与此同时，那些在6年前的"拉链门"事件中说总统不过是一时糊涂，在自己的私生活方面撒了个小谎的民主党人，在利比这个案子上又觉得，妨碍司法公正的罪行很严重，应当认真调查，尤其是当涉案人是共和党人的时候。

在接下来的几个月里我发现，每当总统先生的要求和法律规定有冲突的时候，外界总希望我能通融一下，"行个方便"，而外界的压力是如此之大让我几乎想要屈服。每当有什么紧急情况的时候，总统身边的人就希望我能"行个方便"。因为他们不理解公平正义、忠于制度对这个国家来说有多重要，他们只看到了眼前的不便，而没有为国家的将来做打算。然而，对制度本身的忠诚无比重要。如果我们将权宜之计放在规章制度之上，将政治诉求放在法律规定之上，我们一定会为此付出沉痛的代价。从现在开始，我们就要为将来做好准备。

第六章

步入正轨

如果周围的人毫无理性地向你发难，你仍能镇定自若、保持冷静……

——拉迪亚德·吉卜林，《如果》

2004 年 3 月 10 日，已经是晚上七点了。结束了一天工作的我身心俱疲。那时，我正代替生病的阿什克罗夫特代理司法部部长一职。这个位子将我推进了和布什总统的白宫团队的纠缠之中。而且这种纠缠愈演愈烈。

我坐在一辆全副武装的黑色雪佛兰萨博班里，沿着宪法大道向西走，陆续经过了几个博物馆、华盛顿纪念碑，以及白宫南草坪。那时候，政府高级官员根据被袭击风险等级的不同，有不同的安保措施。在曼哈顿做联邦检察官那会儿，我没有这样的安保待遇。但"9·11"恐怖袭击事件后，副总检察长的出行工具就换成了这辆全副武装的雪佛兰，身边还有一群武装法警陪伴。

本来，好不容易结束一天工作的我正想回家。电话响了，来电的是阿什克罗夫特的办公室主任戴维·艾尔斯（David Ayres）。艾尔斯是那种泰山崩于前而面不改色的人。此时，显然有一座大泰山要崩塌了，因为他的语气冷得像要结冰一样。艾尔斯刚与珍妮特·阿什克罗夫特通过话。珍妮特·阿什克罗夫特是约翰·阿什克罗夫特的妻子，这几天一直不眠不休地守在丈夫的病榻前。约翰·阿什克罗夫特被诊断出患有急性胰腺炎，一直在乔治·华盛顿大学医院住院治疗。他的病情十分严重，必须卧床而且已经住进了重症监护病房。

艾尔斯在电话里说，几分钟之前，总统想跟阿什克罗夫特通话。我知道总统为什么打这通电话，艾尔斯也知道，聪明的珍妮特同样知道。珍妮特跟她的丈夫一样，也是一名身经百战、言辞犀利的检察官。

珍妮特拒绝了总统的要求。她说她丈夫因重病卧床，神志不清，不能和总统通话。总统并没放弃，对她说要派总统顾问阿尔贝托·冈萨雷斯和总统办公厅主任安德鲁·卡德（Andrew Card）到医院去看望约翰·阿什克罗夫特，跟他讨论一件事关国家安全的重大问题。珍妮特·阿什克罗夫特马上给艾尔斯打电话说了这事儿，于是艾尔斯打给了我。

挂了电话，我马上对开车的法警说："艾德，我需要尽快赶到乔治·华盛顿大学医院。"可能是感受到了我话语中的急迫，艾德打开了应急灯，开始飞速前行，就好像是在赛车协会的赛场上一样。从这一刻开始，我确实是在赛跑，是在和总统先生的两位高级官员赛跑。这可以说是我整个职业生涯中最疯狂、最离奇的时刻。

"9·11"事件后，副总检察长的工作压力真是太大了。工作压力越大，我越希望能帮助我的团队成员在工作中找点儿乐趣。找到乐趣最直接的表现就是开怀大笑，所以我觉得如果我们能一起在工作中找到意义和乐趣，我们的办公室一定会充满欢声笑语。同时，笑声也代表着我们没有把自己逼得太紧。

我做副总检察长的时候，为了带着大家找点儿工作中的乐趣，有时候会乐于当个白宫的"导游"。比如说，我去白宫开大会的时候，经常会带着一个之前没去过白宫的同事。大部分时候大家都挺乐意去，但有一次差点儿闹出事儿。

布什总统任期内很重要的一项提案就是在法律允许范围内，各部门和机构为宗教团队筹措资金。大多数政府部门，包括司法部在内，都专门设了一个办公室处理这一与宗教相关的事宜。2004年，布什总统召集了好几个部门的领导，听取他们对这项政策的执行情况的汇报。我代表司法部参加。在开会之前，我被告知每个与会领导都可以带一名陪同人员，也就是说我可以带一个我的工作人员。

我非常了解这项政策在司法部的执行情况，并不需要人陪同。但我突然想起来，鲍勃·特罗诺——一名非常资深的联邦助理检察官——还没来白宫开过会。鲍勃是我在里士满的同事，我们一起处理过利奥尼达斯·扬的案子，他负责起诉了那个助纣为虐的年轻牧师。我让他到华盛顿来，帮我管理美国法警署和联邦监狱局。这些机构都是司法部的重要组成部分，但白宫对这些机构历来不怎么关注。我觉得这趟旅程对他来讲，应该挺有意思的。

但出乎我的意料，鲍勃对我的想法并不怎么感冒。他对这个资助宗教团体的政策丝毫不知，一个字儿也没听说过，也并不想跟总统一起开什么简报会。我跟他说，他什么也不用干，只要听着就行了，我来做汇报。我劝了他好久，做了很多保证，他终于不情不愿地同意了。"别担心，我不会拿你开涮的。"

我确实没骗他，但天不遂人愿。我没想到的是，在这个与宗教有关的简报会开始之前，我被叫去战情室开另一个会，而且那个会超时了。这天，布什总统并没有在战情室里跟我一起开会，而且他把那个与宗教有关的简报会的开始时间提前了。尽管布什总统这个提前开会的习惯与克林顿总统总是推迟开会的习惯相比，没那么恼人，但总统提前召开会议就意味着所有的参会人员都要提前好久到达会议现场。在我刚当上副总检察长的时候，就曾错过一次总统先生的反恐工作简报会。那次，我提前15分钟到达了会场，然后决定去个卫生间。卫生间就在椭圆形办公室外面不远。（我总跟家人说那儿有"世界上最高级的厕所"）。但当我回来的时候，椭圆形办公室的门关上了，会议已经开始了。我不知道怎么才能在会议进行中进入那个办公室，我是个新人，也不敢试。在外面绞尽脑汁、坐立不安了一会儿之后，我走了。

这次，换成鲍勃在罗斯福厅里坐立不安了。他挑了一个远离主会议桌的位子，看着主会议桌上写着我名字的桌签旁始终空着。一如往常，布什总统提前走进了会议室，不耐烦地扫视了一圈。可怜的鲍勃。

布什总统可能确实缺乏点儿耐心，他总是提前开会这事儿简直快把我逼疯了。但更令我震惊的是他强烈的、有时有点恶作剧般的幽默感。我还记得 2004 年的时候，他正在参加第二次总统大选，跟民主党人约翰·克里（John Kerry）竞争。克里当时总是用布什总统主持推行的一项政策攻击他，称这项政策为"失业版"经济复苏方案。

有一次，在早上的反恐简报会上，联邦调查局局长鲍勃·米勒汇报说，一名正在政府密切监控下的疑似"基地"组织成员巴巴尔又在纽约找了一个兼职工作。

米勒这个人平时没什么幽默感。但那次，他说完这句话就停下了，然后转向我说："吉姆说……"

布什总统也看向我，副总统切尼也看向我。我都吓呆了。在会前，米勒和我正好说到这个事儿，然后我就开了个玩笑。但我并不想在总统先生面前开这个玩笑，怕一不小心惹他发怒。

时间一分一秒地过去了，我都能听到挂钟嘀嘀嗒嗒的声音。我并没有接话。

然后总统催我说："吉姆，你说什么了？"

我深吸一口气，心一横，接着道："谁说您没有创造就业机会？这家伙都有两份工作了。"

总统大笑起来，我的心又放回了肚子里。副总统切尼没笑。走出椭圆形办公室的时候，我拉住了米勒，苦笑着说：

"你简直吓死我了。别再这么干了，我都快让你吓出心脏病来了。"

米勒回答说："多有意思啊！"然后又做了个鬼脸笑起来。米勒并不是一个喜欢开玩笑的人，很多人都害怕他这张扑克脸。据小道消息说，"9·11"事件之后不久，米勒的膝盖动了个手术。手术的时候他都不打麻药，只是咬了根皮带。但我很了解他，我知道他还是有幽默细胞的，只不过都是些黑色幽默和冷幽默罢了。这就是他的杰作之一。

我再一次解释道："鲍勃，这个笑话只能我们两个之间说说，不应该给别人知道。"他理解了我的意思，但还是觉得这事儿太好笑了。事情过去了这么久，现在想想我也觉得这事儿挺好笑的。

我曾经也看见过布什总统恶作剧的一面。那是个寒冷的冬日早上，整个城市都笼罩在皑皑白雪之中，天冷极了。布什总统坐在他经常坐的那张椅子上，背对着壁炉和老爷钟。他马上就要乘坐"海军一号"出行，因此，记者们都一如往常地等在玫瑰园外，裹着厚厚的大衣，想要记录下总统的这次出行。

我正在就一项涉恐案件跟总统进行简单汇报，这时直升机的轰鸣声越来越近。总统冷着脸示意我停下来："等一下，吉姆。"

他抬起手示意我停一下，稍稍转了一下椅子，转身看向外面的南草坪。那儿围着很多记者。我也随着他的目光向外看。随着直升机不断降落，螺旋桨卷起地上的雪，扬起白茫茫的一片雪雾。那些雪全都落在了外面等待的记者身上，没过一会儿，他们就像雪人一样，窘态百出的雪人。布什总统的表情并没什么变化，只见他把椅子转回来，把手放下，对我说："继续吧。"

布什总统这么做可能确实有些恶趣味，很显然他很爱看别人被捉弄。但在我看来，他知道在这种高压高危的工作环境下，有点幽默感是十分必要的。我们总是这样，上一秒还在讨论生死攸关的反恐措施，下一秒就放声大笑，不能自已。这是我们保证自己能继续工作的唯一方式——在痛苦繁忙的工作里找点儿乐子。但那天在白宫，我的朋友鲍勃·特罗诺觉得自己跟总统的那次会面一点儿都不好笑。

果然，布什总统提前了5分钟到达罗斯福厅："还有谁没到？"

有人跟他说，科米正在楼下战情室里开会。

"吉姆可以来的时候再追上我们的进度。咱们开始吧。"

鲍勃简直能感觉到自己的汗正在一滴滴顺着后脊梁淌下来。会上，每个部门都要做汇报，一个一个来。劳工部汇报结束了，住房与城市发展部汇报结束了，教育部汇报结束了，农业部汇报也结束了。我还没有来。鲍勃开始耳鸣，他想起来自己对这个政策一点儿都不了解，根本没法回答总统的问题，一个字都说不上来。退伍军人事务部结束了，卫生及公共服务部结束了。他开始有点头晕，心脏快从嘴里跳出来了。商务部结束了，小型企业管理局也结束了。豆大的汗珠顺着衣服向下淌，他整个后背都湿透了。这时，门突然开了，我大踏步走了进来。

"啊，吉姆，来得正好。我们正要听司法部的。"布什总统说。

于是我坐下，开始汇报。随后，总统感谢了与会人员，然后就散会了。鲍勃看起来一点儿都不高兴。他咬牙切齿地在我耳边说道："我真想掐死你。"

尽管我很注意培养"快乐"的工作环境，但司法部的工作中总有那么一些黑洞，一点儿乐趣都没有。在这些黑洞里，没有什么道德底线可言，只是不断地与白宫和其他政府部门打太极，做无谓的争论。这些争论让我们泥足深陷，大伤元气，我甚至担心会因此失去一些部门内最优秀、最有能力的律师。其中一个黑洞就是法律顾问办公室，就相当于行政机构内部的最高法院。在这里工作的律师经常被我称为籍籍无名、离群索居的修道者。他们都非常聪明，经常要解决很多来自其他行政机构的、无比艰难的法律问题。他们的工作就是对这些法律问题进行深入思考，然后就其是否符合法律要求给出结论。当然，要得出这个结论，他们需要考虑到法院、国会和法律顾问办公室之前就同类问题给出的结论。这真是太难了，因为很多时候他们都很难得出最后的结论。当他们面对的问题涉及机密信息的时候，工作就更难做了，遇到问题连个可以探讨的人都没有。

法律顾问办公室主任是杰克·戈德史密斯（Jack Goldsmith）。他之前是法学教授，性格阳光开朗，还有点娃娃脸，整天都笑嘻嘻的。但坐上了这个位子4个月后，他面对的问题就让他笑不出来了。"9·11"事件发生之后，当时的法律顾问办公室主任顶着巨大压力很快签署了一系列法律意见书，然后卸任了。戈德史密斯顶了上去。在此之前，法律顾问办公室的律师们已经证明了中央情报局和国家安全局采取积极反恐行动的合法性。两年多来，总统和整个情报机构的行动都是基于那些法律意见书。但在戈德史密斯看来，这些意见书中的很多说法都大错特错。随后，布什政府内部就这些观点展开了激烈讨论，但越讨论越糟糕。

戈德史密斯的首要关注点放在了那时还是高级机密的"星风"项目上，他和另一位十分出色的律师帕特里克·菲尔宾（Patrick Philbin）都认为这个项目的法律基础并不是那么牢靠。"星风"项目的法律意见书是由戈德史密斯的前任签署的，批准国家安全局在无须向法官申请授权的前提下，即可对美国境内的疑似恐怖分子和公民进行监视。整个布什政府都将这一项目视为对抗恐怖主义的情报来源。而布什总统似乎并不知道的是，国家安全局做得有点过分了，他们的所作所为不只是法律基础不牢靠那么简单，按照戈德史密斯和菲尔宾的结论，他们的做法明显是违法的。

我能理解政府开展这类项目的原因，也能理解其急迫性。"9·11"恐怖袭击事件中，3 000名平民在一个万里晴空的早晨无辜丧命，使整个美国陷入无以言表的痛楚之中。那一天彻底改变了美国人民的生活，也改变了所有美国政府工作人员的生活。我们发誓要竭尽全力阻止这类事件再次发生。我们改进政府部门，重组联邦调查局，打破部门间的隔阂，开发新的工具，建立新的连接，都是为了能够避免如此巨大的灾难再次发生。"9·11"事件发生之后我回到曼哈顿担任纽约南区联邦检察官。那时，世贸大厦还冒着烟。那天晚上，我站在围栏外，看着消防队员在废墟中一点儿一点儿地搜寻生还者，找寻遇难者的尸体。我比谁都知道，我们要坚决打击恐怖主义。但我同样明白，我们要在正确的道路上与其战斗，要在法律允许的范围内与其战斗。

戈德史密斯和菲尔宾向白宫表达了他们的忧虑，主要负责与他们沟通的是总统顾问阿尔贝托·冈萨雷斯和副总统顾问戴维·阿丁顿（David Addington）。在这两个人中，阿丁顿一直都是那个唱主角的。他是个律师，高个子，一脸络腮胡，说话很大声，带一点儿南方口音。实际上，阿丁顿就是副总统切尼的翻版。他总觉得别人都很愚蠢，而自己忍不了这种蠢人。戈德史密斯和菲尔宾对阿丁顿说，"星风"项目的法律基础面临崩溃，这让阿丁顿勃然大怒。他们试图说服阿丁顿让我这个新任的副总检察长加入"星风"项目，好让我了解当时的形势。

对这个建议，阿丁顿强烈反对。从这个项目设计到获批再到此时，他成功地将其牵涉的人员保持在了最少数，在整个美国政府里，也不过就几十个人知道项目的细节情况。司法部里有 4 个人参与了这个项目，其中并不包括我的前任拉里·汤普森。对于这样一个挑战司法底线的国家重大项目来说，涉及如此少的相关人员，不说是史无前例，也是不同寻常的。阿丁顿甚至没有按照常规总统文件的保存程序去保存这个项目的相关文件。作为副总统的律师，他把这些有总统签名的政令就保存在他自己办公室的保险箱里。最后，在别人不断施压的情况下，阿丁顿才软了下来，允许我了解一点儿基本情况。

2004 年 2 月中旬，我在司法部会议室里开了这场等待已久的简报会，听取国家安全局局长、空军上将迈克尔·海登（Michael Hayden）对这一被列为国家高级机密的监视项目的简要介绍。海登是一个永远衣冠楚楚、和蔼可亲的人。他光头，戴着一副金边眼镜，总愿意说点儿俚言俗语，三句话不离匹兹堡钢人球队。我们坐下来之后，上将的开场白我至今都记得："我太高兴你能加入这个项目了，这样等约翰·克里当上了总统之后，我出庭做证时还能有个伴儿。"

这里他说的出庭做证指的是在国会听证会时，出庭陈述证词。他的这句话让我心里一沉。海登这句话是什么意思？这个项目究竟在调查什么，竟然会让一个空军上将在下任总统上任时遭到国会的拷问？他为什么要跟司法部的二把手说这么一句话？我还没寻思过来，他已经开始介绍了。他把俚言俗语和官方口径结合在一起，这使他的汇报妙趣横生，也让我放松了不少。但我很快便意识到，上将的简报做得像流水账一样，听的时候很有趣，但当他介绍完，我再把他介绍的东西连在一起看时，却依旧什么都不懂。

海登走后，杰克·戈德史密斯和帕特里克·菲尔宾深叹了一口气，给我解释了一下这个监视项目究竟是如何运作的，为什么这个项目无论是在法律层面还是在操作层面上都搞砸了。他们说，国家安全局正在执行的这个项目要求国家安全局在美国国内实施电子监控。但这个项目没有任何法律依据，因为它不符合几十年前国会通过的一项法律。总统授权实施这个监视项目，实际上已经触犯了法律。同时，国家安全局的其他一些行为根本未经总统授权，更没有其他任何人授权他们这么干。海登上将的简报不够清楚并非他本人的问题，他不是个律师，也不是技术人员。他跟司法部部长阿什克罗夫特一样，即使跟自己身边的工作人员也不能谈论这个项目，所以也没什么人可以咨询或商量。"星风"项目本来是为应对国家紧急情况而发起的短期项目，就连阿丁顿都知道这是对总统权力的非常态使用，因此这个总统政令只是短时有效，一般只持续 6 周。这个总统政令将在 3 月 11 日失效。戈德史密斯告诉白宫，他无法继续授权开展这个项目。

既然我已经了解了真相，我得保证我的上司也知道全部真相。过去的两年里，阿什克罗夫特一直在给"星风"项目开绿灯，但现在他得知道这是个错误，不能再继续了。2004 年 3 月 4 日，星期四，我和司法部部长阿什克罗夫特单独见了一面。我详细地向他汇报了"星风"项目的所有问题，也阐明了为什么我们不能再批准延期这一项目。我们在他办公室一起吃了个午饭。我吃的是从商店买的三明治，不是火鸡三明治就是金枪鱼三明治，我不记得了。那几天我实在是太忙了，于是我就把钱给了助理琳达·朗（Linda Long），让她在这两种三明治里轮换着买给我作午饭。相比之下，阿什克罗夫特的午餐要正式得多，是他的厨师为他准备的。刚好我可以用这些胡椒瓶、盐瓶和刀叉做演示，分析了一下在"星风"这个项目里，哪些内容我们可以在法律允许的范围内予以支持，哪些必须整改或叫停。阿什克罗夫特听得很仔细。吃完午饭之后，他说我的分析很有道理，我们应该对这个项目进行整改，使其符合法律的规定。我告诉他，我们之前一直都是向白宫报告，但从现在开始，我将根据他的授权行事。

吃完午饭后，阿什克罗夫特要去波托马克河对面的亚历山德里亚市的联邦检察官办公室参加一个媒体活动，但他没能去成。他在路上突发疾病，被紧急送往哥伦比亚特区的乔治·华盛顿大学医院。他被诊断患有急性胰腺炎，这是一种让病患十分痛苦并有可能致命的疾病。那时候，我正要踏上一架民航班机去凤凰城参加一个政府会议。我刚下飞机就听说了阿什克罗夫特的情况。我的办公室主任查克·罗森堡（Chuck Rosenberg）给我打电话，告诉我由于阿什克罗夫特已经丧失行动能力，我要临时担任司法部代理部长，需要立刻回华盛顿。他们派了一架政府班机接我回去。

回到华盛顿后，我星期五就跟戈德史密斯和菲尔宾见了面。他们俩已经跟白宫沟通过司法部的立场。"星风"项目的最后时效只到 3 月 11 日，离现在还有一周的时间，若"星风"项目继续保持现状，司法部不会继续支持这个项目。那个周末，戈德史密斯被召到白宫去见冈萨雷斯和阿丁顿，但并没取得什么成效。冈萨雷斯依旧很友善，阿丁顿也依旧很愤怒。但这俩人都无法给出合理的理由让司法部改变主意，继续支持这一项目。戈德史密斯也告诉他们，我已经代任司法部部长了。

3 月 9 日，星期二，白宫办公厅主任安德鲁·卡德请我到他的办公室去开会。卡德是个挺和善的人，我跟他一起开过很多次会也不见他说话。在他看来，他只需要保证总统的工作流程不出差错即可，并不需要提什么建议，至少在我看来是这样的。戈德史密斯和菲尔宾也和我一起去开会。副总统切尼主持这次会议，坐在会议桌主位上。我坐在他左手边第一个位子上。一起开会的还有海登上将、卡德、冈萨雷斯、联邦调查局局长鲍勃·米勒和中央情报局高级官员。戈德史密斯和菲尔宾在我左手边最后面的地方找了两个座位。戴维·阿丁顿站在会议桌后面的窗台旁边。

　　会议的前半部分是由国家安全局的工作人员用图表向我展示"星风"项目多么有价值，以及他们是怎么利用这个项目发现了"基地"组织在英国实施的一场阴谋。他们利用"星风"项目搜集来的情报生成了一张线图，显示了一群恐怖主义分子之间的联系。这确实是非常重要的发现。当然，我对这个项目已经足够了解了，因此我非常怀疑，既然我们有其他的合法手段，是否一定需要国家安全局的这个"星风"项目才能搜集到这些情报呢？但我一句话都没说。我们司法部担心的并非这个项目的实用性，这不是我们司法部能决定的，司法部的工作是证实这个项目是否确实有坚实的法律基础。

　　在分析人员讲完他们的图表，离开会议室之后，副总统继续主持会议。我和他坐得很近，他后面站的是阿丁顿。副总统一脸严肃地看着我，就好像在说，这个项目真的很重要。但实际上，他说的是："如果你们真的叫停了这个项目，上千人会因此丧失生命。"

　　屋里的气氛十分凝重，几乎让人喘不过气。很显然，虽然没有人宣之于口，但这个会就是为了逼我就范。副总统指控我的鲁莽会导致另一场"9·11"事件，甚至暗示我是故意这么做的。这让我不知道说什么好。

　　切尼并不想听别人的不同意见，也不想接受世界上凡事都有两面这个事实。对他来讲，只有他是对的，其他人都是错的，而这群意志薄弱的自由派律师并不想告诉他这一点。我气得头嗡嗡响，血冲上脑，脸颊绯红，但我很快恢复了镇定。

　　我说："这些话除了让我感到很难过之外没什么用，并不能改变'星风'项目的法律分析结果。我了解这个项目的重要性，但司法部的工作是确保其符合法律规定，如果项目仍保持现状的话，它就不符合法律规定。"

切尼明显备感沮丧，我能够理解他的感受。司法部法律顾问办公室曾在 2001 年出具一份法律意见书支持这个项目，司法部部长也在这两年多里，在各种场合证实了这个项目的合法性。他不禁问道，你们司法部怎么能在这么重要的事情上随便更改立场呢？

我对此表示同情，但随后表示，那个 2001 年的意见书并不符合法律规定，很明显属于"违宪无效"，没有任何律师会将它作为法律依据。

窗边传来阿丁顿冷冷的声音："我是个律师，我就会将它作为法律依据。"

我仍盯着副总统，并没有理会阿丁顿，补了一句："没有任何合格的律师会这么做。"

我很少会这样无礼，但阿丁顿的做法让我想起了一群人。阿丁顿总是欺负别人，跟之前在初中和高中时学校里欺负我的混混没什么两样，跟大一时那个欺负室友的我也别无二致。我并不喜欢这个人。自从我就任副总检察长职位以来，这几个月我、戈德史密斯和菲尔宾都在尽量避开他的威胁。为了这个案子，戈德史密斯和菲尔宾通宵达旦地工作，但阿丁顿还是威胁他们，欺负他们。这俩人都是正直、体面的人，都是好人。在我看来，正是阿丁顿的自大让我们陷入了现如今的境地。我受够了。所以，我并没有给他什么好脸色。毫无悬念，这个会议很快就结束了，双方并未达成任何一致协议。

司法部部长阿什克罗夫特的办公室主任戴维·艾尔斯一直跟我通报阿什克罗夫特的情况。他的情况确实不好。阿什克罗夫特的胰腺炎非常严重，可能会造成器官衰竭，甚至会导致死亡。他浑身疼痛，正躺在重症监护病房里。我跟副总统开会的那天，他正在手术室接受手术。

在星期三那天，"星风"项目异常平静，什么动静都没有，星期四就是现行政令失效的时候。而到星期三傍晚时，艾尔斯给我打了那通电话，告诉我阿尔贝托·冈萨雷斯和戴维·阿丁顿打算绕过我，直接跟阿什克罗夫特讨论这事儿。他们正在去医院的路上，我得想个什么对策才好。

在去乔治·华盛顿大学医院的路上，我打电话给我的办公室主任查克·罗森堡。我非常信任他，也相信他的判断。我跟他讲了现在的情况，让他到医院来。想了一下，我又说："把能叫到的人都叫来。"我不知道为什么要这样做，但我觉得是我在曼哈顿做了多年联邦检察官的直觉告诉我，应该这么做。我们检察官一旦在法庭上遇到什么问题，就会通知大家"请大家到第 X 法庭来"，这时候，我们就会从办公室出发，虽然不知道发生了什么，但知道肯定是有同事需要帮助了。

查克·罗森堡很好地执行了我的想法。他通知了我所有的手下，很快一群律师就向医院进发了，实际上他们并不知道来干吗，只知道我需要他们。随后，我又给联邦调查局局长鲍勃·米勒打电话，他正在跟妻子和他们的一个孩子在餐厅吃饭。我对他说了一下情况，想请他到医院来做个见证。其实米勒和我并没什么私交，在工作之外的场合也没怎么见过面，但我知道他会理解我。米勒尊重法律底线，对法制边界十分关心，他的一生都致力于以正确的方式做正确的事情。我跟他说完这个情况后，他说他马上赶过来。

我的车在医院门口来了个急刹车，停了下来。我立马跳下车，跑向阿什克罗夫特所在的楼层。看到卡德和冈萨雷斯还没到，我松了一口气。阿什克罗夫特的重症监护病房在走廊的尽头，和其他病房隔开。整条走廊灯光昏暗，有六七个联邦调查局探员把守着，负责保护他的安全。我走过去，向这些探员点头致意，径直走进了阿什克罗夫特的病房。他躺在床上，浑身上下插满了管子，面色灰白，显得很疲惫，他好像没认出来我。我尽力向他描述了一下现在的情况，提醒他这事儿跟他住院之前我们的那次谈话有关系。我不知道他是否听进去了，也不知道他能不能想起来我说的是什么事儿。

随后，我到走廊里，对外面负责安保的联邦调查局探长说："一会儿卡德和冈萨雷斯会带着一群特警赶来，我知道这么说你们可能难以相信，但我怕他们会用武力把我带离这间病房，好能和阿什克罗夫特单独谈话。"跟这位联邦调查局探长交流的过程中，我又给鲍勃·米勒打了个电话，他正朝医院赶来。

"鲍勃，我需要你命令你的探员，在任何情况下，都不允许我被带离阿什克罗夫特的病房。"

米勒让我把电话给这位探长。探长接过电话："遵命，长官。"然后，他把电话还给了我，一脸坚定地告诉我："长官，您不会被带离这间病房的"。

我回到了阿什克罗夫特的病房里。这时候，戈德史密斯和菲尔宾也来了。我坐在病床右边的一把扶手椅上，紧盯着阿什克罗夫特的左脸。他躺在床上，双眼紧闭，处于半昏迷状态。戈德史密斯和菲尔宾站在我的身后。那时候我并不知道戈德史密斯手里就拿着笔，把他的所见所闻都记录了下来。珍妮特·阿什克罗夫就站在床的另一边，握着她丈夫的右手。我们静静地等着，一言不发。

过了一会儿，病房门打开了，卡德和冈萨雷斯走了进来，冈萨雷斯手里还拿着一个牛皮纸文件袋。这两位布什总统的心腹在我面前停了下来，就站在阿什克罗夫特的左腿边，我一伸手就能抓住他们。我还记得，那时候我就想，要是他们想逼阿什克罗夫特签署什么文件，我就这样拦住他们。但我知道，这个念头太疯狂了，我真要跟这两个人在司法部部长的病床前打起来吗？

冈萨雷斯首先开口："部长先生，您还好吗？"

阿什克罗夫特嘟囔了一句："不太好。"

紧接着，冈萨雷斯开始解释他和卡德的来意，说他们是奉总统之命，为了一个事关国家安全的重要项目而来，这个项目事关重大，必须继续进行下去。对此，他们已经向国会做了简报，国会已经知晓这个项目的价值，想让这个项目继续进行。紧接着，他又说道，他们愿意和我们一起解决项目中存在的所有法律问题。说到这儿，他停下了。

这时候，阿什克罗夫特做了一件让我震惊万分的事情。他努力用手肘支起身体，浑浊的眼睛抬起来，盯着这两个人，迅速回击了他们。他说自己之前被"星风"这个项目彻底误导了，他之前一直问这俩人要项目相关的法律支持文件，但这俩人始终以保密为由拒绝了他。阿什克罗夫特接着气愤地说道，他现在理解了这个项目的内容，因此有理由质疑其中一些行动在法律上是否合理。说完这些，他好像用尽了全身的力气，一下子失去了平衡，跌回床上，喘着粗气。"但现在这都不重要了，我不再是司法部部长了"，他抬起颤抖的手，指向我，"这才是现任司法部部长。"

整个病房瞬间静默了，大家都愣住了。过了好一会儿，冈萨雷斯吐出了两个字："保重。"

他们俩转身走了出去，看都没看我一眼。就在他们转过身去的那一刻，珍妮特·阿什克罗夫朝他们撇了撇嘴，吐了下舌头。

卡德和冈萨雷斯走了。5分钟后，鲍勃·米勒进来了。他弯下腰和阿什克罗夫特很温柔地说话，他说的话如果让别人听见了，都会大吃一惊，觉得这肯定不是平时那个冷漠古板的米勒。

他对阿什克罗夫特说："每个人的生命中，都会面对上帝的考验，这就是上帝对你的考验，而你已经通过考验了。"阿什克罗夫特没有回答。就像米勒之后在他的日记中写的那样，那个晚上，他发现这位司法部部长"极其虚弱，一度说不出话来，身上背负了常人难以承受的压力"。

这个晚上，我简直要用掉了所有的精力。我的心怦怦地跳，感觉快要晕过去了。但当我听到鲍勃·米勒这些温柔的话语时，我几乎要哭了出来。最终，还是法律取得了胜利。

但无论是冈萨雷斯还是卡德都不会善罢甘休。一位探员叫我去隔壁房间接电话，联邦调查局在那儿设立了一个临时指挥中心。电话那头是卡德，他正在因刚刚跟阿什克罗夫特的交锋而怒气冲天。他让我马上到白宫去见他。

他刚刚在病房里对阿什克罗夫特的所作所为已经让我备感愤怒。他刚刚就是在逼这个濒死的人违犯法律啊！我不能再退缩了，我对他讲："鉴于你刚才的行为，我不会在没有第三个人在场的情况下跟你见面。"

他更生气了："什么行为？我们刚才就是去探望他一下而已。"

这简直就是睁着眼睛说瞎话，但我没心情戳穿他。我又说了一遍，缓慢而坚定地说道："鉴于你刚才的行为，我不会在没有第三个人在场的情况下跟你见面。"随后我突然想到了一点，就又加了一句："而且我希望这位见证者必须是联邦总律师。"

"你是说你拒绝来白宫？"卡德的声音里透出一丝惊讶。

"不是的。我这就动身去白宫，只不过去之前我要请联邦总律师跟我一起去。"通话结束了。我想到了联邦总律师泰德·奥尔森（Ted Olson）。他和鲍勃·米勒一样，尊重法律，也和鲍勃一样，跟我没什么深交，但我欣赏他、尊敬他，更重要的是，总统和副总统也一样欣赏他、尊敬他。我确信，如果他了解了事实真相，一定会站在和我们一样的立场。我联系上了奥尔森，他也在外面吃饭呢。接到我的请求后，他马上同意到司法部来跟我会合，陪我一起去白宫。

晚上 11 点刚过，天空飘起了小雨，我和联邦总律师一起坐在车里，由联邦法警护送至白宫。我们沿着铺着地毯的台阶走到白宫西厢，走过椭圆形办公室，很快就到了卡德的办公室。卡德正站在门口等着我们，他让奥尔森在门口等一会儿，他要单独跟我谈谈。卡德看起来冷静了不少，我的直觉告诉我，现在不要因为让奥尔森在场这事儿跟他争执了。

我进屋后，卡德说我们两个都要冷静。他说他听到了一些"辞职的风声"。后来我才知道，那时候，杰克·戈德史密斯已经让并没有牵涉进此事的副手为他准备了一份辞职信。而他的副手提醒了自己在白宫的一个朋友，这个朋友又告诉了卡德。这位办公厅主任机敏地嗅到了丑闻的味道，他并不想在大选年让这么一桩灾难性的丑闻登在报纸头条上。

我答道："我觉得，如果人们用辞职做筹码来达到特定的目的，那就太悲哀了。"相反地，人们应该努力工作，坦坦荡荡地解决问题。但如果始终无法拨乱反正，问题又太重要而不能视而不见，那就只有辞职一条路可以走了。

这时，卡德办公室的门开了，冈萨雷斯进来了。他看见奥尔森坐在办公室门口，也邀请他一起进来了。我们4个人坐下，沉默良久，思考现在的情况。我们没有达成任何协议，冈萨雷斯和卡德也没对自己刚刚在阿什克罗夫特病房中的所作所为做出什么解释，但我们的情绪都平静了许多。在这种气氛中，我们休会了。

几年之后，我才有机会听我的手下讲他们那天晚上的经历。那天晚上，他们所有人都知道一定是有什么糟糕的事儿要发生了，都以最快的速度到了医院，但没有人真的知道是什么事情。我的办公室主任查克·罗森堡绕着医院走了好几圈都找不到自己的车。来的时候，他停了车就跳下来跑到医院找我，根本来不及注意自己把车停在哪儿了。找不到自己的车，他只能在凌晨两点半打车回位于弗吉尼亚州的家。他妻子不能理解，为什么罗森堡没喝酒，却不记得车停哪儿了。而罗森堡还只能对妻子说："将来我会告诉你为什么的。"他妻子更是迷惑不解了。等到罗森堡告诉她那天晚上究竟发生了什么的时候，几年都已经过去了。幸运的是，第二天他就找到了自己的车。

我最喜欢的是办公室副主任道恩·伯顿（Dawn Burton）的经历。晚上七点左右的时候，她的上司——也就是我——已经走了，她一一询问了整个四层大厅的人，想找个人一起出去喝一杯。但每个人都说太忙了没空，于是她只好回自己的办公室继续工作。过了不一会儿，一个同事冲进她办公室说："快穿衣服，车库集合！"她下意识地答道："是！"然后冲向车库。随后，她就和其他同事一起挤进车里，奔向乔治·华盛顿大学医院，来到阿什克罗夫特病房楼下的大厅里，压根儿不知道自己为什么会到这儿来。当所有人从医院出来的时候，她又最后尝试了一次，问有没有人想去喝一杯，但最后也没人去。

3月11日，星期四，我凌晨才回到家。到家的时候，家里一片静寂。帕特里斯和5个孩子都睡得很沉。那段时间，帕特里斯知道我在处理一个很棘手的问题，正在和白宫进行艰苦卓绝的斗争，但她并不知道是为了什么。我一个字都不能透露给她，因为只有信息相关人员，且在得到准许的情况下，才能获知这种机密信息。帕特里斯既不是相关人员，也没得到相关许可。所以，我什么都不能告诉她。这种与家人和朋友的信息隔离让我备感压力，很多执行秘密任务的夫妻都是这样的。我睡得很少而且烦恼异常，而帕特里斯并不知道这是为了什么。我到厨房去找点儿吃的，看到帕特里斯把6个月前我在参议院听证会上说的一些话打印了出来，贴在了冰箱门上。那天，她和孩子们都出席了我的听证会。参议员就我出任副总检察长之后将如何处理与白宫之间的矛盾这个问题进行层层逼问。他们的问题主要集中在我将如何处理政治上有争议的调查，帕特里斯贴在冰箱门上的，正是我当时回答的部分内容：

> 我不关心政治，不关心权宜，也不关心所谓的情谊。我只关心真相。我永远不会知法犯法。面对有争议的政策，我们每个人都会有自己的判断，但我只会做正确的事。

几个小时候之后，我就被一条消息惊醒了。消息上说，恐怖分子在夜间袭击了马德里的市郊往返列车。接下来的一天，我们都是在这些恐怖袭击的消息中度过。我们司法部、中央情报局还有其他的情报机构一起，调查美国国内是否存在类似的阴谋或威胁。我们一大早在联邦调查局总部碰面，米勒局长和我一起坐车前往椭圆形办公室开恐袭简报会。我们见到了总统、副总统和他们的高级官员团队。没有人提到"星风"项目。

简报会散会后，我在走廊里拦下了弗朗·汤森（Fran Townsend）。我们曾一起在纽约做助理检察官。她现在是国家安全顾问康多莉扎·赖斯的副手。赖斯没有跟副总统一起参加星期二那天的会议。有没有可能国家安全顾问并没有参与"星风"项目呢？如果她也参与了这一项目，她会不会保持着理性呢？

我对汤森说，我有个词要告诉她，我想让她帮我弄明白赖斯知不知道这个词。汤森看起来有点儿困惑，但我没有对她解释，而是继续对她说："'星风'。我想知道赖斯知道不知道这个词。"弗朗答应了我，说她会帮我弄明白。那天下午，汤森打电话来，急急忙忙地说，赖斯知道这个词，然后就把电话挂了。于是我明白了，我无法从赖斯那儿得到任何帮助。

而司法部这边，戈德史密斯和菲尔宾已经证实，白宫已经在"星风"这个项目上保持静默。我们只能等待。傍晚时分，他们俩来见我，告诉我，总统对我们的警告置之不理，重新授权了这个项目。新的授权令和之前的有很大不同：需要司法部部长签名的地方已经被删掉了，取而代之的是总统顾问阿尔贝托·冈萨雷斯的签名。阿丁顿还在上面添了其他内容，授权国家安全局执行一些之前的总统授权令没有提及的行动。

听到这儿我知道，司法部这场仗打输了。我的政治生涯已经结束了，鲍勃·米勒的也是如此。我们俩都不会再为政府工作了，因为我不可能接受白宫这样公然违法的行为，而他也不可能指挥联邦调查局参加这样没有法律依据的行动。

我写了一份辞职信，回家告诉帕特里斯，我打算辞职了。和之前一样，我依然不能告诉她原因究竟是什么。

3月12日，星期五，天灰蒙蒙的。早饭前我就起床出门了，在我走后，帕特里斯对孩子们说："爸爸可能要去找一份新工作了，不过没关系，一切都会好的。"我和鲍勃·米勒一起，照常在联邦调查局总部梳理了早上的恐袭信息，然后出发去白宫参加椭圆形办公室的恐袭简报会。我们默默地望着窗外的玫瑰园，等着老爷钟旁边的门被总统推开。那时候，我还想着要记住这些我再也不会看到的景色。这时候，椭圆形办公室的门开了。

这场会议的气氛十分诡异。我们讨论了马德里事件，讨论了"基地"组织，讨论了所有该讨论的事情，就是没讨论"星风"项目。双方都明白，一旦我们触及这个话题，表面的和平就会立即崩溃。会开完了，我们都站起身来要出去，米勒走在我前面。我马上就要走到门口的时候，听见总统说：

"吉姆，我能跟你谈谈吗？"

我转过身，布什总统带我走到椭圆形办公室的另一头，穿过一个小厅，走到了总统的私人餐厅。餐厅里有一张四方桌，每侧都摆着一张椅子。我们坐下来，总统坐在背对窗子的那张椅子上，我坐在离门最近的那张椅子上。

"你看上去气色不太好，"总统单刀直入，"我们不希望再有人倒下了。"几天前，另一个机构的一名同事在离开白宫的时候，晕倒在地了。

"我这几天没怎么睡过觉，我压力太大了。"我也直言不讳。

"那让我把你肩上的重担减轻一些吧。"总统说。

"我也希望您能这样做，总统先生，但很遗憾您不能。我觉得我正站在两条铁轨中央，一辆火车就要从我身上碾过去了，我的职业生涯即将结束，而我一动都不能动。"

"为什么呢？"

"因为截至目前，我们都不能为'星风'项目中的部分行动找到合理的法律基础。"

随后，我们讨论了这个项目的具体情况，也就其中有问题的那些部分交换了意见。最后我说："我们就是无法证明这部分是合法的。"

"但行政机构的办事条例是由我说了算的。"总统说。

"确实是这样，总统先生。但司法部能否证实其合法性，是由我说了算的。在这件事儿上，我没法证明其合法性。我们已经尽力了，总统先生，但就像马丁·路德（Martin Luther）所说：'这就是我的立场，我别无选择。'"

"如果你早一点儿跟我们提出这些反对意见，该有多好。"

我吃了一惊："总统先生，如果您的手下是这么告诉您的话，那您就被彻底误导了。这几周，我们一直都在和他们讨论这些问题。"

他停了下来，好像在消化这个惊人的真相。"你能再给我些时间吗？给我到 5 月 6 日就行。我打算提交一项法案，那时候这个项目就没有问题了。这个项目真的很重要，如果 5 月 6 日我没法让法案通过，那我就叫停这个项目。"

"总统先生，这个我确实做不到。这几周以来，我们已经把这个问题讲得很清楚了。"

讲到这儿，我停顿了一下，深吸了一口气，然后逾越了我作为律师的本分，给总统提了一个政治建议。"总统先生，我觉得我必须要说这句话。美国人民如果知道我们都干了些什么，他们会很担心的。"

从我们开始谈话到现在，他第一次生气了："这事儿还是留给我来操心吧！"他的语气有些尖刻。

"好的，总统先生。我只是觉得有必要说这句话。"

他也停顿了一下，我知道这次谈话要结束了。就像我星期三晚上跟总统的办公厅主任讲的那样，我并不相信以辞职作为要挟就能赢得这场争论。我觉得，就算有争论，也应该坦坦荡荡地争论，等一切已成定局之后再决定是否要辞职。如果一言不合就要卷铺盖走人，总让人觉得有点儿输不起。

但我还是想要帮助布什总统。我欣赏他，希望他能够成功。而他显然没意识到前面的暴风雨有多强烈。整个司法部的领导团队都要离职了，就在他要重新参加大选的关键时刻。哪怕是在"水门事件"发生的时候都没有过这么大规模的离职事件啊。我得告诉他，得提醒他，但我又不想打破自己的原则。所以，我只能试试其他办法。

我磕磕绊绊地说："呃，总统先生，我觉得您应该知道，鲍勃·米勒今天早上正在计划着离职呢。"

他又停了下来。"谢谢你告诉我。"他伸出手，请我回到了椭圆形办公室。我走过屋里的老爷钟，直接下了楼，鲍勃·米勒正在白宫西厢楼下等我。我开始跟他讲我跟总统都谈了什么，一位特勤特工走了过来，说总统想马上见米勒。

大约过了 10 分钟，米勒回来了。我们一起回到他的雪佛兰车里，在后座坐定。他让他的司机先出去一下。（后来，这位司机告诉我，他知道肯定出事了，因为这是 20 年来，米勒第一次让他出去待会儿。）接着，米勒告诉我，他和总统谈论的基本上是同样的话题。米勒坚定地向总统表示，如果"星风"项目再这么进行下去，他不会继续出任联邦调查局局长的。随后，他恳请总统听听我们的理由。总统对他说："告诉吉姆，做他该做的事让这个项目合法。"

这就是我们所需要的，我们只需要总统下一个命令。有了这个命令我们就可以绕过副总统、卡德和冈萨雷斯，也绕过了阿丁顿和他那个装满了秘密命令的保险箱。我们回到司法部，对我们的高级官员说了这个消息。现在，我们的第一个任务就是请更多的好律师加入这个项目里来。那时候，泰德·奥尔森正在准备一场最高法院的辩护，因此他的副手保罗·克莱门特（Paul Clement）加入了我们的团队，同一时间加入的还有很多法律顾问办公室的优秀律师。中央情报局和国家安全局的律师也加入了我们的团队。阿丁顿阻止不了我们将更多人吸纳进来。

整个团队周末都在加班，起草了一个新的总统政令，缩小了国家安全局的授权监控范围。我决定向白宫递送一份机密备忘录，总结一下问题所在以及我们建议的解决办法。这个备忘录将永远被记录在总统文件中，也回应了总统对米勒的指令。这个备忘录中记录了司法部将"星风"变为合法项目的全部过程。这个做法有点不厚道，因为这样做，就相当于把之前项目中那些出格的行为做了永久的全套记录，但这时候确实应该不厚道一回了。星期日晚上，戈德史密斯和菲尔宾亲自把这个备忘录送到了冈萨雷斯家里。这个简报让白宫中的一些人气坏了。

随后的星期二，冈萨雷斯给我打电话，说有一份备忘录会从白宫送回我们手里。他让我不要过度反应，说白宫愿意跟我们合作。我不知道我的做法是否是"过度反应"，但我确实做出了反应，而且是非常强烈的反应。这份备忘录显然出自阿丁顿的手笔，简直就是重重地打了我们的脸。备忘录里说，我们实在是大错特错，简直就是篡取了总统的授权。这份备忘录否定了我们之前提出的所有改动，说这些改动无论是在法律层面还是在行动层面，都没有任何必要。他们确实没有指着我们的鼻子骂，但实际上字字诛心。

我又抽出了我的辞职信，把上面的日期改成了3月16日。我感到无比愤怒。他们连总统给鲍勃·米勒的命令都不放在眼里，只为保留这个不合法的政令。我对阿什克罗夫特的办公室主任说，我这次真要递辞呈了。他让我再等等。他很确定，阿什克罗夫特肯定想跟我们一起辞职，但他现在病得太重，不能亲自递交辞呈，问我们能不能等他好点儿再说。当然可以。我又把辞职信放回了抽屉里。

两天后，总统毫无预兆地签署了一项新的政令，接受了我们提出的所有改动，就是冈萨雷斯那份备忘录里认为毫无必要的那些改动。政令上说，总统之所以做出这些改动，是为了更好地执行"星风"项目，并不是因为我们说他必须得改，也不是因为我们解释说法律要求这样改。这个说辞太幼稚了，但我们已经不在乎了。有了这个政令，"星风"项目的法律基础就很坚实了，法律顾问办公室就能为其找到法律依据了。5月，戈德史密斯和菲尔宾带着团队的新律师们完成了这一项目的法律意见书，并将其写入备忘录递交白宫。

至此，"星风"危机结束了。

更加艰难的日子开始了。

第七章

确认偏误

让我陷入困境的不是无知，而是看似正确的谬误。

——马克·吐温

2004年4月，杰克·戈德史密斯正和他的团队一起，在司法部夜以继日地为"星风"项目建立更坚实的法理基础。就在他们忙得不可开交的时候，一群美国士兵在伊拉克的阿布格莱布监狱里虐待囚犯的照片被公之于众。在这些照片里，几名美军士兵对伊拉克囚犯进行了非常不人道的虐待。他们被羞辱，被蒙上头，被扒光衣服，还被勒令进行人体堆叠，场面简直触目惊心。有些囚犯被铐起来，被一群凶猛的獒犬扑上去撕咬，还有一些看起来奄奄一息的囚犯被美国士兵嘲笑。

很快，媒体纷纷对此口诛笔伐，指控美国士兵虐待伊拉克囚犯。再过六七个月就是总统大选了，这件事给了布什政府重重一击。为了应对这个突发事件，国防部部长在全国直播的国会听证会上出庭做证，在全美国人民面前对那些被虐待的伊拉克囚犯及其家属道歉，并承诺会对此恶行进行彻查。国务卿将这起阿布格莱布监狱虐囚事件比作之前在越南发生的美莱村大屠杀，而那次大屠杀成功地激起了公众的反战情绪。但事情并未到此结束。

正当全世界都在强烈谴责这一虐囚事件时，中央情报局也变得非常紧张，因为之前中央情报局也曾在执行秘密任务时存在虐囚行为。2002—2003年，中央情报局曾对其抓获的囚犯实施殴打、剥夺食物、羞辱等非常手段，甚至还差一点儿溺死囚犯。中央情报局坚信这些人要在美国境内谋划恐怖袭击事件，于是把他们关在美国领土之外的黑牢里，对他们严刑逼供。2002年夏，中央情报局曾向司法部咨询，在法律允许的范围内，他们究竟能在审讯中对这些犯罪嫌疑人采取什么手段。

2004年6月，伊拉克虐囚事件刚过去两个月，杰克·戈德史密斯对我说，他在这些刑讯手段中发现了一些不寻常的东西。6个月前，他就已经发现了问题，并告诉中央情报局的特工，之前给他们的法律意见书可能不能作为行动依据了。现在，随着"星风"项目事件尘埃落定，他做完了之前未完成的分析，发现司法部不能从法律上支持中央情报局的所作所为。同"星风"项目一样，之前司法部针对中央情报局的刑讯手段给出的法律意见书存在根本性缺陷。而且，他相信中央情报局特工的行为已经逾越了这个存在缺陷的法律意见书所允许的范围。自从司法部一份有关"酷刑"的机密指导草案被泄露了之后，这事儿就被铺天盖地般地报道开来，成为伊拉克虐囚事件之后的又一个大新闻。就此，布什政府任期内，秘密政策议程与法律规定之间的战争又一次打响了。

早在1994年，国会就从法律角度定义了"酷刑"这个词。国会对这一词语的定义与我们大多数人理解的定义是不一样的。在认可了联合国《禁止酷刑公约》的基础上，美国国会在美国法律中正式将"酷刑"定义为：故意施加严重的精神处罚或肉体处罚，造成受刑者精神或肉体上极度痛苦的行为。实际上，大家脑海里的"酷刑"大多都不足以在法律上被称为"造成极度痛苦"或"严重处罚"。很多人都觉得，把别人关在一个黑暗的、棺材式的盒子里，或者把人衣服扒光然后吊在天花板上好几天不让睡觉就是酷刑。但在国会的司法解释里，酷刑需要满足"严重处罚"和"造成极度痛苦"的条件。正因如此，法官或律师可能会最终判处上述行为不符合"酷刑"的司法解释。

2002年，"9·11"恐怖袭击事件之后，中央情报局想用一些非常手段逼迫一些被抓获的"基地"组织领导人招供。他们希望这些人能供出其他的"基地"组织成员，主动说出正在谋划的其他恐袭计划，从而拯救那些无辜的生命。于是，中央情报局的一些官员咨询司法部法律顾问办公室的意见，想知道他们想用的一些刑讯手段，比如在狭小空间内关禁闭、剥夺睡眠，以及被称为"水刑"的模拟溺水，是否会违反关于"酷刑"的法律规定。要明确的一点是，他们并没有问司法部的律师可不可以使用某种手段，而只是让司法部把相关的法律底线告诉他们。

这件事发生的背景和"星风"项目一样，司法部都是被要求在国家危机面前做决定。那时候，所有人都被"9·11"事件造成的恐慌笼罩，领导者害怕类似的恐袭事件会再次发生。中央情报局和布什政府的官员们对司法部保证，针对"基地"组织领导人采取非常的刑讯手段不仅有效，而且非常必要，只有这样才能拯救不计其数的无辜生命。在这种压力下，一位司法部律师（就是为"星风"项目提供有问题的法律文件的那位律师）仅凭一己之力就为他们出具了一份法律意见书，其中非常宽泛地定义了"酷刑"这个词。同时，他还出具了另一份法律意见书，其中表示中央情报局计划对其首位嫌犯阿布·朱贝达（Abu Zubaydah）采取的刑讯手段，在法律上并不构成"酷刑"。因此，中央情报局被准许对朱贝达使用全套的刑讯手段，从掌掴、剥夺其睡眠到对其实施"水刑"。等到2003年年底，杰克·戈德史密斯出任法律顾问办公室主任，我出任副总检察长的时候，中央情报局已经凭借这份法律意见书，在美国以外的多处黑牢里，对很多嫌犯进行过暴力刑讯了。

我并不想再一次和白宫中的某些势力开战，尤其是打响一场无比丑陋且旷日持久的消耗战。"星风"项目这场战役已经让我备感压力，不仅仅是我个人，我的家人也深受其害。我差点因此丢掉了工作。我们住的房子还是浮动贷款，纯利息按揭的那种，还有5个就要上大学的孩子，我们的经济条件真的不是很好。无论是我在曼哈顿做联邦检察官那些年，还是在司法部任二把手的时候，包括后来做联邦调查局局长，我的工资始终都没能超过我第一年在纽约那个律师事务所做初级律师的时候。当然了，很多人挣得跟我一样少，也都顺顺当当地养孩子了，我们只是没规划好罢了。

尽管我内心不愿再跟白宫发生冲突了，但我同意戈德史密斯的意见，这份关于"酷刑"的法律意见书是有问题的。因此，我私下去拜访了司法部部长阿什克罗夫特，向他说明我们应该撤销司法部之前对中央情报局采取那些刑讯手段的法律意见书，也阐明了我们应该这么做的原因。尽管我的提议要实施起来并非易事，但他还是同意了我的想法。

这时，我们俩都意识到，这么做会在某种程度上暴露中央情报局特工的身份。因为他们依据之前的法律意见书，确实对很多嫌犯实施了非常的刑讯手段。这些负责审讯的特工并不是律师，他们有权依照政府顾问给出的建议行事。但是，他们赖以行动的依据不合法，这种情况必须被叫停。必须要基于事实，撰写全新的、合理合法的法律意见书。

尽管我们并不负责评判这个项目对国家是否重要，但戈德史密斯和我对联邦调查局的审讯手段非常熟悉。很早以前，联邦调查局就已得出结论，这种刑讯逼供毫无作用。刑讯逼供所得到的供词要么不可靠，要么根本没有用处。多年来，联邦调查局一直致力于"融洽质询"——与嫌犯建立互信关系。在成功地与嫌犯建立了互信关系之后，联邦调查局一次又一次成功拯救了无辜的生命，一次又一次成功得到有关恐怖分子、黑帮和连环杀手的信息。因此，我们很是怀疑，中央情报局这种刑讯逼供手段是否真的有效。在我看来，采用这些手段的人就像是虚张声势的政府官员——看过很多探案片，却没有真正进行过刑侦质询。

然而，中央情报局的领导层及其背后的政府高层，比如副总统迪克·切尼，显然不这么想。他们的思想深受人性中最强大、也最令人不安的观念——确认偏误所影响。我们的大脑已经进化到可以按照我们已经相信的东西来处理信息。我们更倾向于寻找和关注那些能够支持自己观点的事实和依据。麻烦的是，当我们陷入确认偏误这个陷阱时，很可能就不会再去接受那些挑战自我认知的观点，也不会去注意那些和我们已经得出的结论相违背的东西。在这个错综复杂、瞬息万变、互相作用的世界中，这种确认偏误会让我们成为那种固执己见的人，不容易改变自己的看法。

但这种偏误不能仅用生物进化理论来解释。总统、副总统和他们身边的工作人员，还受到当前政治文化的影响。在当前的政治文化下，不确定是无法被容忍的，存疑是会被嘲笑的，是会被视为弱点和缺陷的。从古至今，领导层都被逼着做出确定无疑的决定，被逼着强化他们原有的确认偏误。

当然，在一个良性的组织中，存疑并不是弱点，而是大智慧。当人们确信自己走的道路是正确的道路，确信自己相信的事实就是真相时，这才是最危险的。但我说的存疑，并不是那种"墙头草"式的举棋不定，也不是因"不敢做决定"而踟蹰不前。

通常情况下，我们都是必须要做决定的，而且要迅速做出决定，就算是最艰难的决定，也是如此。而最艰难的决定往往都是在相关信息最少、时间最紧迫时做出的。做出这些决定的时候我们一定要意识到，这些决定可能是错的。如果领导人总保持这种谦逊的态度，他们就更容易听取他人的意见。

但公平地讲，我们当前的文化导致领导人很难保持谦逊，尤其是像总统、副总统这种在政府工作的人。要他们一直保持谦逊、听言纳谏，太难了。因为他们一旦承认自己对某事犹疑不决，或自己之前的决定是错误的，无异于断送自己的政治前途。而作为民众来讲，我们也希望看到一个强大的、处事果断的领导。试想一下，如果我们支持的领导在其任期结束之后告诉我们，尽管他不是有意犯错的，但他知道，在他所做的众多决定中，肯定有错误的决定。现在，他只能祈祷这些错误的决定没有伤害到他的人民，只希望我们会原谅、忘记他的那些错误的决定。这样软弱的领导一定会被赶下台。然而，美国的第一任总统华盛顿，在他 1976 年的告别演说中，是这样说的。他说：

回首这些年来的执政经历，我可能犯下了很多错误。尽管我并不是有意犯错，但我确实知道自己有很多缺点，而这些缺点会导致错误的行为。无论这些错误是什么，我都诚恳地祈祷上帝免除或减轻这些错误所带来的后果。同时，我也希望我的国民能够宽恕这些错误。在过去的 45 年里，我把全部的热忱都奉献给了这个国家。我希望随着我日后长眠地下，这些因无能而犯下的错误，最终也会烟消云散。

在布什政府内部，副总统迪克·切尼、副总统顾问戴维·阿丁顿和其他人已经承认这种所谓的"强化审讯"行为是有效的。所谓的"强化审讯"，就是我们平时所说的暴力刑讯，也就是实施酷刑。这些人就是不肯承认与他们的结论相悖的证据。在他们的眼里，阻止他们通过这个法案的人（比如像我一样的律师）就是在用无辜的生命冒险。

我能理解为什么切尼等人对司法部要改变法律意见书这件事的反应如此强烈。但这个一开始就不合理的法律文件能够出台，其主要责任还是在于这些政策制定者，比如副总统。这些有权有势的领导者，非常确定自己接下来的行动，只咨询少数几名律师，并且要求他们迅速得出结论。正是因为有这样的领导者，注定了我们今后要面临诸多问题。

从我的角度来看，这件事的解决方案并不复杂。司法部在"星风"项目和中央情报局可使用的刑讯手段两件事上犯了重大的法律错误，给总统和政府提供了错误的法律信息。若想要司法部继续发挥其应有的作用，就得改正这些错误，这样才能保证司法部履行其对历任总统——包括布什总统，和整个国家的责任。如若不然，司法部就变成了一个党派团体，只是在党派之争时说一些必要的话罢了。就算司法部是处于领导团队的巨大压力之下，不得已才出此下策，也改变不了这个事实。

司法部部长是由总统在参议院的建议下任命的，且这一任命要参议院予以通过，这个流程确实有其意义所在。在政策问题上，司法部的自由量裁权举足轻重，例如，司法部能决定什么样的案子应该优先审理，怎么解决反垄断纠纷。同时，司法部的政策选择也要代表民意，而民意的表现形式就是总统大选的结果。然而，政治领袖凌驾于司法部之上，势必会造成紧张和冲突的局面，因为司法体系必须是公正公平、不偏不倚的。

宪法和法律不是任何政党进行政治斗争的工具。正义女神只关心正义，不会对其头上的政治势力卑躬屈膝，更不可能任其摆布。

我曾去过北卡罗来纳州的一个海岸，岸边有两个离得很近的堰洲岛。两个堰洲岛之间有一片狭窄的水域，来自大西洋的海水不断拍打着岛屿后面的一大片浅湾。这里常常风暴大作，巨浪似乎要开山劈海，但实际上并没有山可以被劈开。我觉得，司法部的领导层就像是站在这片水域上，站在波涛汹涌的政治世界和风平浪静的非政治世界之间。他们要一边响应总统及其支持者的政治信念，一边又要保护手下众多政治中立的探员、检察官和工作人员。只要司法部的领导层能理解这些政治风暴，他们就能找到自己的立足之地。但若他们踏错一步，滔天的巨浪就会吞没浅湾，司法部也会沦为一个政治工具。如果这样，司法部便丧失了其在美国政治社会中的独立地位，其捍卫正义的能力也不复存在。

2004年春天就是这样艰难。一天晚上，帕特里斯看着我。她明显知道，我手头的工作已经快让我精疲力竭了。她也看到了媒体上那些伊拉克美军虐囚的照片。她看着我，对我说：“虐待他人是不对的。别做那种人。”

我下意识地反问道：“你说什么？你知道我不能跟你说这事儿。”

她说：“我不是想让你跟我说这事儿。我就是想跟你说，别做那种人。”在接下来这一年里，她时不时就会用这句话来劝诫我。

很多个夜晚，我都辗转反侧，生怕自己会成为“那种人”。那些被扒光了衣服吊在天花板上、白天黑夜都被灯晃得不能睡觉的人的样子，在我的脑海中萦绕。他们不能上厕所，只能用尿不湿；只要被松绑，肯定会有下一次凌虐等待着他们；他们被施以水刑，觉得自己就快被淹死了。

2004 年 6 月，在我的支持下，戈德史密斯正式撤销了司法部支持 2002—2003 年实施的那些刑讯手段的法律意见书。不出我所料，副总统顾问戴维·阿丁顿非常生气。有一次在会上，他抽出一张卡片，说这上面列出了自"9·11"恐怖袭击事件以来，司法部针对机密事件提供的所有的法律意见，然后用一副挖苦的口吻问戈德史密斯，现在司法部还支持自己之前的哪个法律意见呢？这次会议我没有参加，但我提前就提醒过戈德史密斯，阿丁顿越是生气，就代表我们的方向越正确。但是，我觉得这番话就算能安慰戈德史密斯，也无法安慰帕特里克·菲尔宾。阿丁顿曾私下跟菲尔宾谈过，告诉他，由于司法部先后撤销了"星风"项目及中央情报局刑讯手段的相关法律意见书，他有理由相信，菲尔宾已经违反了自己当年做出的守护和捍卫美国宪法的誓言。他建议菲尔宾辞职，并威胁他，如若不然，他会堵住菲尔宾在政府机构内所有的晋升通道。

在辞职这件事上，杰克·戈德史密斯抢先了一步。在出任法律顾问办公室主任的 9 个月时间里，杰克脸上的笑容不见了。他已经打了"星风"项目和中央情报局刑讯手段两场硬仗。就在他宣布撤销中央情报局刑讯手段法律意见书的同时，他也宣布自己要离开司法部，重新回去搞学术了。

因此，重新为刑讯手段提供法律依据的重任就落在了新任法律顾问办公室代理主任丹·莱文（Dan Levin）的身上。莱文是个天赋颇高、认真细致的律师，他总是神色严峻，但又有点黑色幽默。他一点儿也不像戈德史密斯，永远不会把笑容挂在脸上。之前，他在联邦调查局局长鲍勃·米勒手下工作。联邦调查局的同事叫米勒"老大"，而私底下称呼冷面莱文为"阎老大"。莱文一上任，就投入浩如烟海的法律文书工作中，要为这个所谓的"强化审讯"找到法律支持。那时我并不知道，他确实"投入"了进去，他真的去尝试了水刑。后来他告诉我，这是他一生中最糟糕的经历。

2004 年 12 月下旬，莱文和整个法律顾问办公室的工作人员完成了新的法律意见书。这份意见书做得真的太漂亮了，能看出来他们紧密贴合中央情报局的陈述进行了深入的思考和仔细的查证。然而，这份厚厚的、并非机密信息的杰作被大部分人忽视了。在这份新的意见书中里，莱文将"故意施加严重的精神伤害"单独列为一项"酷刑"手段，根据法律，应该予以禁止。这是个大事儿。2002年司法部的法律意见书主要聚焦于定义严重的"肉体"痛苦。但现在，很明显（至少我和莱文觉得是这样的）中央情报局的刑讯手段很大程度上是不合法的，因为精神伤害所包含的范围可比原来大多了。把人的衣服扒光，不让睡觉，不给饭吃，抵在墙上殴打，施以重压，扇耳光，施以水刑，然后把人装进狭小的盒子里用棍子捅，所有这些手段很容易对受虐者造成严重的精神伤害，更何况这些手段中央情报局又不是只使用一次。

莱文的总意见书出台之后，还有两个附属意见书需要出台。第一个附属意见书中提出，中央情报局所使用的每个刑讯手段都需要在莱文出台的标准下一一评估。这倒没什么，因为每一种刑讯手段单独使用，都不太可能造成严重的肉体损伤或精神伤害。重点在第二个附属意见书。在第二个附属意见书的要求下，中央情报局和白宫得把所有的刑讯手段结合在一起，也就是"叠加手段"，放在莱文的标准下进行评估。这么做是因为这些刑讯手段都是交叉重叠使用的。在真正的黑牢里，中央情报局的探员对嫌犯可一点儿都不客气。这些刑讯手段加起来造成的痛苦，很容易就超过了法律禁止的严重精神伤害的限度。只要司法部要求评估这些叠加手段，这个项目就很难再继续下去了。

莱文花了很长时间，想把黑牢中的刑讯记录都精确完整地记录下来。然而，为了满足2002年颁布的法律意见书的要求，提交到司法部的刑讯记录都被处理成非常正常的刑讯记录，刑讯环境如手术室一般干净合规。尽管莱文已经竭尽全力想还原真相，但依然没什么实质性收获。

我从没问过莱文，但我觉得他跟我一样，都希望中央情报局的这个严刑逼供项目会在法律要求的压力下自行消亡。但这不归我们管。我们司法部的律师只能根据中央情报局提交的事实，提供法律意见书。尽管我们都知道，这种严刑逼供实在是太不人道了，而且成功率极低，但我们也无能为力。然而，我的内心一直回荡着那个声音："别做那种人。"

2004年，乔治·W.布什赢得他的第二次大选，约翰·阿什克罗夫特和其他内阁成员一样向总统提交了辞呈，并得到了总统的批准。这种传统机制使总统能够在新时期重新组建自己的政府内阁，但那些之前做得好的内阁成员总统一般会请他们留任。出乎阿什克罗夫特的意料，总统不仅批准了他的辞呈，而且仅在阿什克罗夫特接到其继任者人选通告后几个小时，总统就对外公布了他的继任者。这位新任司法部部长的上任，无疑是扇了整个司法部一记大大的耳光。

2004年11月10日，布什总统宣布，他将任命阿尔贝托·冈萨雷斯为新一任司法部部长。在我看来司法部本应该践行法律本身，而不是只为政府跑腿，而我的这位新上司曾对这一看法极力反对。他看起来更愿意逢迎上意，并不关心真相为何。我不知道为什么布什总统选择冈萨雷斯出任这个职位，但我觉得这可能是数百年来，站在权力顶端的人最容易犯的错误——十几年后，我也试着劝阻唐纳德·特朗普不要犯这个错误。要知道，司法部总扮演着那个"发现问题"的角色，于是有些总统就觉得，跟司法部部长搞好关系一定会大有裨益。但事实是，这种行为不仅无益，反而有害。

那天晚上，我正在家里为帕特里斯庆祝生日。突然，电话响了。我接起电话，但没想到，电话那头传来了冈萨雷斯的声音。他说他打来是为了跟我说，他很期待与我共事，希望我也如此，他很需要我的帮助。听了他的话，我对他的上任表示了祝贺，并表示我也很期待与他共事。虽然这些都是场面话，我们之前也确实闹得不太愉快，但其实我和冈萨雷斯并没有什么私人恩怨。如果他出任司法部部长的话，我愿意帮助他取得成功。冈萨雷斯的本性不坏，我只是担心他太软弱了，太容易被阿丁顿和切尼控制。在阿丁顿和切尼看来，反恐行动大于一切，为了打击恐怖分子，他们不惜违法枉法。

后来我才知道，布什总统在发布任命后立即给冈萨雷斯打了电话，建议他打电话给我。起初我并没意识到，但回想起在阿什克罗夫特的病床前看到的那一幕（我从未和其他人提过）让我突然意识到，在布什政府的眼里，我就是一杆上了膛的枪，随时会走火。因此，他们对待我的态度十分小心。但后来我意识到，我实在不适合给冈萨雷斯做副手。我们的新任司法部部长需要自己的副手，我对新上司有点失望，而且我也累了。没有阿什克罗夫特的支持，我再也不想跟白宫进行那些注定会输的斗争了。更重要的是，我的财务状况并没有任何改善，而我的大女儿很快就要上大学了。确实到了该离开的时候了。2015 年春，我向总统递交了辞呈，将离职日期定在 8 月，这样我好把手里的工作进行清楚的交接。

就在我要离开司法部的时候，副总统切尼开始倚靠冈萨雷斯来出台两个尚未颁布的法律意见书，好能继续他那些刑讯手段。除了新司法部部长之外，法律顾问办公室也换了新人，斯蒂芬·布拉德伯里（Stephen Bradbury）任代理主任。斯蒂芬是个阳光友善的人，虽然是名律师，但没有处理过国家安全事务，他非常希望能被正式任命为法律顾问办公室主任。斯蒂芬上任后，切尼这伙人逼他必须按照他们的要求更改并出台那两个法律意见书。菲尔宾和我对此大失所望，斯蒂芬颁布的新法律意见书太过宽泛，不参考案情本身，而且在我们看来，极其不负责任。

我们建议斯蒂芬考虑最近发生的一起真实案件。据我们了解，一名最近被中央情报局收监的恐怖主义者刚结束审讯。我们建议他对这位囚犯的遭遇进行详细描述，然后再决定这个真实发生的"叠加刑讯"是否突破了法律底线，并据此制作法律意见书。这样才能出台一个负责任的法律意见书。然而，最终司法部对这起案件的解释是，根据司法部了解到的这名囚犯的遭遇，他遭到的"叠加手段"并没有给他带来严重痛苦，因此中央情报局对其使用的刑讯手段并不符合法律中对"酷刑"的定义。但明眼人都能看出来，这名囚犯肯定遭到了非人的虐待。尽管司法部给出的这个意见认可了中央情报局对该囚犯使用的刑讯手段，副总统依旧不满意。他想让斯蒂芬论证"一般刑讯手段"的合法性。但这个所谓的"一般刑讯手段"只是一种假设的情况，而不是中央情报局每天都在干的那些缺德事儿。

我去见了阿尔贝托·冈萨雷斯，向他解释为什么我觉得以这样的方式出台的法律意见书极不负责任。话一出口，我就看出了冈萨雷斯和阿什克罗夫特的区别所在。冈萨雷斯精疲力竭，跟我抱怨副总统给他施加了极大的压力，切尼甚至鼓动总统来询问这个法律意见书什么时候能出台。我对冈萨雷斯说，我非常理解他身上所背负的压力，但这种"一般刑讯手段"确实是不存在的。中央情报局的所有探员在审讯犯人时，都会扇他们巴掌，扒光他们的衣服，把他们拴起来，用尽各种非人的手段来虐待他们。司法部不能在这样的基础上开出一份影响后世的法律意见书，即使真的出台了这样的法律意见书，那它也是无效的。我警告他，一旦出台这样的法律意见书，人们就会认为司法部是在白宫的压力下屈服了，做出了会让我们悔恨无比的决定。

如果有什么事情是华盛顿人避之不及的，那就是报纸上的头条丑闻了。想到这儿，冈萨雷斯沉默了。"吉姆，你说的有道理，我同意你的意见。"随后，他让我跟斯蒂芬一起，对这份法律意见书进行必要的修改。

我松了一口气，但这只是暂时的。第二天早上，我跟冈萨雷斯的办公室主任通电话。电话里，他告诉我刑讯手段的法律意见书已经正式定稿了，明天就要发出去，我们没有时间了。我懵了，部长昨天才告诉我要修正这份意见书啊。但他的办公室主任告诉我，形势已经改变了。

最终，斯蒂芬还是按照他的想法和白宫的要求，签署了两份法律意见书。一周后，白宫开始对他进行背景调查，最终正式提名他出任司法部法律顾问办公室主任。至此，这场战争落下帷幕。

那么，既然我们都不再是刑讯手段法律意见书的相关律师了，我就能做我之前不能做的事情了。我向司法部部长申请政策审议许可，希望能够由国家安全委员会对整个项目进行审议。通常情况下，是由国家安全委员会的副手委员会对该项目进行全面审查。这个副手委员会由政府各部门机构的二把手组成，我也是其中一员。副手委员会经常在各部分机构一把手想要一手遮天之前，就把一些政策和难题摆在台面上讨论，然后得出结论。我觉得，来自政府各部门机构的副手一定会对此进行充分的讨论，讨论我们是否应该对一个人施此酷刑。但不幸的是，我没能有这个机会。

等我再了解到这事儿的时候，这场关于酷刑的政策讨论竟然不归副手委员会管了，而是上升到由主管委员会进行讨论。主管委员会的成员是国防部门及情报机构的最高领导，比如国防部部长、国务卿、中央情报局局长和司法部部长。这就意味着我和我的团队必须劝服冈萨雷斯，让他表达我们的意见，因为司法部只有他能去参加会议。这实在是太让人头疼了！

2005 年 5 月 31 日，主管委员会要在白宫召开政策讨论会。在此之前，帕特里克·菲尔宾和我紧锣密鼓地帮冈萨雷斯准备会议材料。冈萨雷斯从一开始就给我们提了个醒，他说康多莉扎·赖斯"对细节探讨并不感兴趣"。在我们调查"星风"项目的时候，赖斯还是国家安全顾问，而现在她已经代替了科林·鲍威尔，出任国务卿了。冈萨雷斯还告诉我们，赖斯认为，"如果司法部已经证实其合法性，中央情报局也证实其效果，那这事儿就没什么可讨论的了。我们没必要对具体政策展开讨论了"。

我知道，在国家安全委员会里，我再也没有其他人可以求了，我只能抓住冈萨雷斯这一根稻草。菲尔宾和我使尽浑身解数，希望冈萨雷斯能代表司法部提起政策讨论。冈萨雷斯十分不解，但我们辩解道，看起来合法的东西不一定真的合法，据称有效的手段也不一定有效。这些看起来合法和据称有效的东西并不一定合理，尤其是当我们不能认同其法律基础的时候，更是如此。我再一次提醒他，也希望他能提醒其他内阁成员，总有一天这些刑讯手段及其摇摇欲坠的法律基础会被曝光，更何况中央情报局这些非人的刑讯手段据说是有视频资料留存的。到那时，总统和整个国家都会陷入非常难堪的境地。

随后，我给他看了我整理的一叠资料卡，里面记录了在现行法律意见书下，中央情报局能对一个人做出什么非人的举动来。根据我所搜集的资料，我为冈萨雷斯描绘了这样一个场景：一个浑身赤裸的人，在一间冰冷的房间里，双手举过头，被绑在天花板上，上厕所只能用尿不湿，身边不间断地响着震耳欲聋的重金属摇滚乐，房间里开着灯，这使他无法入睡；这样持续好几天后，这个人会被松绑，紧接着被掌嘴、击打腹部、按到墙上殴打，往身上泼冷水，不给吃正经食物，只能吃一些低卡的流食。然后，这个奄奄一息的人还要以特定的姿势站立或深蹲，直到他一动也不能动。这时候他会被装在一个棺材般的木盒子里待上好几个小时，然后再一次被绑在天花板上。当然，在特殊情况下，他还可能被施以水刑，觉得自己马上要被溺死。

"这就是他们干的事儿，"我拿着我的资料卡，对司法部部长说，"细节才是最重要的。"我劝他一定要让国家安全委员会的主管委员们都了解到这些细节，这样才能决定美国今后应当遵守什么样的审讯政策。

冈萨雷斯沉默了很久，他经常这样沉默。然后，他对我来跟他讲这些表示感谢，并问我是否能把资料卡给他，这样他就能在开会的时候讲得更清楚一点儿。我把资料卡留给了他，随后离开了。我祈祷我的这一举动能起到作用。

然而在主管委员会开完会之后，我什么风声都没听见。那天下午，我参加了一个量刑政策会，冈萨雷斯和其他同事都在会上。当着所有人的面，他主动告诉我，白宫的会开得非常顺利。他对所有人讲了我所提出的那些问题，但所有的主管委员都完全支持现行的刑讯手段和政策。

一切都没改变。中央情报局可以继续使用那些"强化审讯"手段，美国政府关押的那些囚犯也将继续被施以非人的虐待。我的资料卡也再没能拿回来。两个月后，我离开了那儿，并且决定再也不会回去了。

第八章
胡佛的阴影

毫无疑问，要成为一名领导者首先要正直。不正直的领导者无法取得任何成就，无论他是领导一群劳工、一个足球队、一支国家军队，还是一个部门，都是如此。

——德怀特·艾森豪威尔

2013年入夏的第一天，我来到了曾认为自己再也不会踏足的地方。

巴拉克·奥巴马总统提名我出任联邦调查局局长的那天，晴空万里。奥巴马总统、我和前任联邦调查局局长鲍勃·米勒一起在椭圆形办公室里等候，我们等着穿过那扇玻璃门到玫瑰园去。外面的白宫记者团早已人头攒动。

就在我们要出门去面对镜头的时候，总统突然停下了。他看起来很严肃，转过来对我说："吉姆，有件事情我之前忘了跟你讲。"

我一脸困惑地看着总统对米勒点了点头，说："鲍勃之前一直对我有一个承诺，现在，我想让你也做出这个承诺。"这会是个什么承诺呢？总统之前已经跟我保证过，我享有绝对的独立，但现在又要我对他做出什么秘密承诺？

总统停顿了一下，以示庄重，然后开口道："鲍勃一直允许我在联邦调查局的体育馆里打篮球，现在我需要你承诺我可以继续使用联邦调查局的体育馆打篮球。"

我扑哧一声笑了出来。"当然，总统先生。某种程度上来讲，这也是'您的'体育馆。"

尽管我很喜欢打篮球，但我知道我绝不会在联邦调查局的体育馆里和总统一起打篮球。我也喜欢打高尔夫，但也不能和他一起打。联邦调查局局长不可能和总统保持这样的私人关系，原因嘛，众所周知。至少我觉得大家都应该知道。

2005 年 8 月从布什政府的司法部离职后，我加入了一家私人公司。从 2005 年开始，每两年我就有个孩子要上大学，而 15 年来在政府机关没挣多少钱，更不用说存钱了。孩子要上大学了，我必须得挣点儿钱供他们读书。于是，我加入了国防承包商洛克希德·马丁公司，担任他们的法律总顾问。我在洛克希德·马丁公司工作了 5 年，然后又到康涅狄格州的桥水联合基金工作了 3 年。2013 年年初，我离开了桥水联合基金，加入了哥伦比亚大学法学院，成为一名国家安全方面的研究员。去哥伦比亚大学是因为我觉得教书育人实在是太有成就感了。

2013 年 5 月，我突然接到了时任司法部部长埃里克·霍尔德（Eric Holder）的电话，问我是否愿意参加联邦调查局局长的面试。他并不能保证我一定能得到这份工作，但如果上面没有认真考虑我来出任的话，他是不会给我打电话的。

这实在是出乎我的意料。可能是我已经对华盛顿这些党派人士有了根深蒂固的印象，我很难相信，一个民主党总统会选择一个曾经在共和党政府中担任要职的人出任如此重要的岗位，而且我还曾经支持过奥巴马总统的政治对手。

我对这件事并不看好，而且再到政府部门工作对我的家庭来说也是个负担。我没告诉霍尔德我说这话的原因。但那时帕特里斯正一边读硕士，一边在布里奇波特的一个精神健康诊所里做顾问；我们的一个孩子马上就要上高三了；之前有几个孩子寄养在我家，而我们又不是孩子走了就不管他们的那种父母，我们一直跟他们保持联系，也会履行义务。因此实际上，我们并不是很富裕。霍尔德让我考虑一下，我说我会好好考虑，但很可能不会去。

第二天早上，我醒来发现帕特里斯不在卧室里。我下楼，看到她在厨房里抱着电脑。凑过去一看，她竟然在浏览华盛顿特区附近的房产网站。

"你在干吗？"

"你 19 岁的时候我就认识你了，我知道你是什么样的人，也知道你的志向所在。你去吧，去做你想做的。"然后她停了一下，接着说，"但他们不会选你的。"她挺喜欢奥巴马总统的，大选时还给他投了票，但她依然觉得我只是去陪跑的。后来她承认，她只是不想看我耷拉着脸不开心罢了。她跟我一样，都觉得奥巴马总统不会挑一个布什总统任期内的政府工作人员。

在跟总统的工作人员进行了几轮面试之后，我在椭圆形办公室里面见了奥巴马总统。他就坐在布什总统经常坐的那个扶手椅上，背对着壁炉，他旁边摆着一座老爷钟。我坐在他左手边的沙发上——在离他近的那头。总统顾问凯瑟琳·雷穆勒（Kathryn Ruemmler）坐在我对面。

这是我第一次见到奥巴马总统本人，有两点让我印象十分深刻：第一是他比电视上看上去要瘦很多；第二就是他有强大的专注力。面试之前，我和雷穆勒在椭圆形办公室门口等候，总统正站在桌边打电话。雷穆勒说，他正在和俄克拉何马州州长通电话，谈论席卷俄克拉何马州的龙卷风灾难。这场龙卷风已经造成了几十人死亡，上百人受伤。奥巴马总统挂了电话，挥挥手让我进来，简单谈了几句俄克拉何马州的事情，就转入正题了。

总统在谈到联邦调查局局长的人选时，显得无比凝重。他说："某种程度上来讲，选择联邦调查局局长和最高法院院长是我在总统任期内最重要的两项人事任命了，因为我这是在选择美国的未来。"在他看来，联邦调查局局长 10 年的任期价值巨大，他希望如果我上任，我能对下一任总统有所帮助。他举例说，在他刚上任，还没有什么经验的时候，就曾经被军队领导人逼着做一些军事决定。虽然他没说出来，但我能看出他非常遗憾那时身边没有一个有经验的顾问可以帮他出谋划策。因此，他觉得我可能会对将来那个同样缺乏经验的领导者有所帮助，帮助他更好地制定国家安全方面的决策。

　　我们还谈了调查机密信息泄露的需求与支持出版自由的需求之间的矛盾。最近，司法部花了大力气调查机密信息泄露事件，而媒体对此也争相报道，并以此攻击奥巴马总统，宣称"奥巴马政府就要完蛋了"。我们没有谈到具体的案例，但我表达了自己的观点，认为周密的领导与调解是可以让这两方取得某种平衡的。说调查员永远都不会从记者那儿挖掘情报显然是目光短浅的，而说调查机密信息泄露就剥夺了出版自由更是夸大其词。我们可以在保证出版自由的同时也保证机密信息不被泄露。

　　最让我惊讶的是总统对联邦调查局工作的看法，正是他的这一认知让我觉得，帕特里斯认为我这趟是白跑了的看法可能是错的。其实，奥巴马总统对联邦调查局局长工作的认知大大超出了我和大部分党派人士的预期。他说："我并不指望联邦调查局能在政策制定上给我什么帮助。我需要他们保持独立性，完全有能力完成自己的工作。我需要的是，我晚上睡觉的时候能放下心来，知道整个国家在正常运转，知道美国人民有人保护。"这次谈话和我之前假设的情景完全不同，实际上，我觉得这种政治独立性还挺对我胃口的。

　　我认同了他的想法。联邦调查局应该是完全独立的，完全不受政治党派的影响，这才是为什么联邦调查局局长被赋予 10 年的任期。

　　我与奥巴马总统见完面后，给帕特里斯打了个电话，自作聪明地说："亲爱的，你之前的判断可能并不准确哦。"我对我和奥巴马总统的这次会面感觉良好，于是在白宫给我抛出橄榄枝之后，我同意了他们的提名。我的家人还会在康涅狄格州住上两年，处理完手上的事情，但我已经完全准备好投入联邦调查局局长的工作中了。一旦就职，我的任期会一直到 2023 年，那时候，我觉得没有什么事情会影响这个任期。

　　出乎我意料的是，在面试后到公布提名我出任联邦调查局局长之前，奥巴马总统又请我去了椭圆形办公室一趟。我们坐在和上次一样的位置，总统顾问一样参与了这次会面。一开场，总统就解释道："等你真正出任联邦调查局局长之后，我们就不可能像现在这样坐下来谈话了。"过去 40 年的时间里，政府的领导者们都已经认识到，总统和联邦调查局局长的关系不能走得太近。联邦调查局调查的案件经常会涉及总统身边的一些高级官员，因此会影响总统的职业生涯。为了保持联邦调查局的公信力，无论是在现实生活中，还是在人们的观念里，联邦调查局和联邦调查局局长都不能跟总统走得太近。因此，这是最后一次我和奥巴马总统可以像大学同学一样开诚布公地一起谈话了。那天，我们讨论了很多并不在联邦调查局局长职权范围内的棘手问题，比如用无人轰炸机消灭恐怖分子。我非常惊讶，他能从不同的视角来看待和评价一些复杂的问题。我觉得，他是想在正式提名我出任联邦调查局局长之前，通过探讨这些问题，对我和我的价值观进行最后一次评价。

在我离开的时候，我对凯瑟琳·雷穆勒表达了自己对这次讨论的看法。我对她说："我没想到我们能谈论这些话题，也没想到坐在总统宝座上的人，竟然有这样一颗柔软的心。"

自此之后，我和奥巴马总统再也不能像这样随意地谈话了。

从 1935 年被正式命名为"联邦调查局"到我任联邦调查局局长之前，联邦调查局一共经历过 6 任局长。第一任局长，也就是传奇局长约翰·埃德加·胡佛（John Edgar Hoover）管理联邦调查局（包括联邦调查局的前身调查局）长达 50 年，建立了自己的管理文化，对联邦调查局和联邦调查局的所有探员都产生了深远的影响。几十年来，胡佛铁腕统治，让政府高层对其又惧又怕。他手里握有很多高层领导的"个人信息"，而且他故意让这些高层领导知道这一点。他和总统、参议员们一起觥筹交错，推杯换盏，却又总是笑里藏刀，将联邦调查局作为手里的利刃。

在联邦调查局内部，局长就是绝对的中心。胡佛的铁腕方式为他带来了无尽的名誉、大众的关注和绝对的权力，但也让联邦调查局里的很多探员都不希望引起胡佛先生的注意。大家都只说他爱听的话，说完了就回去工作。这种心态在联邦调查局内部保持了很多年，即使胡佛早已经过世了，大家依然如此，积习难改。

2013 年我宣誓成为联邦调查局局长之前，我花了一周的时间跟着鲍勃·米勒观察实习。米勒曾在海军服役，领导作风比较老派，不习惯用他所谓的那些煽情手法。2001 年 "9·11" 事件后，整个联邦调查局都陷入了巨大的工作压力之中，探员们都在精疲力竭地工作。米勒的妻子就劝他，要关注下属是否能扛得住这么大的压力。于是第二天早上，他例行公事般地给他的几个手下打电话，至少我听说的是这样。要知道，这些人的办公室离他的办公室不过就几步路。在电话里，米勒问他们："感觉还好吗？" 每个人都会例行公事地回答道："还好，先生。" 他回答："那就好。" 然后挂掉电话。

米勒生性遵规守纪，在帮助我走上工作岗位时也是如此。我开始观察实习的第一天早上，他就为我安排了和主要部门领导的谈话。我要跟他们一对一谈话，听每个人汇报他们工作中遇到的挑战和机遇。随后，他又面无表情地补了一句，说在每个人跟我谈完之后，他会再跟我聊聊，"告诉你究竟是怎么回事儿"。这句话让我大吃一惊。联邦调查局的宗旨就是找出真相，但为什么在部门领导汇报完之后，局长还需要告诉我究竟是怎么回事儿呢？米勒说这句话实际上就意味着，局里的高级领导要么是不知道真相，要么就是不打算对我说真话。我觉得，后者的可能性比较大。

就我的经验而言，很多人都会犹豫要不要把全部真相告诉领导，而他们犹豫的原因也可以理解。我曾经听一些联邦调查局的老员工引用电影《无间行者》(The Departed) 中的台词："这么做有什么好处？这只会伤害你自己。领导就像蘑菇，你只能把他们放在黑暗里，然后喂他们吃屎。" 我很钦佩米勒，佩服他在 "9·11" 事件之后改造了联邦调查局，将联邦调查局从一个办案机构完全改造成了综合情报机构中的一员。米勒已经证明，我们不应该将联邦调查局分成犯罪调查机构和反恐机构两个部分，因为我们无法同时把这两个机构都做到最好。我对他之前的工作充满敬意，但我觉得，我想要一种更加开放的领导方式。

2013 年 9 月 4 日，我正式宣誓就职，成为联邦调查局史上第 7 位局长。因为国会预算不够，联邦政府停摆了一段时间，我的就职仪式拖到了 10 月才举办。奥巴马总统出席了我的就职仪式。正是在这场就职仪式上，我发现了他为什么能成为一名令人信服的领导。

帕特里斯和孩子们也参加了我的就职仪式，两个大女儿还带了她们的男朋友。仪式最后，我们所有人要和总统一起拍照留念。照相之前，我向总统介绍了一下我的家庭成员，然后总统很开心地和我们拍了第一张照片。拍完之后，总统对我两个女儿的男朋友做了个手势，说："嘿，咱们拍一张不带他们俩的吧，以防万一呢。"他说这句话的时候满是开玩笑的语气，没有让任何人觉得不舒服。但是，我能看出来他考虑得很周到，很少有领导人会考虑得这么周到。要是万一哪个男孩子最终没能和我女儿修成正果呢？那么对于我的家人来说，和总统一起照的这张照片岂不就毁了？因此，奥巴马总统开着玩笑让这两个男孩出框，和我们一家人再照了一张。（我很开心的是，现在，这两个男孩一个已经是我的女婿，另一个很快就会成为我的女婿了。）

尽管这是件很小的事，但真正触动我的是奥巴马总统说那句话时展示出来的幽默感、洞察力和与周围人互动的能力。随着与他接触得更多，我更加佩服他的这些能力了，这些都是成为好的领导者不可或缺的能力。其中，幽默感是最为触动我的一点，因为幽默感最能反映一个人的自我。成功的领导者要能够有效平衡自信和谦逊，这十分必要。真诚的笑容需要一定的自信，因为我们在笑的时候看起来会有点傻，这让我们显得很脆弱，这是安全感不强的人都想避免的情况。同时，真诚的笑容也是表示对他人的欣赏，它表示我们领会到了周边人的幽默，愿意跟他们一起大笑。这时，尽管你嘴上没讲，但和他们一起大笑已经表示你对他人的认可，而缺乏安全感的人是无法给予他人这种认可的。

布什总统也很有幽默感，但他总是用取笑他人的方式来让自己显得很幽默。他会跟人开一些有点儿过分的玩笑，这似乎暴露出了他性格中的某些不安全感。他跟别人开玩笑，是要用嘲弄别人的方式来确保别人认可他的地位。他是美国总统啊，这种方式显得有点奇怪，但这确实是一种劝阻他人挑战领导权威的方式。

而奥巴马总统会和身边的人一起大笑，有时也会跟布什总统一样开玩笑自嘲。比如，当年布什总统在毕业典礼上曾对后进生们说："在座的你们，也是有可能成为美国总统的。"然而，奥巴马总统和布什总统不同的是，我从未见过他贬低别人。在我看来，这是他自信的表现。

联邦调查局局长的职责可比外人看起来复杂得多，也比电影里上演的要复杂得多。在电影里，联邦调查局局长要么是在处理单个案件，要么就是在抓坏人，但联邦调查局局长也是这个无比复杂的组织的首席执行官。每天早上，我都早早起床，安保卫队会来接我，开车送我上班。在做副总检察长的时候，我的安保卫队是由美国法警组成的。而现在，我的安保卫队是由接受过特殊训练的联邦调查局特工组成，比之前人数更多，安保强度也更高，因为联邦调查局局长所面临的威胁更大。

跟我做副总检察长时的法警卫队一样，现在保护我的特工也全天候保护着我和我的家人，于是他们也渐渐地成为我的家人。这是件好事，因为他们接受的考验是只有家人才能承受的。有一次，我们去艾奥瓦州参加帕特里斯亲戚的婚礼，我先上床睡觉了，帕特里斯和孩子们玩牌玩到很晚。通常情况下，我的旅馆房间里都会有各种各样的报警装置，房间周边都是联邦调查局特工。通常他们会给我一个按钮，如果发生什么紧急情况就按这个按钮。我有点怕这个东西，总是把它放得远远的，以免晚上会不经意碰到。这天晚上，我把它放在外屋的一个台面上，就进卧室睡觉去了，离它远远的。

我没有告诉帕特里斯我把这个按钮放在了外屋的台面上，当她凌晨两点回来的时候，为了不吵醒我，就在外屋换衣服。她肯定是不小心把什么东西放在这个按钮上了，因为 5 秒钟之后，就有人砰砰砸门。她把门开了一条小缝，看到门外站着的正是安保卫队队长。他以一种奇怪的姿势站在外面，穿着 T 恤和短裤，把手背在后面，帕特里斯看不到他的手。他看起来非常紧张。

"出什么事儿了吗，夫人？"

"没有什么事儿，我正打算睡觉。"

"你确定没出什么事情，夫人？"

"确定。"

"夫人，我能看一眼局长吗？"

"他在卧室睡觉呢。"

"那您能去看看他有什么事情吗？"

帕特里斯走到卧室，看了我一眼，然后回去告诉他："我看了，他在屋里睡觉呢。他没什么事，挺好的。"

"谢谢您，夫人。很抱歉打扰您。"

帕特里斯不知道的是，那天晚上，门口两边站的全是持枪的特工，手背在身后。我也是第二天早上才听说这事儿的。肯定是她碰了那个按钮，这件事怪我。我太抱歉了。

联邦调查局有持枪的文化，好人手里拿枪，这是典型的联邦调查局生活。每次开会的时候都有 80% 的与会者随身持枪。过了好一段时间，我才终于习惯了副局长在开会的时候，一跷腿，脚踝的皮套里就能露出一只手枪。毕竟，副局长是局里的高级特工，除了去白宫开会之外，他总是枪不离身。作为局长，我也有权配枪，但我觉得配枪只会增加我生活上的麻烦，鲍勃·米勒也是这么想的。而且，我身边整天都有持枪特工保护，如果我在联邦调查局特工的保护下还没有安全感，那这个国家可真的出问题了。肖恩·乔伊斯（Sean Joyce）是我的第一任副局长。有一次，一个局里的官僚主义者给所有员工发了一封邮件，指导员工如果在工作场所出现"无特定目标的随机犯罪射手"时，应如何就近隐蔽或者逃离现场。肖恩看不下去了，发了一封邮件回复全部员工，说如果有任何特工听从了这一建议，在这种情况下就地隐蔽或逃离现场，而不是第一时间前去制服射手，那么他就不配在联邦调查局做特工，就应该被解雇。

早上去上班的路上，我都会在全副武装的雪佛兰车里读几个文件，为早上的两个晨会做准备。但在开会之前，我还会在办公桌前坐一会儿，再读几个文件。首先是司法部提交给法院的申请，要求对联邦调查局的国家安全案件进行电子监控，每个申请都必须通过局长本人的批准，如果局长不在，就得通过副局长的批准。每天早上，我都得从大约一英尺高的文件中抽出这些申请，进行复核。复核签字过后，我还得看一些机密情报简报，以快速了解所有与联邦调查局的使命相关的情报。联邦调查局的使命就是：预防恐怖主义活动的发生，防止外国情报势力对美国的威胁。然后，我还得看点儿非机密材料，是关于联邦调查局局长的其他职责的。干完了这些工作之后，我才能跟我的高层领导者们开会。首先，我要跟7~10个核心部门的领导者开会讨论一些最敏感、最机密的事情，然后再跟所有的部门领导者开会。

开会的时候，我通常会问参会成员们一些问题，然后听取他们的晨会汇报。他们的汇报涵盖了联邦调查局工作的所有领域：人事情况（包括探员伤情）、预算、反恐、反情报、大规模杀伤性武器、网络安全、刑事案件（包括绑架、连环杀人、黑帮和腐败案件）、人质救援团队部署、国会事务、媒体、法务、培训、联邦调查局实验室、国际事务等，不一而足。开完这个会后，我还需要去跟司法部部长开会，跟部长汇报一些最重要的问题。

在奥巴马总统的任期内，我跟两位司法部部长共事过，分别是埃里克·霍尔德和洛蕾塔·林奇（Loretta Lynch）。他们都是聪明绝顶且平易近人的律师，我对他俩都很欣赏。霍尔德和奥巴马总统及其团队走得很近，对政策和司法部工作的政治影响也很关注。我做局长的时候，霍尔德和国会内共和党成员的关系非常不好，共和党领导的参议院甚至投票指控他藐视法庭。当时，美国烟酒枪炮及爆炸物管理局正在调查一起发生于南部边境的非法枪支交易案，就是被称为"速度与激情"[①]的那个案件。霍尔德未能就此案件提供使国会共和党成员满意的消息，因此被指控藐视法庭。那些国会共和党成员看不上霍尔德，霍尔德也看不上他们。

与埃里克·霍尔德相比，洛蕾塔·林奇个性内敛，在华盛顿的知名度也不高。她很少说话，开口说话的时候也有点照本宣科的意思。司法部部长这种高调的工作是需要时间适应的，而林奇的任期太短，看起来并没适应这份工作。霍尔德和副手的工作关系很好，但林奇和她的副手萨利·耶茨（Sally Yates）的工作关系似乎有点疏远且紧张。看起来，她和她的手下彼此之间并不讲话。

我的日常工作不仅包括按规定处理那些重要案件，还包括处理紧急突发事件。同时，我还试着在冗杂的日常工作中，改变联邦调查局对待领导、网络安全、种族案件和情报案件等的处理方式，这就要求局长带领大家一起改变。联邦调查局也是个国际组织，在全球80多个国家以及美国的每个州都有办公室。于是，我就得到各处去看看，听联邦调查局的探员们说说他们的故事，和他们聊聊他们的日常。

上任后，我用15个月时间走访了国内全部56个办公室，还访问了海外的几十个办公室。我去听了各地员工的故事，了解了他们的工作、他们想要什么、他们需要什么。在我四处走访的时候，我发现，大约有2/3的

---

① 此处的"速度与激情"指的是2006—2011年由美国烟酒枪炮及爆炸物管理局负责调查的非法枪支交易案件。由于2009—2010年，调查该案件的卧底特工基本都在赛车俱乐部做卧底，因此得名。——译者注

联邦调查局员工并不是持枪探员，这给我留下了十分深刻的印象。他们都是来自各行各业的精英，在联邦调查局里做情报分析师、语言分析师、计算机工程师、人质谈判专家、监控专家、实验室专家、受害者专家、拆弹专家等。另外 1/3 则是持枪特工，有好多人都是在"9·11"事件之后加入联邦调查局的。他们之前也从事着五花八门的工作，有警察和海军军人，也有教师、化学家、心理咨询师、神职人员、会计师、软件工程师和职业运动员。他们当中的很多人都和电视上的特工差不多——男士高大威猛，女士英姿飒爽，穿着职业装，看着就令人赏心悦目。但他们又不乏特色，有的剃平头，有的梳马尾辫，有的脚踝上有文身，有的头上戴头巾，有的身高 2 米多，有的身高 1 米 5。但他们加入联邦调查局的动机都一样，那就是对国家的使命感。是他们帮我重塑了联邦调查局的使命。他们早已把联邦调查局的使命刻在心里，那就是：要为保卫美国人民，保卫美利坚合众国宪法而奋斗终生。

我惊异于他们的才能，但也因眼见的一个趋势而惶恐。从"9·11"事件之后，联邦调查局的特工数量稳步上升，但其中大部分人都是白人。在我当局长的时候，83% 的特工都是非西班牙裔的白人。我对员工们说，我对白人没有偏见，但这种趋势确实很有可能会影响我们的工作效率。美国正逐渐成为一个多种族融合的国家，我觉得这是件好事。但在这样一个多种族融合的国家里，如果每个探员都跟我长得一样，那我们的效率就大打折扣了。如果在大家眼中，联邦调查局成为所谓的"白人工作的地方"，那 83% 的白人探员率很快就会涨到 100%。有一次，我对我女儿说了我们现在面临的种族问题，但我女儿说："爸爸，问题就是，你这个老大是白人啊，自然白人更愿意来这儿工作。"一句话点醒梦中人，我女儿的这句话里包含了我们所面对的机遇和挑战。

我女儿说得确实不错，但也不完全正确。如果人们知道联邦调查局里男性和女性都是什么样的，我们的工作是什么样的，人们就会想来这里工作。加入联邦调查局成为特工之后，几乎没有人想离开联邦调查局。无论是白人还是黑人，拉丁裔还是亚裔，男性还是女性，在联邦调查局内的年人员流动率均保持在0.5%。尽管联邦调查局探员只能拿着政府给的那点儿薪水，工作压力也很大，但只要体验过联邦调查局的工作环境及其带来的使命感，他们就很难再离开这个组织，会在这里一直工作下去直到退休。我告诉所有联邦调查局的员工，我们的挑战就是走出办公室，向更多非白人民众展示我们的工作，让他们敢于成为我们的一员。当然，还有妇女，联邦调查局雇员中，女性的比例一直都在20%以下徘徊。我说，联邦调查局的工作并不像火箭科技那样高尖端，办公室外面就有合适的人才，只是那些人才还不知道他们错过了什么而已。因此，我们要努力让他们意识到自己究竟错过了什么。我在联邦调查局工作的第三年，在匡蒂科的联邦调查局国家学院的新任特工培训班中，就有38%都不是白人。我们招人的标准并没有改变，只是向更多人展示了加入联邦调查局的生活是什么样子的。一传十，十传百，更多人选择了加入我们。

在各地走访的经历还教会了我另一件事：联邦调查局的领导并不够好。在私人公司工作的时候，我了解到，最好的组织都非常重视领导力，因此他们寻找出色的领导人，检验其领导才能，并为其提供培训，将这种理念贯穿于工作的方方面面。他们将出色的领导力视为财富。但在联邦调查局，很多情况下领导力都不受重视。几十年来，联邦调查局都指望着有能力的人毛遂自荐成为领导者，然后这些领导者就得费尽周折搬家，因为他们的工作地点换成了华盛顿总部。幸运的是，很多有能力的人都愿意毛遂自荐担任领导者。但这种方式也会造成这样的后果：有些人成为领导就是为了逃离之前那个做不好的工作；还有一些上级为了摆脱某个讨人厌的下属，就把他推荐上位。我听很多员工谈起过他们的领导，有出色的，有差劲的，当然也有平庸的。然而，这样的领导者对于联邦调查局来讲，是无法接受的。

　　我对所有的联邦调查局员工讲，我有一个伟大的目标：总有一天，联邦调查局要成为政府中首屈一指的领导力培养机构，要让私人公司都数着日子等联邦调查局的领导者们退休（一般都是 50 岁），这样他们就能请这些退休的领导者去管理他们的公司了。联邦调查局会挑出那些出色的领导者，培养他们的领导力。所有联邦调查局的领导者在日常工作中为提升自己的领导力而付出的一切辛苦，都会在他们退休后的事业第二春中得到补偿。我对所有的员工说，军队确实很好，培养出了很多优秀的领导者，但联邦调查局也能成为出色领导者的培养基地，并最终把这些出色的领导者送到美国的各大公司去。我们要定义伟大领导力的含义，找到那些拥有潜力的人，培养他们成为出色的领导者；同时，我们要挑出那些能力不足的领导者，对他们进行再培训或直接淘汰。

　　联邦调查局的员工都很支持我的想法，我想把领导力培训推行到联邦调查局的所有部门，直到我们都能变成更优秀的自己。我想要教会他们的是：伟大的领导者应当保持正直与高尚；他们自信满满，但不妄自尊大；他们心地善良且作风强硬；他们胸怀坦荡，从不搞阴谋诡计；他们能够理解工作中的意义所在。我还要教会他们的是：领导者说什么很重要，但做什么更重要，因为他们的员工时刻关注着他们的一举一动。简而言之，我们要培养德行兼备的伟大领导者。

　　我之所以认为伟大的领导者应当具备这些品质，是因为在到联邦调查局工作之前，我花了数十年观察我的领导，理解领导的一举一动，自己也曾领导他人。我从别人那儿学到了很多，也从自己的错误中得到了教训。从这些经验教训中，我知道了我想跟随什么样的领导，也知道了我想成为什么样的领导。现在，我要为此而努力，要做一个好榜样。

　　例如，在我正式出任联邦调查局局长的第一天，我坐在礼堂里，面对摄像机，对局里所有的员工说出了我的期望，也试图了解他们对我的期望。我坐在一个吧台凳上，穿着衬衫戴着领带，但没穿外套。我穿了一件蓝衬衫。大家可能觉得，不就是穿件蓝衬衫嘛，有什么大不了的。但鲍勃·米勒出任局长 12 年来（国会把他的 10 年任期延长了两年），每天都穿白衬衫。不是有时候穿，也不是经常穿，而且天天穿，每天都穿白衬衫。这就形成了一种白衬衫文化。我觉得，穿一件其他颜色的衬衫可能象征着我迈出了改变这种文化的第一步，尽管是很小的一步。我并没有提及我的蓝衬衫，但大家其实都注意到了。

第一天上任，我给大家提了 5 点期望。每个员工都听到了，之后我也不止一次地提起过这 5 点。

- 我希望，大家都能在工作中找到快乐。我们铲奸除恶、扶助弱小，我们营救人质、逮捕罪犯。我们所做的是正义的事，这理应成为我们快乐的源泉。
- 我希望，大家对每个人都能予以同样的尊重，无论职位高低、身份贵贱。
- 我希望，大家能有意识地保护联邦调查局的"信用水池"，这是我们的工作取得成效的基础。
- 我希望，大家都能努力工作，因为这是我们对纳税人应尽的义务。
- 我希望，大家能够平衡工作与生活。

我特别强调了最后一点，因为我担心联邦调查局的这些员工因为工作太努力，使命感太强，身上背负太大的压力。在威斯康星州首府麦迪逊工作的那一年，我从理查德·凯茨身上学到了一个道理。我希望联邦调查局的员工一直保持生活的意趣，寻找工作之外的兴趣、活动和朋友，因为对于我们这种手握权力的工作者来说，判断力十分重要。我们手里都有权力，可以善用权力做好事，也可以滥用权力做坏事。因此，我们需要强大的判断力来全面看问题，从身边不同人的角度看问题。尽管我不知道这种判断力究竟来自哪里，但我确信，时不时抛开手头工作，接触一些新的东西，对增强自己的判断力很有好处，也能促进工作中思维方式的转变。

随后，我谈到了家庭。"我们生命中的'爱人'是需要我们去爱的。"我提醒大家，在工作中，我们总会说"回头再说"。说这句话的时候，我们可能会告诉自己：我正在保家卫国，回头再陪伴我的另一半、孩子、父母、兄弟姐妹或朋友。然而，世界上没有"回头"这种事。我对大家说："在我们的工作中，经常会有一些不好的事情发生。如果你总是说'回头再说'，最后可能就永远没有'再说'的机会了。我命令大家一定要去爱人。这才是正确的，是对你自己有好处的。"

接下来，我又加了几句从"星风"项目和虐囚案中学到的教训。当我们疲累的时候，判断力就会下降，就很难跳出问题的既有框架进行思考。对此，我的建议是：睡觉。睡觉的时候，大脑实际上在修复我们的判断力，将我们白天看到的情况和信息联系起来，寻找其中的潜在含义。劳累的时候人的判断力就不敏锐了。爱人和睡觉这两件事并没有想象的那么难，我笑着说："实际上，你可以一起做。如果情况允许的话，跟你爱的人一起睡觉吧。"

上任第一周，有一天中午我从办公室里走出来，穿过大会议室，走过鲍勃·米勒助理的办公桌——她还会在这儿再工作几个月。米勒的助理已经在局里工作了几十年，这对我来讲无比珍贵。但她熟悉的，是另一种领导方式。

"您要去哪儿？"她问道。

"买个三明治。"我回答道。

"为什么要自己去买呢？"

"因为我饿了啊，我要去餐厅一趟。"

"要是有人想跟您聊两句怎么办？"她看起来有点困惑。

"我巴不得他们跟我聊天呢。"

我在联邦调查局任职的这三年八个月零五天里，只要有空，我就会穿过那条长长的走廊，上楼梯，到联邦调查局总部的餐厅去。我不穿西装外套，让我的安保卫队离我远远的，这样别人就会觉得我是自己一个人。我不想让联邦调查局的员工觉得我需要防着他们。

无论我心情如何，我都会尽量保持轻快的步伐，身板挺直，面带笑容地与身边的人打招呼。我觉得，当联邦调查局局长踏进餐厅的时候，几百双眼睛都会看着我，仿佛在问同一个问题："我们出什么事了吗？"我必须用自己的表情和体态回答他们说："我们没出什么事，一切顺利。"

我从来不插队，即便有时候赶时间，我也从不插队。我站在队伍里，看着前面的人点他的帕尼尼（这个一般需要很长时间）。让别人认为我并不比他人优越，这一点很重要。因此，我一直等着，轮到我时才点餐。

其实，排队让我能跟很多人交流。我会转向后面的人，问他们在什么部门工作，问他们是否喜欢联邦调查局的工作。我从这些交流中学到了很多，其中之一就是，我并不像自己想的那么重要。上任将近一年的时候，有一天，我在餐厅里问排在我后面的人在什么部门工作。他跟我讲，他在计算机服务部工作，已经加入联邦调查局三年了。这份工作中，他最喜欢的就是可以学到比在私人公司更多的经验，学会承担更多的责任。说完之后，我们沉默了一下，有点尴尬。他可能觉得要礼貌一点儿，不能冷场，所以回问我："你呢？你在哪个部门工作？"

我答道："我是局长。"

他一脸难以置信地追问："呃，局长？"

"是的，我就是联邦调查局局长。你就是在为我工作。"

又冷场了。最后，他说："呃，你看起来和网上太不一样了。"

那天晚上，我回家后跟帕特里斯说了这一幕。她笑着说："就应该每天都是这样。"

在我成为联邦调查局局长之前，我在桥水联合基金工作。就是这段工作经历让我决定要建立一种透明诚实的工作文化。在桥水联合基金工作的经历让我发现，有时候我是个自私的领导，是个不称职的领导。我的自私和不称职基本上都表现为，我不好意思告诉手下的员工，他们做得不对，他们的能力需要提升。最出色的领导人都是心地善良且作风强硬，如果没有这两点，手下的员工就不会成长。桥水联合基金创始人瑞·达利欧（Ray Dalio）认为，反馈是没有消极反馈和积极反馈的区别的，反馈只有一种，那就是真实反馈。如果不跟别人谈那些难以启齿的话题，不告诉下属他们的缺点在哪儿，也不告诉他们怎样才能提升，那就剥夺了他们成长的机会。我这种欲言又止不仅反映了我的懦弱，更反映了我的自私。如果我真的关心下属，那我就应该保持诚实，哪怕这会让我感到不舒服。当然，我也要注意言辞，注意时间，注意场合，如果人家家里刚办完丧事，那肯定就不是个谈话的好时候。但是，我还是有责任、有义务找个机会进行这场谈话的。

高效的领导者从不需要对下属大吼大叫。因为高效的领导者会创造这样一种工作氛围：如果员工让自己的领导者失望了，那么员工自己会感到非常内疚。发自内心的内疚和喜爱比惧怕更能给人动力。那些伟大的教练只需要简简单单地跟队员说："这不是我们最好的表现，是吧？"然后他的队员们就会奋发图强。因为这些队员爱他们的教练，也知道教练爱他们，所以他们会尽最大努力不辜负教练。所有人都对这样的领导者死心塌地，就像我之前一直对零售店店主哈里·豪厄尔死心塌地一样。那些对员工大吼大叫的领导者，看不起自己手下的领导者，不可能把人才长期留在自己的团队里。

在联邦调查局工作的时候，我经常提到勒布朗·詹姆斯（LeBron James）。尽管我们俩并没有私交，但我还是经常提到他。原因一是，在我眼里，他是现今世上最伟大的篮球运动员；原因二是，他从不满足于现状，永远都在奋斗。我曾经读过他的专访，里面说他不打球的时候都会看自己的比赛录像，找到需要改进的地方，然后一直练习。一开始我觉得这太疯狂了，他已经可以算是数一数二的篮球运动员了。但从他的角度考虑，我就发现这确实说得通，因为他并不是在用其他球员的水准来衡量自己，而是以自己为标杆。最出色的领导者并不太关心所谓的"标杆"，也不把自己的团队和别人做比较。他们只知道自己的团队还可以更好，也愿意坚持不懈地把团队带向更好的未来。

　　刚坐上局长的位子时，我曾经声称，联邦调查局的整体领导力文化都需要提升。说完之后，有人递给我一份调查报告，报告显示，在全美国17家情报机构中，联邦调查局的领导力水平排在第二位。我把调查报告递了回去，对他解释说，我并不在乎这个，我们不跟他们比，我们只跟自己比。现在，我们还远达不到标准。一位善良且强硬的领导者会非常爱护下属，知道自己的下属永远可以自我提升，这样的领导者会点燃下属的热情，让他们奔向更好的远方。

　　我知道我们有很多需要提升的地方，于是我建议所有人都去读一读马丁·路德·金的《寄自伯明翰监狱的信》，这是我读过的文章中对我影响最大的一篇。在某种程度上，马丁·路德·金受到神学家雷茵霍尔德·尼布尔的影响，他在信中表达了自己在乱世中寻求正义的想法。从大学时期第一次读到这封信开始，我隔段时间就会拿出来重温一遍。我了解联邦调查局与民权运动之间的历史纠葛，尤其是对马丁·路德·金先生的监视，是联邦调查局历史上的一个污点。正因如此，我希望能多做一点儿贡献。我下令在匡蒂科的联邦调查局国家学院增设一门培训课程，希望所有参加培训的探员和分析师都能了解联邦调查局针对马丁·路德·金开展的这项任务。这项原本是为了反间谍而开展的合法任务为何会违背它的行动初衷，最终演变成为对民权运动领导者及其他民权运动者非法且恶毒的骚扰呢？我想让大家都记住这个好心却走上歪路的故事；我想让大家都知道，联邦调查局曾给马丁·路德·金发了一封勒索信，建议他自杀；我也想让大家回望历史，站在位于华盛顿的那座发人深省的马丁·路德·金纪念堂里，思考联邦调查局的价值与责任，也鞭策自己要不断做得更好。

联邦调查局的培训机构确实开设了这样一门课，所有参加培训的新员工都重温了这段痛苦的历史，在课程最后他们还参观了马丁·路德·金纪念堂。在那里，所有人都会从墙上挑一句马丁·路德·金的名言摘录下来。有人挑的是"任何一地的不公正，都会威胁到所有地方的公正"；有人挑的是"衡量一个人的最终标准，不是看他身处安逸时持有的立场，而是要看他在面临挑战和争议时坚守的立场"。然后，他们要结合自己挑的这句名言与联邦调查局的价值取向，写一篇论文。这门课程并不是要告诉这些新员工应该思考些什么，而是要告诉他们，人必须要思考，思考历史，思考制度的价值取向。我最后一次看到的时候，这门课依然是匡蒂科所有的培训课程中最受欢迎的。

1963年10月，约翰·埃德加·胡佛给当时的司法部部长罗伯特·F.肯尼迪（Robert F. Kennedy）写了一份备忘录，请求司法部允许联邦调查局对马丁·路德·金实施电子监视。这份备忘录只有一页纸，5句话，没什么有意义的内容，在最底部，肯尼迪签下了自己的名字，授权联邦调查局可以随时随地监控马丁·路德·金。为了时刻提醒自己吸取这一事件的教训，我把这份备忘录复印了一份，就放在桌子的玻璃板下面。每天早上审核联邦调查局和司法部的那些以保护国家安全为由要对美国内部实施电子监视的申请的时候，我都要看一眼这份备忘录。跟胡佛一样，我必须得亲自签署这些申请。区别在于，如今这类申请文件要厚得多，还要送到法院去审批。我对手下的探员解释道，申请这种监视的许可实在是让我头疼极了，但这种头疼是必要的。

我一直留着胡佛的这份备忘录，并不是为了批判胡佛和肯尼迪的行为，而是为了提醒自己不要失察，要时时约束自己的行为。我知道，胡佛和肯尼迪在做出这一决定时都认为自己做的是正确的，但他们缺乏的恰恰是对自己理论的检验，也没什么东西可以检验他们自己的设想。公开审视自我是非常痛苦的，但这是改变未来的唯一方式。

联邦调查局的所有人都对我的这个想法和提议非常认同，从每年他们对我的匿名评分中可以看出来。但我也知道，有些联邦调查局同人对我看待联邦调查局的态度不太理解，因为我看起来总是对这个组织"不太满意"。但在联邦调查局内，人人坦诚相待，从不藏私。所有的问题、痛苦、希望和疑虑都拿出来摆在桌面上谈，这样才能更好地解决问题并提升自己。只有认清了自己的问题，我们才能更好地解决它们，以合理的方式解决它们。小麻烦如果一直不解决就会酿成大祸。只有铭记我们的痛苦，正视我们的错误，我们才能不重蹈覆辙。

哈里·杜鲁门（Harry Truman）曾经说过："天底下唯一的新鲜事，便是不为人知的历史。"人类总是会重复自己的错误，重复自己的邪恶。我们一再犯错，只是因为我们总会遗忘。

第九章
真正的倾听

圣主啊，请恩许我可以尽可能多地……谅解他人，多于被谅解。

——《圣法兰西斯祷文》

埃里克·加纳（Eric Garner）、塔米尔·赖斯（Tamir Rice）、沃尔特·斯科特（Walter Scott）、弗雷迪·格雷（Freddie Gray）。

2014—2015年，这些黑人公民在与警方发生冲突的过程中丧生，有视频记录下了他们与警方发生冲突的过程。随后，这些视频像病毒一样在各地迅速传播，燃起了民众心中种族歧视和种族虐待的熊熊烈火。2014年8月9日，一位名为迈克尔·布朗（Michael Brown）的年轻黑人在密苏里州弗格森被白人警察枪杀。尽管传播的视频中并未包括他被枪杀的画面，但这件案子拨动了民众脆弱的神经，引发了当地民众持续几周的动乱。也正因这一事件，美国社会开始对美国警方对黑人民众使用致命武力问题给予前所未有的关注。

在迈克尔·布朗枪杀案发生之后的几个月里，联邦调查团队发现了一些很重要的真相。弗格森警方歧视当地黑人，而当地政府在市政管理中，无论是罚单制度还是保释体系，在实施过程中都处处针对当地的黑人群体。同样，美国其他地方的城市和乡镇也是如此。要想让美国的黑人群体对警方再次建立起信任，美国警方需要走的路还很长。因此，可以理解为什么迈克尔·布朗枪杀案会造成如此大的反应，因为当地的黑人民众实在是被警方压迫太久了。

但最后，联邦调查局发现，并没有足够的证据能够以枪杀迈克尔·布朗为由起诉这名白人警察。联邦调查局探员在当地走访了几百户民众，发现不仅在当地找不到足够的起诉证据，就连最初流传的枪击视频也是漏洞百出，很明显该视频是为了误导民众。

大部分民众在报道中了解到的是，迈克尔·布朗被枪杀的时候，正要举手投降。但有足够的证据表明，他是因为攻击警察并试图夺枪才被枪杀的，随后进行的 DNA 检测比对证实了这一点。在某种程度上，联邦调查团队在迈克尔·布朗离世几个月后得出的这个结论已经不重要了，因为错误的信息和报道已经遍布了全世界，几乎所有人都认为迈克尔·布朗是在举手投降后仍被警察枪杀。在等待真相水落石出的过程中，假象已经绕地球飞好几圈了。

司法部的这个结论确实非常重要，但为时已晚。截至 2015 年春，司法部终于结束了对这件案子的调查，公开发布了调查细节和结论，但这时，几个流传较广的视频已经引起了全美国民众的广泛关注。这几个视频全都是关于警方与黑人的冲突，将大众对警方暴力执法的关注度提升到了前所未有的水平。上百万人看过这些暴力执法的视频，看过纽约警察局的警察怎样致使埃里克·加纳窒息，知道克利夫兰的警察怎样在城市公园内杀害了年仅 12 岁的塔米尔·赖斯。更多民众还看到南卡罗来纳州的警察是如何在背后枪杀了沃尔特·斯科特，又是如何在杀死他之后伪造犯罪现场，销毁犯罪痕迹。还有更多的人看过巴尔的摩的一群警察如何将弗雷迪·格雷拴到警车后面拖着跑，最后导致弗雷迪·格雷丧生。这些悲剧让大众对警方形成了一种固有印象。这些警察中的败类掩盖了上百万善良敬业的好警察的光芒，掩盖了他们和市民的正常互动，让所有尽忠职守的职业警察都白白遭受大众的怨恨。

在这段动荡不安的日子里，又一件悲剧发生了。2014 年 12 月，两名纽约市警察局的警察被一名杀手杀害。这名杀手声称他就是要复仇，就是要把这两名警察"送上西天"。奥巴马总统请我替他参加其中一名警察的葬礼。我去参加了刘文健警察在布鲁克林殡仪馆的葬礼，现场气氛悲伤而压抑，前来吊唁的警察面色沉重冷峻。寒风中，吊唁的队伍绵延数英里。

第九章　真正的倾听

在此之前，弗格森案的发生让我感受到了黑人群体的痛苦与怒气，但现在，执法部门也陷入了极端痛苦与冲天怒火之中。我们的警察保护社会治安，却感受不到应有的安全感与敬意，而民众也不愿相信警方的努力。

长期以来，执法部门与黑人群体都是美国社会的两条平行线，偶尔会靠得近些，大部分时间都是井水不犯河水的。但现在，这两条平行线变成了两条曲线，而且越走越远。每当有视频曝出某个黑人平民死于警方之手，或又有警察殉职，两者之间的距离都会被进一步拉大。

在这种情况下，我觉得我这个联邦调查局局长得做点儿什么，让这两条线至少向彼此靠拢一点儿。联邦调查局是个联邦调查机构，但我们跟地方警局也有着密切的联系。我们帮他们训练警长，也在不少案子上有亲密无间的合作。我决定要做两件事：首先，我可以利用联邦调查局局长这个高调的身份公布一些事实，希望能促进双方的良性沟通；其次，我可以利用联邦调查局的全国影响力促进双方的交流对话。因此，2015年2月，我在乔治敦大学演讲，谈了4点我们大家都需要承认的事实，尽管这些事实会让人有些难以接受。

第一，执法人员需要承认，长期以来，执法人员对黑人群体的欺压已经是一个不争的事实。我们要勇于承认我们的历史，因为我们立志保护和服务的民众并没有忘却这一点；第二，我们所有人都要承认，每个人对他人都是有偏见的，如果我们不注意，这些偏见会让我们做出不公正的决策；第三，执法人员在执法过程中确实看到许多年轻黑人因涉案被捕，这难免会影响执法人员的心理和判断；第四，我们所有人都得承认，那些发生在社区环境最糟糕地区的严重争端，其真正的根源都并非警方，真正的根源往往过于复杂，警方只不过是个替罪羊而已。紧接着，我命令全国56个联邦调查局办公室召开由执法部门与社区联合参与的会议，讨论现状和如何才能建立相互信任的双方关系。关系亲密的两个人很难真正怨恨对方，而现在，联邦调查局可以帮助人们建立起这种亲密关系。

公众对我的这些想法给予了积极的反馈。作为一个白人局长，我有长期的执法经验，我可以说出许多执法部门的历史以及存在的偏见，但别人不可以。很多警察局局长私下里其实很感激我这么做，但公众与执法部门之间的关系依然剑拔弩张。到2015年年中，不好的苗头出现了。8月末的时候，全美国排名前60的大城市中有40多个城市都向联邦调查局汇报，说从2014年年底以来，这些城市的谋杀案件数量急剧上升。从数据上来看，最不寻常的就是这些城市的谋杀率并不是以一种有规律的方式上升的，其上升形态毫无模式可循。剩余的大约20个城市的谋杀率并未上升，有的反而下降了。谋杀率上升的40多个城市与谋杀率未见上升的城市在地图上的分布没有任何规律可循。

甚至当我在乔治敦大学演讲的时候，谋杀事件依然在不断发生，而受害者大多数都是年轻的黑人。在这些谋杀率骤升的城市，有的黑帮肆虐，有的毒品交易猖狂，导致犯罪的原因各不相同。但它们都有一个共同点——这些谋杀案大多数都集中在贫困的黑人聚居区，在那里不断有年轻的黑人被其他年轻黑人杀害。

各地警察局局长告诉我，谋杀率的上升可能是因为警方与民众的相处方式改变了，而促成这种改变的直接原因可能就是那些广泛传播的视频。我并不能确定是不是这个原因导致了谋杀率的上升，也没有基础数据可以分析，但我仍然决定把这个问题拿到台面上来讨论一下。如果美国想无视这些黑人的死亡，那简直是太简单了，因为遇害的这些黑人都是"贫民窟里的穷人"。但总得有人出面，针对这些谋杀案说点儿什么。我只希望之前的分析是错误的；只希望能找到某个简单的原因来说明为什么谋杀率上升了，或者能够证明这种大规模的谋杀率异常上升的现象只是偶然。

与此同时，国会内部的自由民主党人和自由意志主义共和党人组成了一个有趣的联盟，他们与奥巴马政府联手，意图使国会通过一项刑事司法改革，减轻对某些联邦刑事犯罪行为的处罚。这是那些自称"茶党"的共

第九章　真正的倾听

和党人和奥巴马总统唯一能达成共识的政策领域。我对具体政策没有任何意见，这些政策在我看来都很合理、很恰当。但这些刑事司法改革的倡导者根本不愿针对城市谋杀率上升问题及其背后的原因展开讨论。我完全理解这一点，但我只是无法忍受自己眼看着这么多年轻的黑人失去生命而无动于衷，无法忍受警方与民众的相处方式变化成为谋杀率节节攀升的潜在诱因。

因此，2015 年 10 月下旬，我在芝加哥的一次演讲中，又一次谈到这个问题。我谈到民众与警方之间的隔阂越来越深，谈到网上那些推波助澜的视频。在谈到这些问题的时候，我引用了两个推特上的话题来说明我的观点。

其实，推特上的两个话题"黑人的命也是命"和"别拿警察的命不当命"很好地证明了我的观点。当然，这两个话题和话题背后代表的声音确实非常重要。但只要有人把"黑人的命也是命"这个话题解读为反对执法机构，黑人群体对警方的信任就减弱一分；只要有人将"别拿警察的命不当命"解读为反对黑人，警方对黑人群体的厌恶就增加一分。再这样下去，双方就会越走越远，隔阂就会越来越深。一桩桩、一件件的小意外，一个个网站视频，一个个推特话题，都会加剧双方的误解，加深双方的隔阂。这，才是最糟糕的。

随后我谈到了谋杀率上升的问题，我说："当前警方和黑人群体之间的隔阂愈加严重，而这有可能是某些地区谋杀率上升的原因。"弱势社区的谋杀案件数量骤然上升，而死者基本都是年轻的黑人。解决这个问题需要社区、执法机构和研究机构的共同努力。我看了大家给出的一些原因推测，包括贩卖枪支、走私毒品、黑帮、囚犯刑满释放等，但没有一个原因能够解释为什么谋杀率上升的 40 多个城市在地图上的分布并未呈现任何规律性，而且这些城市几乎是在同一时间出现谋杀率上升的现象。

接下来，我谈到了我听说的另一个推测："几乎没人公开谈过这个推测，但全国的警方和当局官员都会在私下讨论这个问题。在我看来，这个推测确实可以解释谋杀率上升现象发生的时间和地理分布问题。在我听过的所有解释里，这个推测在我看来算是最靠谱的了。这个推测就是，可能是因为警方出了问题。"

我说："我并不能确定问题一定出在警方身上，也不能确定这个原因是否能解释所有的案件，但我确实有一种强烈的预感，在过去的一年里，我们的执法机关确实经历了一场寒冬。"

演讲的最后，我呼吁：

我们需要寻找到问题的真相，并马上解决这个问题。有人跟我说，现在就着手是不是早了点儿，这才 10 月，我们可以等年底统计报告出来的时候再说，看看总体犯罪率究竟如何。但我不同意，尤其是当我看到全国各大城市的警察局局长给出的谋杀案件数据后，我更加不同意这个观点。因为我们看到的并不仅仅是数据，冰冷的数字背后是一个个鲜活的生命。执法机构的领导要主动推进执法，坚定、公平且专业地推进执法。同时，社区领导者也要主动配合警方维护社区治安，保证警方有时间、有机会，高效且专业地进行社会安保行动，并在执法过程中得到应有的尊重。

我知道，我说的这些话可能会让奥巴马政府内的某些官员感到不满，但我觉得联邦调查局局长应该在这类司法问题上保持独立。奥巴马总统提名我当局长的时候，特别提醒我要保持司法的独立性。犯罪问题、种族问题和执法问题都是错综复杂、极其敏感的，但如果人们都不谈这些话题，那这个现状就永远不会改变。

至少我说对了一件事：我说出这些话之后，确实惹得大家都不高兴。

第九章　真正的倾听

实际上，不高兴的人比我想象中要多很多。我原本的目的是强调这个问题的严重性，找到对应的解决办法，激发民众探讨问题背后的原因和解决方案；促使双方对这个棘手的问题进行对话和探讨；激励民众探索真相，搜集资料，挖掘事件背后的原因。同时，我希望这样的探讨可以改变警方与黑人群体的互动方式，拯救无辜的生命，鼓励警方采取更好的方式维护社会治安，也鼓励社区支持警方的工作。然而，我见证了另一场美国式"屁股决定脑子"的斗争。

警方抱怨我批评警察，称他们为胆小鬼。民主党人说我在没有证据的前提下肯定了所谓的"弗格森效应"，而这一效应可能压根就不存在，说我根本是在妨碍警方执行公务；共和党人则声称美国正饱受谋杀率上升的困扰，并将其归结于奥巴马总统的执政不力。很少有人问："真相是什么？"他们明明有机会可以当面来问我事情的真相到底是什么，他们却不愿这么做。相反，他们都忙着站队，选一边，然后站定。很少有人会花时间去问："这个人到底在担心些什么？他到底在说一个什么事情呢？"

然而，有一个人站出来问了这个问题。我从芝加哥回来之后的一两天后，我的办公室主任告诉我，总统想在椭圆形办公室见我。我不知道总统要谈什么话题，也不知道还有谁在场，最后发现，这场谈话只有我们两个人。这是我第一次单独与奥巴马总统会面。

在我遇到我妻子之前，我都不知道究竟什么是真正的倾听，华盛顿的很多人也不知道什么是倾听——至少就我的经验来说是这样的。对他们来讲，倾听就是在别人说话的时候保持沉默，等别人说完后自己再说一些早已准备好的东西。其实，我们对这种形式的意见交换很熟悉，电视上所谓的"辩论"就是这种形式。辩论场上，辩手们坐在椅子上，灯一亮，一方就站起来说出他们提前准备好的观点，等他说完后，另一方会站起来，用他们提前准备好的观点进行反驳。这个过程就是个左耳进右耳出的过程，并不能引发听众真正的思考。这就是所谓的"华盛顿倾听"。

　　跟帕特里斯结婚后，我才明白我所谓的"倾听"实际上也并不是真正的倾听。以前，我跟很多人一样，都以为倾听就是坐在那儿安静地听别人讲，体会别人的意思。

　　但我错了。实际上，真正的倾听确实是要保持沉默，要认真思考别人讲的东西。但真正的倾听不止于此，它还包含一些听起来匪夷所思的东西：你的姿势、表情、回应的声音和给对方的反馈，让对方感受到"我想继续听你说，想知道你知道的，也想让你告诉我"。真朋友之间的谈话往往会让外人听起来云里雾里，但他们两个相谈甚欢。一个人说，另一个人回应："啊，是啊，我知道，确实这样，我也遇见过，他们就是那种人。"一个人想讲，另一个人想听他讲，反之亦然。这样，这两个人的交流就形成了一个有机整体，有来有往，互相支持，互相鼓励，把自己的想法讲给对方，同时鼓励对方把知道的都讲给自己。这才是真正的倾听。

　　为了提高联邦调查局的工作效果，我花了很多时间倾听，要做到这一点并不容易。对于领导者来说，真正倾听他人是很困难的，因为在倾听下属的声音时，领导者需要从领导的位子上走下来，需要学会示弱。奥巴马总统选我做联邦调查局局长已经出乎我的意料了，这次谈话更让我对他惊诧不已。巴拉克·奥巴马是个极其出色的倾听者，比我遇见过的任何领导者都出色。我和他一起参加过很多会议，我看着他尽己所能地在一场谈话中引入各种观点，经常为了听到不同的观点忽视与会人员的座次等级。在白宫会议中，与会人员的座次是由等级决定的——各部门一把手坐在主会议桌旁，低一级的与会者坐在靠墙的椅子上。我还记得，有一次在战情室里，我们正在开一场有关机密技术的会议。会上，主会议桌旁正襟危坐的军事部门领导者和情报部门领导者讨论完后，奥巴马向一个硅谷天才咨询意见。这个家伙坐在墙边的椅子上，连条领带都没系，看上去有点邋遢，他也确实反驳了我们其中几个人的意见。奥巴马就是这样一个人，他求贤若渴，欢迎大家说出自己的观点。这个习惯可能来源于他之前做教授的经历吧，教授不是都喜欢突然叫起一个坐在后排的学生回答问题嘛。奥巴马的这种做法经常会使全场陷入激烈的讨论，能让他听到不同的观点。布什总统执政的时候，大家往往出于等级限度，或者是因为怕被他嘲弄，所以不愿说出自己的观点。不系领带的人员不可能出现在布什总统的战情室里，就算混进去了也只能坐在后排，绝对不会有机会发言，就算发言了，也绝对会被嘲笑："这孩子穿着也太随意了。"

但奥巴马不同，奥巴马有与人讨论的能力，他能平衡局面，让我们说出与他不同的想法。他会转向发言者，面对面看着他们，给他们足够的时间表达自己的观点，不去打断他们的发言。这个过程中，尽管他不怎么说话，但他会用自己的面部表情、体态姿势或一些简短的回应让发言人愿意把自己的想法一股脑儿地说出来。他仔细地理解着发言人的逻辑，总会在发言人讲完后提出几个问题，这几个问题都是在他倾听的那短短几分钟内想到的。

奥巴马总统有一种能力，就算这个问题在别人看来他可能不太愿意听到，他也愿意跟人讨论。就像之前，我对种族问题和执法问题发表了自己的看法，引起了极大的争论，他就跟我讨论了这个问题。这是我第一次领略到他的这种能力。实际上，我的论调引起了白宫极大的担忧。从芝加哥回来之后，我到椭圆形办公室去参加奥巴马总统的会议，我发现他故意把所有的高级官员和司法部成员都请出了办公室，办公室里只有我们两个人。在我就任联邦调查局局长以来的 26 个月里，这是我第一次单独与总统先生开会。我走进门，经过那座老爷钟，看到屋里只有我们两个，我觉得我可能会挨训。总统还是坐在老位子，那把壁炉边的扶手椅上，而我坐在他左手边的沙发上。

然而，我并没有挨训。总统说："我请你来，是因为我非常了解你，我想知道你都看到了什么，你是怎么想的。"随后，我们谈了差不多一个小时。我们确实在"谈话"，有来有往地谈话，真正地谈话。我想讲，他想听；他想讲，我也想听。我们之间进行了真正的交流。

总统问了我一个问题："你都看到了什么？你究竟在担心什么？"我说了大概有 10 分钟，谈到了谋杀率上升现象的地理分布问题和时间问题——全国最大的 60 个城市中有 40 多个城市的谋杀率在上升，死的还都是年轻的黑人。在时间上，这些城市几乎同时出现这一现象；在地点上，这些谋杀率上升的城市在地理分布上并没有什么特定规律可循，剩余的将近 20 个城市的谋杀率就没有出现上升现象。我对总统先生讲了自己的担忧，我担心大部分人会忽略这个问题，因为死的都是黑人，都是贫民区的黑人。我还担心，这种谋杀率的暴涨与警民之间的不良互动有关，而这种不良互动就是由那些漫天传播的视频引起的。我对总统先生说，我的目的是让大家都注意到这个问题，把警方和黑人群体之间的矛盾摆到台面上，让大家注意到是否因警方和黑人群体之间的隔阂不断加深而最终导致了大问题的爆发。我的期望就是，如果真相确实如此，那么我这么做能对双方矛盾的解决起到一点儿作用。

我说完之后，奥巴马总统对我的想法表示了赞赏。紧接着，他针对我在公开演讲中的一些说法提出了自己的看法。比如，我在演讲中用了"清除杂草、播撒种子"来说明我属意的解决办法——清除犯罪行为，培养健康的生活方式和行为方式。但是总统问我："你想过黑人听到你这么说会怎么想吗？你会称你邻居的孩子为'杂草'吗？"他对我说，黑人所处的生活环境总是让他们进退两难：一方面，他们想让警方入驻，保护社区的安全；另一方面，社区里教学条件糟糕，失业问题严重，吸毒现象泛滥，离婚率高等问题，导致他们经常陷入与警方对峙的状态。黑人民众自己对此也抱怨不已，却无能为力。

听总统先生这么说，我突然醒悟了。我对总统说，我从没想过黑人群体可能会这样理解我话中的意思。我从没意识到"清除杂草"这种说法会让听众心里不舒服，尤其让这个特殊时期内的黑人群体感到不舒服，因为这个说法已经在执法机构内部用了很多年了。我陷入了经验主义的怪圈，而我们的总统，从一个普通黑人的角度帮我认识到了我的问题。

随后，我们还谈到黑人的高犯罪率对黑人群体产生了多么巨大的影响，谈到了国家在服刑人员再教育方面其实做得有多么不好。我同意，如此多的黑人被监禁确实是一场悲剧。但我也跟他表达了我对他所说的"大规模监禁"①一词的看法。他曾使用"大规模监禁"一词描述我们国家监禁人数急速增长的问题，在他看来，我们国家的监狱里关押的人太多了。我对总统先生说，对于我们这些致力于降低少数群体社区犯罪率的执法人员来说，这个词真的很刺耳。就我个人而言，听到"大规模监禁"一词会让我想到"二战"中日本所建的俘虏营，无数民众被关在其中，周围布满了铁丝电网。我认为，一方面，"大规模监禁"这个词极其不准确，因为监禁行为发生时实际上规模并不大：每个被告都是分别被起诉，都有自己的律师，分别被审判和定罪。最终监狱里确实关押了很多人，但并没有"大规模"这一说。另一方面，这个词简直就是对于那些勤勤恳恳的执法人员的侮辱。执法人员每天风里来雨里去，帮助这些泥足深陷的年轻人脱离危险境地，而"大规模监禁"这种说法将警察、探员和检察官同黑人群体一起拯救高犯罪率社区的努力变成了一种不合理的行为。

听我这么说，奥巴马总统让我去看看黑人群体在执法过程中是如何被对待的，在法庭上又是如何被对待的。他说，看到如此多的黑人被监禁，看到被监禁人口中黑人所占的比重远远高出黑人群体在总人口中所占的比重，他们很难不将此视为"大规模监禁"。

---

① "大规模监禁"是指美国几十年来推行的监禁政策，为了降低犯罪率，联邦政府介入城市当地的执法行动中，用联邦政府的钱增加警力，在城市地区加强巡逻，鼓励将罪犯投入监狱进行监禁，判罚从重。这造成了沉重的财政负担。作为人口仅占全世界 5% 的美国，却有着全世界 25% 的监狱人口。同时，美国长久的种族矛盾和族群关系紧张，特别是公众脑海中存在的"黑人是主要罪犯和暴力实施者"的刻板印象，影响着司法政策的制定和实施，也造就了监禁人口的有色人种比例畸形。——译者注

　　这场谈话结束后，我醍醐灌顶。奥巴马总统让我听到很多不同的观点，学会了从不同的视角看问题。当然，我也希望我的说法也给了他另一个看待问题的视角。我们这次谈话可谓酣畅淋漓，与所谓的"华盛顿倾听"截然不同。我们两个人都有意识地去理解对方言语中的含义，理解对方与自己不同的视角，也都保持开放的思想，随时准备接受不同的观点。

　　如果奥巴马总统不够自信的话，他绝不会跟我展开这样一场对话；如果他不够自信的话，他也不会如此谦逊。实际上，如果要我说奥巴马总统作为一个领导，身上有什么瑕疵的话，那就是他太自信了。我在美国政府任职的过程中，处理过的最棘手的一个案子就是"棱镜门"事件。正是在这个案子中，我看到了奥巴马总统的这一点。

　　在我出任联邦调查局局长之前，爱德华·斯诺登，国家安全局的一名外包技术员，窃取了有关国家安全局正在进行的项目的大量加密数据，然后将其中的很大一部分泄露给了媒体。很显然，他的这一行为给美国的情报搜集工作带来了灾难性的打击。在他泄露了数据之后，几乎全世界的不法分子都把自己的通信设备和通信频道加密了。他们使用了极其复杂的加密手段来阻止美国政府对他们的监视，就连联邦调查局被法院授权的监视行动也受到了影响。在这之后，我们目睹了之前监视了很久的恐怖分子网络线索逐渐断开，其后果简直不堪设想。

　　2014年9月，就在这次事件过去一年之后，苹果和谷歌两家公司宣布，它们开发的移动设备采用默认加密的方式。在我看来，这两家公司的做法就是在提醒民众：在社会生活中，要让自己的移动设备免受司法部门的监视，这是非常重要的。这一做法简直快把我逼疯了。我实在是不能理解，聪明的美国人怎么就看不到这么做会对整个社会造成的影响呢？要知道，在某些案件中，不让法官了解电子设备内部的信息，可能会让整个社会付出惨重的代价。每个季度，联邦调查局和司法部都会与媒体一起召开常规记者会。苹果和谷歌的这个声明就是在记者会前夕发出的。在第二天的记者会上，我原本并没打算谈这个加密的问题，但我实在忍不住了。我对这两家公司将要采取的默认加密的做法表示不赞同。

> 我是个忠实的法律信徒，我也相信，在这个国家里，没有任何人可以凌驾于法律之上。在这个问题上，我担心的是，这些公司正在推广的东西会让我们的民众凌驾于保护他们的美国法律之上。

这些话一出口，我自然陷入了一场极其复杂、情绪高涨的争论之中。

联邦调查局与苹果这类公司的不同，主要体现在价值观和看待问题的视角上。双方看待问题的视角都有各自的局限性。但坦白来讲，我们双方之间也没有真正理解过彼此，没有倾听过彼此。科技公司的领导层无法像联邦调查局一样看到社会的阴暗面。作为联邦调查局员工，我们的日常工作就是抓捕那些恐怖活动的策划者，抓捕伤害儿童的罪犯，抓捕集团犯罪的嫌疑人。我们每天，从早到晚看到的都是人性的阴暗面。联邦调查局每位探员的生活中，都充斥着这些恐怖的、常人无法想象的活动。他们每天忍受着这样的生活，不遗余力地阻止犯罪活动。而科技公司的工作人员并不了解社会的这一面，这就可能会造成非常可怕的后果。我经常跟这些每天都见识社会黑暗面的同事开玩笑说："硅谷那些人当然看不到社会的阴暗面，那儿可是个阳光明媚的地方，那里所有人都聪明绝顶，富得流油。"在科技公司的工作人员生活的世界里，技术可以使人与人之间的交流更顺畅，关系更亲密。谁不喜欢把宠物猫的动态图分享给爱你的奶奶？谁不想直接在手机上预订一杯咖啡，这样到星巴克时就可以不用排队直接取走呢？尽管我是在开玩笑，但我依然认为大部分搞技术的人都不能真正理解，如果执法人员不能使用司法命令获取证据，那么全社会将要为此付出多大的代价。同时，我也理解有人批评我们说，执法人员过于关注社会的阴暗面，而忽略了人们日常生活的需求。

正是因为双方都会被自己的立场所蒙蔽、所影响，因此我觉得，无论是哪一方采取类似的决策都是不可取的。美国人民应该自己决定，究竟要怎么过日子，究竟要如何管理这个国家。但实际上，这个问题牵扯很多方面，要找到一个解决办法其实非常困难。信息加密这个看起来很小的问题，引发了个人隐私与公共安全之间的冲突。这个问题并不仅仅涉及个人隐私与公共安全问题，还涉及技术、法律、经济学、哲学、创新和国际关系领域，可能还有其他的利益和价值掺杂在内。

政府内部所持的观点永远都是：个人隐私非常重要，但当政府为保护社会大众的利益，需要探访私人空间或领域时，在证据充分、监管得当的前提下，政府还是有权获得私人的信息。在美国，没有什么地方能真正脱离司法管辖的范围。奥巴马总统也是一位民权自由主义者，但他能够看到，如果将个人隐私上升到绝对价值，认为其绝对不可侵犯，那么一定会给社会带来威胁和危害。2016年春，他在得克萨斯州奥斯汀市的公开演讲中，也说明了这一点：

> 但危害是确确实实存在的。保持社会秩序，保证司法效力，保障社会文明对我们所有人都非常重要。不仅如此，保护我们的孩子也非常重要。因此，我对认为个人隐私绝对高于一切的观念，持怀疑态度。我们随时随地都在妥协……如果有人说个人数据这事儿和我们做出的其他妥协不一样，那恕我不敢苟同。

奥巴马总统真的研究了这个问题，他命令白宫彻查个人隐私与公共安全之间的冲突，这样的政令是前所未有的。在白宫战情室里，他曾亲自主持召开了很多次关于这个问题的会议。会上他表示，如果美国人民要改变自己的生活方式，希望未来的生活中有一大片领域是不受司法审判的，那也应该由美国人民自己决定，而不应由一个科技公司决定。

第九章　真正的倾听

不幸的是，奥巴马总统并没有足够的时间践行他的理念。政府确实在这个问题上取得了一些成果，开发了一个"概念验证"的科技计划，证明了确实可能开发出一款设备，既可以保障个人隐私，又能在合理的情况下允许司法查验。但在这之后，奥巴马总统就卸任了，并没留下任何关于下一步的指示，也没有说明是否要针对这一问题制定相关的法律法规。

我至今仍记得一些当时开讨论会的场景。2016年夏，我在白宫战情室里开会，很多领导者和官员都在场，和总统讨论这个问题的各种角度、各种看法。其实，战情室是好几个办公室和会议室的总称，是总统和国家安全委员会的工作人员经常开会和办公的地方。但更多情况下，战情室是指总统经常举行国家安全会议的那个会议室。这个会议室和电视剧中出现的所谓的"战情室"一点儿都不一样。这个会议室很小，最多只能放10把正常的皮质转椅。如果这些椅子都坐满，大家大气儿都不能喘，太挤了。

每场会议的座次安排都是战情室的工作人员在会前决定的，决定好就把桌签放在桌子上。我跟三位总统共过事，参加了许多次这类会议，却依然没弄明白座次到底是怎么排的。在两场连着的会议中，在第一场会议结束后，我还得换个地方坐，因为我在第二场会议中的座次变了。开会的时候，总统对面不坐人，以免挡住视频屏幕和摄像机，这样不能到场的重要领导就通过视频参加会议。他们会出现在屏幕上的方框里，只有腰部以上能被看见。（正是因为知道这一点，有一次我在夏威夷参加了一场这样的视频会议，我上身穿西装系领带，但下身穿的是泳裤。）因为屋子太小了，工作人员时不时就要搬几把小椅子进来，放在桌边离总统最远的地方。我把这些小椅子叫作"儿童椅"。因为我不是内阁成员，所以我经常被安排坐在"儿童椅"上。这时候，其他好心的同事就会给我这大个子换一把稍微大点儿的"儿童椅"。墙边还站着10~12个参会者，但这个会议室实在太小了，他们站在那儿，腿一不小心就可能会碰到前面的椅子。

就这样，我们在奥巴马总统执政的最后一段时期，挤在这个小会议室里讨论信息加密的问题。会议快结束的时候，总统开口说话了，看起来很困惑。"这实在是太难了。"他自言自语地说，"通常我都能找到解决办法的，但这个问题，这个问题实在是太难了。"

听到这句话，我有两点感受，但我都没跟别人讲过。第一，他绝对没开玩笑。一群绝顶聪明的人已经凑在一起研究这个问题好几年了，这个问题确实太难了。第二，他实在是太自信了。至少在我看来，他并不是在吹嘘，也不是在炫耀，更不是像布什总统那样自嘲，而是真真切切地觉得，他——巴拉克·奥巴马，有能力解决这个世界上几乎所有的难题。但这个问题他解决不了，这让他感到很困惑。天哪，这种自信简直太酷了！

我实在不能理解，奥巴马总统有足够的自信，相信他能解决这个世界上最困难的问题，但他并没成为那种刚愎自用的领导。通常情况下，过于自信的领导总是听不进去别人的观点，我就见过很多这样的领导。我的弱点之一，尤其是在我年轻的时候，就是过于自信，总是迅速地下结论，然后抱定自己的结论，不愿听取他人的想法和建议。我还总是迅速地做决定，标榜自己"办事果断"，但实际上，我冲动又自大。我这一生都在与我的这个缺点做斗争。但在奥巴马总统身上，我看到了"三人行必有我师"的谦逊，而这种谦逊和自信很少出现在同一个人身上。至今我都不能理解他是怎么做到的，他从未因过于自信而刚愎自用，也从未因过于自谦而妄自菲薄。他总是循循善诱，让人能放松地讲出他想知道的东西。

我也曾在联邦调查局内尽力效仿奥巴马总统的行为方式，但我始终牢记，领导就是领导。无论组织架构多么"扁平"，等级制度总是存在的。就算一个屋子里所有人都穿着帽衫、破洞牛仔裤、人字拖；就算所有人都席地而坐，吃着零食，不假思索地分享自己的想法，只要这里面有老板在，有上司在，所有人都心知肚明。无论职位的高低是否摆在表面上，每个人的心里都一清二楚。

跟自己的上司说实话是需要勇气的，需要克服全人类都有的一个毛病——冒名顶替症。我们所有人，都在某种程度上认为，如果别人真的了解我们，如果他们像我们自己一样了解我们的话，他们就会看扁我们，这就是冒名顶替症。我们害怕如果向公众展示了自己的真性情，就会暴露自己的缺点，就会被别人看轻。如果你没有这个毛病，那从某种程度上讲，你绝对是个"奇葩"，那么这书不适合你。

直言不讳其实是很冒险的，有暴露自己性情的危险。对领导直言不讳则更危险，尤其是面对组织的最高领导者时更是险上加险。在联邦调查局这样的一个准军事机构里，等级森严，前50年都深受约翰·埃德加·胡佛的铁腕统治的影响，要想直言不讳简直是难于登天。然而，就算员工真的能克服自身的毛病而敢于进言，也只算成功了一半；领导者也要克服自身的毛病，不能觉得别人给自己提了意见，自己就不是完美的领导了。

在联邦调查局工作时，我总是努力创建一种人人说真话的工作氛围。大家可能觉得我这么做有点傻，但每个人也确实都认真思考并遵守了。一开始，我鼓励大家开例会的时候不要总穿得那么正式。因为我发现，来跟我汇报的同事总穿得跟要去参加葬礼一样。在局里开会时，我从来不穿西装外套，但只有我自己这么做是远远不够的。如果大家都穿得很正式，那么说话、思考也会变得很正式、很古板、这不利于大家展开讨论和对话。光是改变穿衣风格就费了我好大一番工夫。

我对局里的高级主管人员说，开早会时不用穿西装外套了，除非开完会后他们还要去参加其他外部会议。这二十几个高级主管，有男有女，起初三周效果不错，但三周过后，大家又恢复原样了。我又跟大家说了一遍，这次保持了6周。于是，我只能继续宣传我的这一理念。

同时，我也希望能够创建一种互相信任的工作环境。我鼓励领导者们说一些自己私底下的故事。有一次，我在开会的时候让所有与会的联邦调查局高级领导者跟大家说一件关于自己的私事，要能让别人大跌眼镜的那种。马上，我又笑着说道，"这事最好不会涉及你们的安全许可。"几周之后，我又问他们每个人，小时候最喜欢的万圣节糖果是什么；11 月，我问他们感恩节最喜欢吃什么；12 月，我问他们假期最想要什么样的礼物。当然，这些做法看起来可能很幼稚，是小学老师才会用到的把戏。但这些问题确实会让班里的孩子很快打开心扉，信任彼此。生活中，我们都需要一点儿孩子气的行为，因为孩子比大人更容易敞开心扉，更容易说出真相。

我花了很长时间营造这种说真话的氛围，培养听真话的习惯。谁都没想到，2016 年，联邦调查局陷入了希拉里·克林顿和唐纳德·特朗普大选的泥淖。那时，我无比需要之前建立起来的真相文化。

第十章

飞来横祸

站在路中间是非常危险的，不是被左边来的车撞死，就是被右边来的车撞死。

——玛格丽特·撒切尔

我从没见过希拉里·克林顿，尽管我曾试过要见她一面，但没能成功。2002 年，我被任命为纽约南区联邦检察官。刚上任的时候，我就让助理安排我与希拉里·克林顿会面。当时，希拉里·克林顿还是纽约州的资浅参议员，我觉得我作为联邦检察官，有必要结识一下州参议员。在纽约州，共有 4 个司法辖区，因而共设有 4 名联邦检察官代表联邦政府，我就是其中之一，我不想失礼。之前，我已经在参议院确认会议上见过了纽约州的另一名参议员——查克·舒默（Chuck Schumer），但阴差阳错没见到希拉里·克林顿。之后，我又尝试了几次，跟希拉里·克林顿的办公室通过几次信，但最终都没能成功与她见上面。其实这并不是什么大事，只是我觉得有点奇怪罢了。

直到现在，我都不知道我们为什么一直都见不上面。我觉得有两个可能的原因：要么是行政人员的办事效率太低，要么就是她太忙了。也有可能是因为 7 年前我们之间的一个所谓的"过节"。那时，我在参议院委员会工作了 5 个月，参与调查克林顿夫妇所有关于"白水"事件的相关信息。调查那个案子时，我只是一个初级律师，在里士满的一家律师事务所工作，按小时向参议院收费。我的目标主要是调查白宫前副顾问文斯·福斯特的自杀事件，同时调查他办公室里的文件。但我只在"白水"事件这个项目上工作了很短一段时间，1995 年 8 月，我就因儿子科林的去世离开这个项目组了，因此这不可能是希拉里·克林顿不愿意见我的原因吧。

她不愿见我很有可能是因为另一个原因。2002 年年初，我的办公室正在监管一项针对克林顿总统的调查。这个调查是关于克林顿总统颁发的一张特赦令。2001 年，克林顿总统在其执政的最后几个小时里，赦免了一个在逃的石油贸易商马克·里奇（Marc Rich）。1983 年，里奇和他的共同被告平卡斯·格林（Pincus Green）被当时的纽约南区联邦检察官鲁迪·朱利安尼指控犯有 65 项罪行，其中包括逃税、通信诈骗、敲诈勒索以及与敌对国伊朗有贸易往来（当时伊朗扣留了几十名美国人质）。就在被起诉之前，里奇逃离了美国，那时他的逃税案成为美国历史上规模最大的逃税案。瑞士为他提供了庇护并拒绝引渡他回国，因为瑞士方面对税收犯罪有不同的定义。

近 20 年之后，克林顿总统在他执政的最后一天签署了这个特殊的特赦令，赦免里奇的罪行。说它特殊，是因为这个特赦令是发给一名逃犯的。这在美国司法史上几乎没有先例——至少就我了解是这样的。同时，这个特赦令不仅特殊，而且很可疑，因为它并没有经过司法部的正常审核程序。在这个特赦令颁布之前，见过它的只有时任副总检察长埃里克·霍尔德。霍尔德在看过这个特赦令之后，并没有征求负责该案件的其他检察官和探员的意见，而是秘密告诉白宫，他对其持有"中立但偏积极"的态度。《纽约时报》将这个特赦令称为"对联邦权力的彻底滥用"。据称，克林顿颁布这个特赦令是为了获得马克·里奇的前妻对其总统图书馆的捐款。于是，我的前任玛丽·乔·怀特（Mary Jo White）开始调查这其中是否有腐败交易。2002 年 1 月，我出任纽约南区联邦检察官的时候，这个案子就归我调查了。当时，这案子可引起了不少的媒体关注。

关于这个案子，我还是有一些了解的，因为 10 年前我还在曼哈顿做一名助理检察官的时候，曾经负责追捕马克·里奇这名逃犯。当时，马克·里奇的代表律师都是非常有名望的律师。"滑板车"利比在成为副总统迪克·切尼的办公厅主任之前，也曾在马克·里奇的律师团里工作过。1992 年，我和其他同事一起飞去苏黎世，因为里奇的律师团告诉我们，里奇打算伏法认罪。他的律师团声称，只要前来调查的检察官是受人尊敬的好人，那他愿意乖乖自首。于是，我和我的上司，时任纽约南区联邦检察官奥托·奥伯迈尔（Otto Obermaier）一起去苏黎世办这个案子。到了苏黎世，我们在一个高级酒店的总统套房里见到了里奇和格林，从他们的房间就可以俯瞰苏黎世湖的景色。我们一起探讨了自首及返回美国的相关安排，但里奇要求我们先答允他不入狱服刑，否则他就不愿自首。他讲了很多自己曾做的慈善事业，历数自己的功劳，强调说："我一天都不想在牢里待。"见状，奥伯迈尔回答道："我们做不了这个承诺。"他说，我们司法部门不跟逃犯讲条件，里奇得先在曼哈顿法庭俯首认罪，然后再讲他有什么条件。在瑞士的法律框架下，我们无权逮捕里奇，因此我们还是离开了瑞士。随后的十几年里，我们都尝试在里奇出国旅行的时候，将其绳之以法。

然而，比尔·克林顿大笔一挥就结束了我们长达十几年的追捕行动。现在，我作为联邦检察官要调查的就是，克林顿总统是否是因收受贿赂才颁布了这个特赦令。所以，我能理解，这可能就是希拉里·克林顿不愿意见我的原因。但最后，我们没能找到足够的证据指控克林顿总统收受贿赂，这件案子也就不了了之了。那时候，我觉得，我这一生跟希拉里·克林顿应该再不会有交集了。

2015 年 7 月 6 日，联邦调查局收到了一起由美国情报界总监察长转送来的案子。美国情报界总监察长办公室是由国会设立的一个独立办公室，主要职责就是找到美国庞大的情报体系内部存在的风险和漏洞。这个案子的主要内容是关于时任国务卿希拉里·克林顿是否曾用私人邮箱处理过一些机密信息。7 月 10 日，联邦调查局对此展开了刑事调查。当时，奥巴马政府任期内的司法部部长是洛蕾塔·林奇，她立即召集了一群助理检察官支持这起案件的调查。和联邦调查局负责的其他案件一样，这起案件最初也是由我的手下负责调查，直到副局长针对这一案件向我做简单汇报的时候，我才了解这件事情的来龙去脉。

实际上，这个案子的案情再简单不过了：希拉里·克林顿曾用私人邮箱系统处理国务卿事务，邮箱地址是她在私人服务器上自己创建的。她上任之后的前几个月使用的都是黑莓邮箱，使用了美国电话电报公司的网络，之后才换成了办公邮箱。在使用私人邮箱的时候，她与其他同事互有邮件往来。但情报界总监察长发现，在这些邮件内容中，希拉里和同事讨论过一些机密话题，往来邮件达几十封。

尽管希拉里·克林顿的这一"邮件门"事件和联邦调查局对此案件的调查都备受重视，但联邦调查局的调查还是偏离了正轨。整个调查并没有集中在希拉里·克林顿是否故意使用私人邮箱传输工作信息这一点上。为希拉里·克林顿辩护的人经常拿她的前任科林·鲍威尔的事儿来混淆视听。那些人说科林·鲍威尔之前也用过非政府邮箱，用的是美国在线（AOL）的邮箱。但这两件事情并不可以相提并论。据我所知，当时并没有任何证据能够表明鲍威尔曾用美国在线邮箱讨论机密信息，但国务卿希拉里·克林顿可就不同了。

在整个调查中，联邦调查局需要回应两个问题：第一个问题是，这些机密文件是否被转移到了机密系统之外，换句话说，这些机密话题是否在机密系统外被讨论过；如果上一点属实，那么第二个问题就是，希拉里·克林顿在使用私人邮箱讨论机密问题的时候，她究竟是怎么想的。

信息的保密等级是根据其一旦被泄露将对美国造成的潜在影响决定的。最低一级的保密等级为"秘密"，若泄露，这些信息可能会对美国的国家安全造成一定影响；再高一级是"机密"，若泄露，这些信息会对国家安全造成"严重"影响；最高等级为"最高机密"，若泄露，这些信息会对国家安全造成"难以磨灭"的影响。根据被泄密信息的保密等级不同，泄密人员所承担的行政处罚也不同，从撤销从事机密工作资格到丢掉饭碗，都有可能，最严重的还可能面临刑事指控。若盗取或泄露国家安全信息给无权了解的他人，无论参照哪条有关间谍活动的法案，都是重罪。这些法案经常被用于指控间谍、盗取机密信息向媒体公开的人。但更常见的情况是因对机密信息处理不当而获罪，一般都是指将这些机密信息从正确的设备或系统中移除。这种行为一般被视为轻罪，被判处有期徒刑一年或一年以下。就算是轻罪判罚，司法部也要求调查人员必须要掌握确凿的证据，能够证明该政府官员在对机密信息执行不当操作时，他本身明白自己的行为不妥。

在国务卿希拉里的案子上，第一个问题的答案显而易见，她确实对机密信息处理不当。4年间，她用私人邮箱与同事进行了数千次邮件往来，其中有36份往来邮件讨论的是当时被列为"机密"的信息，8份往来邮件讨论的是当时被列为"最高机密"的信息。在这些邮件中，有些机密信息一眼就能看出来，有些机密信息则表达得较为隐晦。虽然这些邮件中并没有附上任何机密文件，但这并不重要。尽管收发邮件的双方都有接触机密信息的权限，但任何曾被赋予这一权限的政府官员都应该知道，用私人邮箱讨论机密信息是违反保密条例的。尽管这些邮件只是所有邮件中的一小部分，但利用私人邮箱讨论机密信息无论如何都是不恰当的。换句话说，一共有36份往来邮件可能会对美国国家安全造成"严重"影响，有8份往来邮件可能会对国家安全造成"难以磨灭"的影响。不过，这个案子的核心问题其实是上面提到的第二个问题，她这么做的时候在想什么？她是因为粗心大意，还是有犯罪意图？我们能证明她是知法犯法吗？

了解他人的心思，证实他人的想法是很困难的。这个案子刚开始，我就想起了几个月前刚刚结案的中央情报局前局长戴维·彼得雷乌斯（David Petraeus）的一件案子。2011年，彼得雷乌斯把自己的几个笔记本给了他当时的作家情妇。笔记本里记录了一些敏感的最高机密，包括他与奥巴马总统讨论的一些非常敏感的项目信息。和希拉里·克林顿案不同的是，这位作家并没有接触这些信息的权限，也没有合法的理由知晓这些信息。

彼得雷乌斯作为中央情报局局长，掌管的可都是国家的机密信息啊！他肯定知道他这么做是错的，他甚至允许他的情妇拍下了这些机密文件中的关键信息，这简直令人难以想象。随后，为了掩盖自己的罪行，彼得雷乌斯跟前来调查的联邦调查局探员说了谎。彼得雷乌斯这个案子证据确凿，泄露信息的行为也远比希拉里·克林顿严重，而且他还公然跟联邦调查局探员撒谎。但尽管如此，他与司法部达成了辩诉交易，司法部仅以行为不当为由起诉了他。2015 年 4 月，他承认自己有罪，并且同意缴纳 4 万美元的罚金，缓刑两年。

根据以往的案例经验，法庭对彼得雷乌斯的轻判是合理的，但我坚持跟时任司法部部长霍尔德表示，还应以对联邦调查局探员说谎为由起诉彼得雷乌斯，他理应被判重罪。当时，我脑海中想到了玛莎·斯图尔特、利奥尼达斯·扬和"滑板车"利比。我坚持称，如果我们不能让一个公然做伪证的中央情报局前局长得到应有的惩罚，我们怎么能名正言顺地监禁其他同样做伪证的人呢？我一直相信，也依然相信，彼得雷乌斯在这个案子上获得了优待，而这只是因为他是所谓的"上层阶级"。如果是个可怜的普通人对联邦调查人员撒谎，就像之前里士满的那个年轻的黑人牧师，肯定就会被判犯有重罪，关进监狱。

当时，保守派媒体对希拉里·克林顿的攻击可谓是不遗余力，夸大了很多她的丑闻，但他们揭露的那些信息都无关紧要。至少就我们当时发现的证据而言，希拉里·克林顿的案子跟彼得雷乌斯的案子，无论是在涉及信息的保密等级上还是在信息数量上，都没有可比性。尽管希拉里·克林顿使用了未加密系统讨论机密话题，但她交流的对象要么具备接触这些信息的权限，要么就是有合法的理由需要知晓这些信息。因此，尽管我们不应该过早论断，但刚开始调查的时候我们就知道，这不太可能是司法部那些职业检察官想要提起诉讼的案件。如果我们能在她浩如烟海的邮件中发现哪怕一封邮件，说明有政府官员告诉过国务卿希拉里·克林顿不要这么做，或者我们能证明她妨碍司法公正，又或者她像彼得雷乌斯一样，对我们说谎，最后的结果可能都会完全不同。如果这样，可能真的会让我们排除合理怀疑，证实希拉里有罪，这必然会有损她在电视演讲或国会讲话中曾树立的形象。

华盛顿内部派系林立，各党派纷争不断。不出所料，希拉里·克林顿的案子被立案调查后，共和党人便开始鼓吹，这起案件不能相信奥巴马政府的调查结果，因为希拉里·克林顿身为民主党候选人，还在奥巴马政府内出任高官，奥巴马政府不可能对其开展彻底调查。但其实，很多共和党人所参照的专家意见都是由他们自己党内的专家给出的，看到的媒体信息也都是出自支持共和党的媒体，因此他们做出的回应往往是基于不准确的或误导性的新闻报道。他们坚持认为国务卿希拉里·克林顿犯下了非常严重的罪行。1950 年，罗森堡夫妇向苏联泄露了十分关键的机密信息，最后被判处死刑。在共和党人看来，希拉里·克林顿犯下的是继罗森堡夫妇之后最为严重的罪行。而民主党人从一开始就对希拉里·克林顿这个案子采取"大事化小"的态度，声称对其邮件的调查根本就不是一项刑事调查，只不过是"审议"一下而已。

彼时，希拉里·克林顿正在为总统大选做准备。2015 年 7 月 23 日，《纽约时报》发表了一篇文章，称司法部要针对希拉里·克林顿的邮件事件，展开刑事调查。随后，该文章遭到希拉里·克林顿团队的强烈抵制。迫于压力，《纽约时报》发布了两则更正通知：第一则通知中称希拉里·克林顿本人并未面临任何刑事调查；紧接着第二天又发布了一则通知，将"总监察长将一这刑事案件移交联邦调查局"改为"总监察长将这一安全事件移交联邦调查局"。尽管《纽约时报》做了这些"必要"的修正，但其实原本的报道才更接近真相。情报界总监察长将此案移交联邦调查局的时候，确实没有使用"刑事"这个词，但报道发布的时候，我们已经对希拉里·克林顿的行为开展了全面的刑事调查。然而，我们联邦调查局并没有纠正《纽约时报》的措辞，也没有反对希拉里·克林顿参加总统大选，因为依照一直以来的程序，还不能对外界证实此次调查。不过，这种党派鏖战，这种咬文嚼字，在接下来的调查过程中屡见不鲜，联邦调查局的很多探员都深深体会到了这一点。

"你知道你彻底完蛋了，对吧？"

2015 年年中，当时的联邦调查局副局长是马克·朱利亚诺（Mark Giuliano）。他直言不讳，很聪明，有时候还爱说些冷笑话。

我微微笑了一下，说："是啊，没有人能全身而退。"

这并不是我第一次面对这种被口诛笔伐的情况，也不是第一次面对这些怒气冲冲的大人物。现在回想起来，我甚至觉得我们之前在玛莎·斯图尔特的案子、"滑板车"利比的案子、"星风"项目的案子和虐囚案上遭遇的磨难都是为了能让我们挺过这个案子。尽管身处巨大的压力之下，我们仍然尽己所能排除干扰，遵守法律，依照事实。现在想起来，我依然觉得我们的所作所为没有任何问题。

对希拉里·克林顿的刑事调查，或者说问询、审议，无论两党对此如何称呼，都依然是当时总统大选中无可回避的重要话题。在朱利亚诺看来，联邦调查局怎样做都是输，我也很清楚这一点。无论最终结果如何，联邦调查局和我本人的公信力，都会被损害，唯一的差别就是损害程度的大小。说起来可能难以置信，但"注定会输"在某种程度上也是一种自由，因为无论你做什么都会有人攻击你。无论怎样，都会有半数的美国民众对我指手画脚。既然如此，那我还不如不理会那些批评，只关注事实真相，剩下的留给法律去评判。但当时，我从没想过我们的决定会让民主党的支持者和共和党的支持者都大为光火。

为了处理希拉里·克林顿的案子，联邦调查局反情报部门组建了一支近 20 人的专家队伍，队伍里有探员、分析师和辅助人员。依照惯例，反情报部门也给这个案子起了个代号，叫作"中期考试"。这支队伍里，经常与我打交道的有 12 个人，其中包括联邦调查局的高级主管、探长、分析师，还有来自总法律顾问办公室的不同级别的律师。我把他们这个队伍称为"中期团队"。我从没见过一线的探员、分析师和辅助人员，但我经常感谢他们的辛勤工作。

在接下来的 18 个月里，我依靠"中期团队"的 12 个人帮助我做这个案子的相关决定，但最后拍板定论的是我。其间，有几个高级主管退休了，又有几个新人加入了进来，但这个团队的成员始终都是一群非常聪明且个性很强的人，经常在调查过程中针锋相对，但就像家人一样。其中有一个年轻律师，听到不喜欢的论点就表现得非常明显，并且会粗暴地打断他人的讲话，无论讲话的人是谁。她的这种举动让很多同事都很生气，但我很欣赏她。我想让她留在团队里，因为她的这种直率非常珍贵，尽管有些时候她的做法并不恰当。我想听听她的见解，而且我也知道，就算讲话的是个高级官员，如果她不同意其观点，也会马上说出来。这样，我们的讨论才能更高效。

毫无疑问，我所有的顾问都有自己的政治立场和政治观点。他们也是人，有妻子儿女，有朋友亲眷，他们的家人也会有自己坚持的立场。但我并不知道他们的立场和观点，因为我从没在团队中听见他们从自己的政治立场出发，表达自己的态度，从来没有。不仅如此，我也从未见过他们因为政治偏见而起冲突，一次都没有。我们会辩论、争吵、倾听、反思，甚至会故意跟对方唱反调，我们也会在此期间时不时地哈哈大笑一场，但我们从未因政治立场影响过自己的判断。在调查过程中，我让团队即时汇报，这样我就能确保他们有足够的资源，能够保护他们免受外界压力的困扰。同时，我也能根据他们提供的信息做出所有重大决定，毕竟做这些决定才是我的工作。

第一个需要做的决定就是，是否要将这个案子公开。我们是从 2015 年 7 月开始对国务卿希拉里·克林顿邮件案展开调查。但依照惯例，联邦调查局没有向外界证实这一调查的存在。然而，截至 9 月末，距离情报界总监察长将这起案件移交联邦调查局已经有三个月了。如果我们依旧拿"无可奉告"的说辞来搪塞公众，未免显得有些愚蠢了。随着大选活动如火如荼地进行，国会内部各党派成员都对此事议论纷纷，调查过程中，探员也需要去拜访与案件有关的人，与其他人交流，而这些人都可能将信息告诉媒体。同时，国会也想要一些可以记录在案的信息来确保我们确实是在调查，媒体更是紧追不舍，要求获得此案的相关信息。

司法部和联邦调查局有政策规定，如果某一案件的调查已经引起了公众极大的关注，或者我们开展的调查活动对公众来讲已不是秘密，则这些调查属于特殊情况，可以对外证实。在我出任联邦调查局局长这段时间里，这种特殊情况已经有过几次了：之前调查美国国税局是否非法针对"茶党"组织时和调查密苏里州弗格森案时都曾对外证实调查活动已经展开。每一次决定向公众公开调查活动都是因为，司法部认为公众需要确信执法人员确实在对这些存在争议的案子展开调查。

于是，10 月初，洛蕾塔·林奇和我就开始着手安排新闻发布会。显而易见，我们两个人都会面对记者的狂轰滥炸，被要求说明司法部是否接受了情报界总监察长转过来的这个案子。但如果我们承认确实在对此案展开调查，我觉得时机又太敏感。因此在 9 月末，我安排了一次与司法部部长的会议，讨论这个事情。司法部和联邦调查局的领导层也参加了这个会议，会议在司法部指挥中心召开。

从 20 世纪 90 年代开始，我就认识洛蕾塔·林奇了，那时我们都是联邦助理检察官，一起在纽约处理一个案子。当时，我们在曼哈顿调查的一伙毒贩正计划杀害一名布鲁克林的联邦法官，因为林奇在布鲁克林工作，因此我们联合起来处理这起案件。林奇是个很聪明的律师，为人诚恳，愿意听取别人的意见。在司法部指挥中心的会议上，我解释道，我认为 10 月 1 日的季度记者会上，我应该承认我们正在针对希拉里·克林顿的邮件案件展开调查，反正全世界都知道我们在调查了，但涉及具体信息的提问我们一律不回答。

林奇同意了我的想法，觉得这么做确实有必要。但随后她马上说："用'事件'这个词吧。"

"为什么？"我问。

"就这么说吧，用'事件'这个词。"

我马上想到，这个措辞变动跟7月时克林顿团队抵制《纽约时报》的用词惊人地相似。从7月开始，克林顿团队就开始使用各种委婉的说法来避免"刑事调查"这个词出现。司法部部长似乎在引导我，让我不要违背希拉里·克林顿的大选策略。她这句"就这么说"，说明她的这一要求并没有任何法律依据，也不符合程序，至少与我们现行的实践和传统不符。不然的话，我觉得她一定会说出改动原因的。

但联邦调查局从不调查"事件"。这个词在联邦调查局的语境中没有任何意义，甚至含有误导意味。当时我并没有进一步反驳，现在看来这是一个错误。当时我没有反驳她的要求是因为，我觉得这个措辞改动是件小事儿，并不值得我们花时间争论，尤其是她还是我的新上司。同时，我相信，媒体和公众根本不会深究"案件"和"事件"之间有什么区别。可能林奇也知道，公众对这两个词之间的区别并不清楚，所以才让我这么说的。会后与同事谈起这事儿时，我才知道，与会的其他联邦调查局同事也认为她的这个要求政治意味太明显了。林奇手下的一个高级主管也是这么认为的，这个人是乔治·托斯卡斯（George Toscas），当时他是司法部国家安全司的三把手，我很欣赏他。会议结束时我们一起走出会场，他笑着对我说："你们现在是'联邦事件调查局'了。"语气很是讽刺。

2015年10月1日，联邦调查局召开了季度新闻发布会。会上，我按照司法部部长的要求，在记者提出关于"针对这一案件的调查"的问题时，我回答道，我们正在密切地跟进。我说，我很确定，我们手中"有足够的资源和人手，我们会用专业、即时和独立的方式处理这一事件"。

我遵守了领导的命令，用了"事件"这个词。正如我所料，媒体并没注意到"事件"和"案件"的区别，随后发表的报道中都表示，我已经证实联邦调查局正在对这个案子展开调查。从此，我再没用过"事件"，都是说我们已经对此"案件"展开了调查，细节信息无可奉告。但几个月后，我不得不将细节信息对外公开。

整个冬天，"中期考试"的调查员兢兢业业，努力寻找案子的相关证据，想要确定希拉里·克林顿在创建和使用私人邮件系统的时候，究竟在想些什么。他们阅读了每一封能找到的邮件，搜寻可能与她互通邮件的人员的邮箱，追踪每一个给她安装这个邮件系统的人、维护系统的人、为她的移动设备提供支持性服务的人，还拜访了国务院里所有和她共事过的人。团队主管和分析师每两周向我汇报一次工作成果，大部分时候都是在煞费苦心地重新建立电子记录。比如，探员们找到了曾经处理过她私人邮箱地址域名的服务器，不过这个服务器已经报废了，上面的邮箱软件已经被技术人员移除了，因为更换服务器的时候，一般都是要移除旧软件的，而移除的软件会在服务器底部形成数百万的细小碎片。"中期团队"以超乎常人的毅力和艰苦卓绝的努力，将大部分碎片都拼了回去，变成了可以读取的信息。

截至 2016 年年初，我们都没能找到可以起诉希拉里的证据。我们还有很多工作要做，还得对国务卿希拉里本人进行讯问。一般在类似案件中，我们都是在调查的后期，在把所有能获取的证据都拿到手之后，才会去讯问案件当事人。但迄今为止，我们都没找到任何能够起诉她的证据。我们知道，在这种情况下，司法部在没有确凿的证据证明当事人知法犯法的情况下，绝不会对当事人提起刑事诉讼。意外、迷糊、粗心大意都不可能成为刑事诉讼的理由和证据，永远不会。当然，对一个现任政府官员来说，这样粗心的举动会带来很严重的后果，可能他再也不能接触机密文件，也可能会丢掉工作，但绝不会被提起刑事诉讼。

如果这个案子一直朝这个轨迹发展下去，那么对联邦调查局的挑战就变成，以何种方式结束能够不让美国民众对联邦调查局失去信心，能够让民众相信他们的司法系统始终忠诚可信、持身中正且绝对称职。当然，我们永远都无法让那些反对希拉里·克林顿的人相信这一点，但我们希望大部分理智的美国民众还是能够相信我们。

但2016年年初，案件出现了新进展，这一进展可能会推翻我们之前的所有努力。至今，美国民众都不知道这个新进展是什么。当时，我们收到通知，称美国政府手中握有一些材料——机密材料。但截至本书出版之际，这些材料尚未解密。不过，如果这些未经证实的材料当时被公开，一定会被政治对手攻击，怀疑司法部部长在调查希拉里一案时是否保持应有的司法独立性。

就我个人来讲，我并没有看到过司法部部长林奇有任何干预案件调查的行为。从2015年9月底的那场会议之后，我没有再见过她，也没跟她交流过。尽管我确实对她在会上提出的那个指示有点疑虑，但在那之后，并没有任何证据能够表明她与负责该案件的调查人员或检察官有过任何接触。但这些机密信息总有一天会被公开，比如几十年之后。到那时，这些信息一定会被用来质疑司法部在该案件调查中的独立性，更会让民众质疑联邦调查局的独立性。每每想到这一点，我都甚为忧虑。

令人遗憾的是，奥巴马总统的行为也加剧了这一危机。2015年10月11日，他曾在《新闻60分》的采访中说，希拉里·克林顿对其邮件的处理是一个"错误"，但并没有威胁到国家安全。这种说法大大降低了司法部调查结果的可信度。随后，在2016年4月10日《福克斯新闻》的采访中，他又说希拉里·克林顿确实粗心，但并没有故意损害国家安全的意思，并暗示这个案子中涉及的材料的保密等级本没有那么高。奥巴马总统是个十分聪明的人，非常懂法。所以直到今天我都不能理解，为什么他会对这个案子发表这样的公开言论，为什么要在最终判决公布之前就这样为希拉里开脱。如果总统已经做出了决定，那其他人肯定会想，司法部终究是会遵照总统的意思来办事。但就我所知，奥巴马总统其实和大家一样，只知道媒体曝出的那些信息，他从没就这个案子听过我们的简报。如果奥巴马总统一直听取媒体报道的信息，那他其实什么也不知道，因为当时我们根本没有泄露任何有价值的信息。但他的这种说法把我们推到了风口浪尖，如果最终我们没有对希拉里·克林顿提起诉讼，那我们一定会饱受大众的攻击和质疑。

2016 年 3 月初，我觉得最终这个调查肯定会无疾而终，因为没有足够的证据起诉希拉里。于是我建议副总检察长萨利·耶茨（也就是我的直接上司）考虑一下，如果这起案件最终真的以未起诉结案，到时候应该怎么收场。耶茨之前是个职业检察官，我已经认识她很多年了。她和我的一个好朋友曾一起在亚特兰大做助理检察官。那时，她以强硬、细心和公正著称。从我出任联邦调查局局长以来，我看到的她完全符合之前人们对她的描述。由于希拉里·克林顿的案子并不是个简单的案子，2016 年也不是普通的一年，于是我建议耶茨，我们应该在这个案子上保持信息透明。尽管公开这样的信息并不是惯例操作，但就这起案件而言，唯在如此才能确保美国人民相信我们，保护司法部的公正性。我对耶茨说，我希望她能安排人手研究一下，我们如何才能在法律框架下保证此案的透明性，但她一直没有回复我的建议。

至此，这个案子已经调查了将近一年。事已至此，任何一个称职的调查者或检察官都已经能够预测该案件的结局。每当案件调查即将结束时，检察官就会依照惯例起草起诉书，而称职的检察官也会开始考虑，如果最后真的未起诉，那这个案子应该怎么结案。然而，如果接下来有其他证据出现的话，我们也一定会考虑其他结果，而且称职的检察官总会提前做好预案。

2016 年 5 月初的一个周末，我开始起草一份陈述，历数我们在这个案子上的大部分发现。我觉得这个案子马上就会结束了。除非我们能找到什么确凿的邮件或指令，能明确证明希拉里·克林顿有犯罪意图，又或者能证明她对联邦调查局的调查人员说谎了，否则这个案子只能这么结束了。平心而论，我觉得她很有可能有犯罪意图，也有可能说谎，其实我倒是希望能起诉她，但我们没有证据。在这个充满恶意的政治环境中，我需要提前做好预案，要把我们的决定用最好的方式呈现出来。这个陈述草案改了很多次，我试了很多不同的方式，想要对国务卿希拉里的所作所为做出最准确的描述。在我们看来，她对这些邮件处理得非常草率，根本不是所谓的"粗心"就能解释的。我在草案中一度使用"严重疏忽"一词来描述这一行为，并解释了在这个案子里，这个词不适用于 100 年前的刑法定义。根据 1917 年刑法，如果有人"因为自身严重疏忽导致（机密信息）被从适当位置移除，或是被送至自己不信任的人手中，或者导致（机密信息）丢失、被盗、被提取或被损毁"，则该人犯有重罪。

其实，1917 年国会制定这项法规是想适用于那些有犯罪意图的犯罪分子，也就是说，嫌疑人必须是故意为之，才能被判重罪。投票通过这项法规的国会成员也考虑到，仅因为粗心而犯错的人，不能被判以重罪。我也了解到，从 1917 年至今，司法部只依据这项法规起诉过一个人（一个腐败的联邦调查局探员，其罪行远比"严重疏忽"要严重得多），但从没有人因为触犯这项法规而被定罪的。了解了这个情况，我更坚信，这项法规不能适用于希拉里·克林顿的这个案子，因此用"严重疏忽"这个说法是不准确的，会产生歧义。因此，我对团队成员说，我们得换一种表达方式，更准确地描述她的行为。改了很多遍之后，我决定用"极其粗心"这个词对她的行为进行描述。

我把写好的草案交给了联邦调查局的高级官员，请他们思考三个问题：这封草案里的事实描述得是否准确；是否有什么政策或其他规章会对这封草案的内容予以限制；我们要用什么方式，以什么形式将这封草案的内容公布给美国人民。这就是我能想到的预案了，我并没有做出最终决定，但这封草案可以让我们对此展开讨论。在法律框架下，什么是可能的？什么是有意义的？如果我们要公开陈述某一案件，联邦调查局该怎么做？我们是和司法部部长站在统一立场上，还是独立发表看法？要不要以书面形式递交国会？这些都是我们需要讨论的问题。

联邦调查局的领导层确实对其进行了讨论、思考和辩论，甚至连睡觉的时候都在想着这些问题。我想从大家那里得到尽可能多的反馈，但有一点很重要：无论如何都要保证联邦调查局工作的独立性，我不想让司法部知道我们在做什么。其实，如果要证明联邦调查局的独立性，最冒险的方式就是绕过司法部直接向大众公布信息。我并不知道这样做是否有意义，那时候我甚至觉得自己疯了，如果我们跟司法部说出我们的想法，司法部肯定不会同意。司法部很可能会压根儿不想让我们考虑这些问题，那我就得像那次"事件"会议一样，必须遵守司法部的命令了。因此，我们把这件事保密在联邦调查局内部。调查进行到最后一步——对希拉里·克林顿开展讯问。

但就在这时，调查陷入了困境。其中最大的一个问题、也是最有争议的一个问题就是，国务卿希拉里有选择性地上交邮件。当时，国务院要求她将之前的工作邮件全部上交国务院，而希拉里·克林顿只选择了其中一部分上交。2014 年年末，国务院要求她上交邮件的时候，她的私人服务器上有大约 6 万封邮件。她的私人律师审核了所有的邮件，将其中一半上交国务院，其余的都删除了。我和"中期团队"的成员都认为，如果我们不查清楚希拉里删除邮件的原因，那我们的调查结果就不具有说服力。我们不能拿着他们给的这些邮件做调查，我们得拿到一手信息，得知道这些律师是根据什么做出了删除邮件的决定，还得看看他们是用哪些设备进行的这一操作，这样我们的专家才能找到这些被删除邮件的蛛丝马迹。

第十章　飞来横祸

可以想象，我们的这一调查活动让司法部的律师非常紧张。希拉里的律师团用来审核邮件的那些电脑中也包含他们其他客户的信息。如果我们想搜查那些电脑，我们就有可能违反律师与当事人保密特权以及律师工作成果保护协议，不仅是希拉里·克林顿，还有他们的其他不相关客户的权利都有可能被侵犯。希拉里·克林顿的代表律师贝丝·威尔金森（Beth Wilkinson）在与司法部交涉时措辞非常强硬，表示她和其他律师都不会谈论任何有关客户的事情，也不可能交出自己的电脑让联邦调查局的调查人员查看。这就意味着他们会与我们顽抗到底。联邦调查局的总法律顾问吉姆·贝克（Jim Baker）认识威尔金森，所以我请他去和威尔金森交流，表达一下我们要搜查他们的电脑的决心。他也确实去了，但威尔金森马上将联邦调查局的意图告诉了司法部。于是，联邦调查局和司法部之间的关系变得有些僵硬。

调查陷入了僵局，如果我们不能拿到那些被删除的邮件，了解他们删除邮件的原因，我们就无法对美国民众说联邦调查局的工作是称职的。对于我们来讲，将希拉里·克林顿的律师牵扯进来并没什么大不了的，不查看这些电脑，不调查这些律师，我绝不会同意结案，绝对不会。如果国务卿希拉里想在接下来的两年中都面临刑事调查的话，那就随她吧。尽管我们态度很坚决，但直到 2016 年 5 月中旬，我们依旧没能有机会检查那些电脑。这样，这场调查很有可能会持续到夏天，也就是民主党和共和党各自召开全国代表大会之后，而两党都会在各自的全国代表大会上提名自己的总统候选人。

于是，2016 年 5 月，我去见萨利·耶茨，对她说这场调查不能再这么无休止地继续下去了。现在距离两党的全国代表大会只有几周的时间，我可能得建议她指派一名特别检察官来负责此案件。我的前任也曾经这么做，其中最知名的应该是路易斯·弗里局长曾经以书面形式建议司法部部长任命一名特别检察官去调查时任总统比尔·克林顿的资金募集活动。我还对她说，如果司法部再不尽快结束此案的调查，就会导致公众对司法机构的信任大打折扣。我们需要一名不受政治党派力量影响的、来自部门外部的检察官来负责这次调查。我不知道我会在哪一天正式向她提出这一建议，但除非我们能拿到那些电脑，否则离这一天不远了。

耶茨理解我的想法。我不知道她做了什么，但"中期团队"的成员很快就感觉到，司法部的年轻律师好像打了鸡血一样。突然，他们开始不顾一切地想要拿到那些电脑。仅仅过了几周，这些律师就谈好了交易，拿到了我们想要的东西——电脑和与希拉里的律师团谈话的机会。我不知道他们如何说服这些私人律师答应了他们的要求，因为联邦调查局并没参与司法部律师与希拉里的律师之间的谈判。最终，我们拿到了我们想要的东西，但并没有发现任何可以改变之前的结论的决定性证据。至此，我终于能说联邦调查局的调查结果是可信的了。我对此非常满意。

就在整个团队为了这些电脑闹得人仰马翻的时候，整个 6 月，我都在思考究竟怎么结案。距离民主党全国代表大会只有 6 周了，我们如何结案才能让公众真的相信司法部的调查结果是公平公正的呢？这时发生了两件事，让我又想到了之前那个疯狂的想法——绕过司法部直接把所有的事情都公之于众。

首先，2016 年 6 月中旬，俄罗斯政府开始披露从民主党有关机构偷来的邮件。最初是一个叫作"DCLeaks"的网站和一个自称"Guccifer 2.0"的黑客在网上公布了一些被窃取的邮件，意在针对希拉里和民主党。这就意味着与洛蕾塔·林奇相关的那些机密信息随时有可能被泄露，根本不用等上几十年。就像我之前说的，这些材料一旦被披露，那些未经证实的真相会让党派人士叫嚣，声称希拉里通过林奇操纵联邦调查局的调查。

6 月 27 日，星期一，凤凰城烈日炎炎。在凤凰城机场的停机坪上，比尔·克林顿和司法部部长林奇在联邦调查局的一架湾流 5 喷气式飞机上会面，谈话时只有他们两个人，谈了大约 20 分钟。一开始听说他们俩这次即兴会面的时候，我并没当回事。我根本想不到他们会谈什么。有人说他们的会面会影响调查结果，但在我看来这根本是无稽之谈。如果比尔·克林顿真的想对司法部部长施压，他就不会在大白天走进繁忙的机场，登上一辆全是联邦调查局特工的飞机。何况主持调查的人也不是林奇。但这些基本事实并不能影响媒体的论断。随着媒体沸反盈天的评论不断涌出，我开始关注这件事。我眼看着民众对这场谈话的评价演变成一个荒谬的论调：奥巴马政府领导下的司法部根本不可信，不可能完成对希拉里·克林顿邮件案的调查。

而此时，司法部部长驳回了我之前建议她退出希拉里·克林顿一案的提议。7月1日，星期五，她选择了一个非常奇怪的立场——她宣布自己不会退出希拉里·克林顿的案子，但她会接受我和司法部职业检察官对此案的建议。实际上，她这种要退出不退出的态度很让人费解。

司法部部长的这种态度让人摸不着头脑，于是我又开始考虑是否要建议她任命一位特别检察官。这位特别检察官必须是在常规政治体系之外，还得能够持身中立。众所周知，任命特别检察官这种事一向都是兵行险着。最后我还是决定不提出这一建议，因为这实在是太不公平了。不任命特别检察官这个决定不是政治决定，而是道德上的选择，是由我们的价值观决定的。任何调查对象都应该被公平对待。世界顶级的联邦调查局团队已经调查了希拉里·克林顿将近一年，调查结果显示这个案子并不值得起诉。但如果现在引入一位特别检察官，那就无异于昭告天下，这个案子还是有可以调查的地方，无疑会将案子的调查再延长几个月甚至更长时间。同时，这也会让美国民众觉得我们之前做的所有调查都是假的，换句话说，民众会认为联邦调查局在撒谎。

几年来，我一直提到之前说过的"信用水池"，这才是司法部和联邦调查局能够永远站在正义一方的法宝。每当我们出现，无论是在法庭上还是在烧烤摊旁边，只要我们亮明身份，就算是陌生人都会相信我们，因为我们有几十年来积累下来的信用为我们背书。如果没有这个"信用水池"，我们就会和这个两极分化的政治体制中的党派人士没有任何区别。当我们将我们的所见所闻，将我们找到的证据提交法庭、陪审团和国会的时候，他们不是在听一个民主党人或是共和党人的论调，他们听到的是独立于党派纷争之外的、真实的调查反馈。联邦调查局永远都要做这个国家的"局外人"，否则就违背了其建立的初衷。我总是愿意用"信用水池"这个比喻，因为"水池"这个意象既可以突出信用"浩瀚无际"的特点，又能凸显它的脆弱，水池太容易被抽干了。那么，如果司法部部长是有政治立场的，身为她的下属，我如何能保护传承了几十年的"信用水池"呢？联邦调查局绝对是独立的，是不受党派影响的，美国人民需要知道这一点。

为了保护我们的"信用水池"，我做了个决定。我需要与林奇保持距离，还得让大家注意到这点，我要做一件 2016 年之前想都不敢想的事：以联邦调查局的名义，单独向美国民众迅速披露信息，告诉公众我的最终决定、我所有的想法及疑虑。我知道，这么做对我自己来说就是毁灭性打击。民主党人会觉得我就是在给自己增加曝光度，是个无法控制自己的自大狂；而共和党人一定会攻击司法部，说司法部德不配位或是腐败横行。同时，这种做法也会让我和司法部之间的关系出现永久的裂痕。但我相信，一直到现在我都相信，我这么做无论是对联邦调查局还是对司法部，都是最好的选择。

美国民众需要了解真相，也应该了解真相，而我觉得自己应该站出来，保护我们的"信用水池"，就算子弹都打到身上也在所不惜。

如果不出意外，2016 年 7 月 5 日，星期二，我将在联邦调查局总部召开新闻发布会，宣布结案。除非 2016 年 7 月 2 日，希拉里·克林顿在接受我们的讯问时，对我们说谎。

很多专家都质疑过，这起案件中希拉里·克林顿作为被调查对象，为什么联邦调查局等了这么久才对她开展讯问。实际上，有经验的调查者都

第十章　飞来横祸

会避免在自己不太了解案件情况的时候讯问嫌疑人，因为这种信息不对等会让嫌疑人从中得利，从而妨碍调查。尤其是在高智商犯罪中，调查者更愿意在掌握全盘信息之后再去对嫌疑人开展讯问，这样调查人员就能问出好问题，能逼嫌疑人说出真相，能用其他目击证人的证词或物证来辅助讯问。这就是为什么联邦调查局在调查时，通常都在最后才讯问嫌疑人，"中期团队"也是这么做的。联邦调查局的探员和分析师花了一年的时间做了所有能做的调查分析。现在我们要看看，在我们密集的提问下，她会不会选择说谎；如果她真的说谎，我们能否证明她说谎。在高智商犯罪中，我们总会发现嫌疑人会选择说谎来掩盖自己的罪行，这给我们以机会起诉他们做伪证，就算我们手上没有实质性证据对其提起诉讼，但对调查人员说谎本身也是一项罪行。不过，想要发现并证明这样一个圆滑世故、公众形象良好的人说谎不是一个简单的任务，但联邦调查局也不是吃素的，之前斯图亚特和利比不也栽在我们手里了。在这个案子中，尽管我们到最后才对希拉里·克林顿开展讯问，但这场讯问至关重要。

司法部的检察官和国务卿希拉里的律师团最终敲定在独立日三天小长假中的周六早上对她讯问，讯问将在华盛顿联邦调查局总部进行。

有关这场讯问的信息被传得面目全非，但我们还是要关注真相。当天，希拉里·克林顿被特勤人员秘密送到了联邦调查局的地下车库，随后接受了联邦调查局的讯问。讯问是由联邦调查局和司法部共同派出的5人团队进行的，希拉里·克林顿也由5位律师陪同。当时，这5位律师都不是这个案子的调查对象。这场讯问持续了三个多小时，地点设在联邦调查局总部重重安保下的一个会议室里，由两位高级特工主持。除了必要的安保工作之外，联邦调查局没有给希拉里·克林顿任何特殊优待，她在联邦调查局就是个普通的犯罪嫌疑人。跟大家想的不一样，我没有参加这场讯问，因为局长并不会参与这些具体工作，局长是拍板做决定的。联邦调查局有专业的、熟悉所有案件细节的调查人员来做这些具体工作。同时，依照程序，我们也不会在讯问未逮捕的嫌疑人时进行录像，而是由专业的记录员进行会议记录。国务卿希拉里在接受讯问之前并没有被要求起誓，但这也是标准流程，因为联邦调查局在嫌疑人自愿接受讯问时不会要求他们起誓。但无论如何，如果联邦调查局发现在讯问过程中希拉里·克林顿说谎，那根据联邦法律，她还是犯了重罪。简而言之，尽管媒体和国会一直都针对此事喋喋不休，但联邦调查局确实遵循了标准流程来对希拉里·克林顿进行讯问。

当天下午，我跟"中期团队"的成员通了很长时间电话，听取了他们的汇报，他们并没有什么新发现，毕竟这些专业的调查人员已经在过去的一年中花了成百上千个小时调查希拉里，读了她的上千封邮件，拜访了她身边所有的人。根据希拉里·克林顿的陈述，她不太了解科技和安保方面的信息，只是图方便才使用了个人邮箱，想避免同时使用政府工作邮箱和私人邮箱的麻烦，同时她依旧不认为邮件内容是机密信息。在她的回忆录《何以致败》中，她也提到了自己对科技的无知。在她看来，她位于纽约查巴克家中的私人服务器是十分安全的，因为这个房子在特警保护之下，不可能被外人黑入。但她不知道的是，黑进一个服务器并不需要破门而入，而是在互联网上远程操作就可以完成。她还在讯问中说道，因为国务院的基础通信设施建设并不完善，不能为她和她的高级员工提供可靠的邮箱和电话，因此很多员工都会选择"避开"对敏感信息的谈论，而她相信自己和自己的员工已经成功地"避开"了那些敏感的机密信息。她说的这些确实有点道理，但机密信息就是机密信息，泄露了就是泄露了。讯问中，希拉里·克林顿说她将审核和删除邮件的权利下放给了他人，相信他们只会删掉纯私人邮件，并不知道这样会妨碍司法公正。

随后，我们对希拉里·克林顿的讯问结果进行了仔细的审核和讨论，并不能证实她在任何一句话上说谎了，一句都没有。她没有承认有任何操作不当，也没有表现出她是知法犯法。无论我们信与不信，我们都没有证据证明她说谎了。在这个案子上，调查人员没法再进行下去了，于是这个案子结束了。现在摆在我们面前的问题就是，美国人民需要知道联邦调查局的调查结果。

接下来的周末和星期一，我都和整个团队一起起草结案声明。我们决定直播我们的结案声明，真人出镜，这样民众就能第一时间知道结果。而且，我们要努力保持自己一贯专业的、不偏不倚的形象。在我们的设计中，这场直播很短，不接受提问，但我们会尽力提供尽可能多的细节信息，尽可能使该案件公开、透明。我们相信，查案细节和调查发现对于该案件的调查结果和结案声明的可信度无比重要。声明中的每个字都通过了联邦调查局法律团队的审核，确保其符合司法部政策以及现行法律。

7月5日那天，我非常紧张，紧张的原因有很多。我觉得我的职业生涯已经岌岌可危了。我对自己说，要镇定，你已经55岁了，不缺钱，工作任期有10年，你不打算再转行了，也不打算再往上爬了，有什么可担心的。但我还是紧张，因为我其实非常欣赏司法部部长和副总检察长，但现在我就要绕过她们自己单干了，就要为这样一个高调的案子瞒着她们发布公开声明了，她们一定会非常生气吧。但如果我不绕过司法部，我们的任何一个举动，都会被视为是受党派斗争影响的结果。我在发布声明之前一直在纠结究竟要不要告诉她们我在做什么。最终，我觉得我有责任知会她们，我要对此案发布声明，但我并不打算告诉她们声明里写了什么。是不是很纠结？

于是，我给萨利·耶茨打了个电话，告诉她我就要针对希拉里的案子发布声明了，但不会跟司法部合作。听了我的话，她一个问题都没问。尽管之前我并没告诉过她我的意图，但她似乎很理解我，理解我这么做的原因，也欣赏我的做法。司法部部长林奇的回应有些不同，她只问了一句话："你打算说些什么的？"

"很抱歉，我不能回答这个问题。在这个问题上我不能与司法部合作，这很重要。我希望有一天你能理解我这么做的原因。"她听了我的回答，一言不发。

我挂断了电话，走出了办公室。路上，我停下来，给全体联邦调查局员工发了一封邮件。我希望他们能第一个得到消息。

我的同事们：

当你们看到这封邮件的时候，我正走在去媒体见面会的路上，将要发布有关国务卿希拉里·克林顿一案的调查声明。随信附上声明全文，供全体同事查阅。你们会发现，这份声明中披露的细节信息比我们在其他案子上披露的信息要多很多，其中就包括我们建议司法部不对调查对象提起诉讼。我这样做，是因为我觉得民众对联邦调查局的信任非常珍贵，因此我希望他们能明白我们在调查过程中都做了些什么，我希望民众理解，我们联邦调查局的这次调查是一次称职、诚实且独立的调查。联邦调查局以外的人可能会对这一调查结果有不同看法，但我想让大家知道，我们的调查不带有任何政治倾向，完全专业，因此我们得出的结论也独立真实、认真审慎。这个声明是由联邦调查局的相关调查人员经过仔细调查得出的，并没有其他人的干预，也没有通过任何机构的审查。政府内没有谁知道我将要发表什么声明，我觉得这事就该这么办。

虽然上一段出现了很多次"我"，但实际上这次调查和这个结论都是联邦调查局团队的智慧结晶。这些极具天赋的探员、分析师、技术专家、律师和其他人员为了这个案子夜以继日。我与他们一起工作，保证这个团队有足够的资源，保证没有人干扰他们的调查。实际上，确实没有人干扰他们的调查。我以他们为傲，以全体联邦调查局人为傲。我们所有人调查这个案件的方式，将会得到全体美国人民的爱戴和尊重；我们调查这个案件的方式，值得全体美国人民的爱戴和尊重。

第十章　飞来横祸

当天，我故意系了一条金色的领带，没有系蓝色的，也没有系红色的，以免有人说我有政治倾向。我想过要把发言的内容背会，但因为我们一直在做一些微小的调整，因此我放弃了这一想法。我的公关团队把发言文本投影在了墙上，这样我就可以在发言的时候知道我说到哪里了。

同时，我也遭到了很多非议，其中一些甚至来自我的家人，因为他们觉得我"拿腔作调"。他们之所以说我"拿腔作调"，是因为发言的时候我就像个主持人一样，前面铺垫太长，不能直接切入正题。我的本意并不是这样，但我明白他们的意思。在我看来，如果我一开始就把结论抛出来，说联邦调查局并不打算对希拉里·克林顿提起诉讼，那无论我接下来要说什么，都不会有人听了。但是，我接下来要说的东西至关重要，正是这些东西才能让美国民众依旧相信联邦调查局是一个称职、诚实且独立的司法机构。

正如我所料，华盛顿的两党成员都对此大为光火。共和党人发火是因为这个案子明明看起来"证据确凿"，联邦调查局最终却选择不起诉希拉里·克林顿。正如我之前说的，这个观点非常荒谬。凡是调查过机密信息泄露事件的、有正常思考能力的反情报工作者，绝不会觉得这个案子对职业检察官来说是个值得起诉的案子，根本不可能。而民主党人怒气冲天是因为我虽然没有对希拉里提起诉讼，但我描述了案件的调查细节，对希拉里的所作所为进行了指摘和批判，"损害"了她的名誉。

两党在一个问题上保持了空前的一致：他们都认为我违反了司法部的政策。其实，如果案情合适而公众又关注的话，就算调查对象没有被起诉，司法部也会披露一些案件信息的。2015年春，联邦调查局对密苏里州弗格森市的迈克尔·布朗一案结束调查后，司法部就曾披露过这个案件的相关信息，还发布过一个长达80页的备忘录，详细记录了所有调查细节。2015年10月，针对美国国税局主管洛伊丝·勒纳（Lois Lerner）的案子中，司法部也曾披露所有相关信息。在这起案件中，联邦调查局就美国国税局是否曾针对并骚扰"茶党"组织展开了刑事调查。司法部表示，勒纳的"判断力很弱"，但"不称职的管理并不是犯罪……勒纳的行为确实令人忧虑，也急需改正，但其所作所为并不足以让司法部对其提起刑事诉讼"。正因为有这些先例，同时这个案子还引起了公众的极大兴趣，为了保障公众对司法机构的信心，我们必须将我们的调查行为及调查结果公之于众。如果不公布调查细节，调查结果就会显得扑朔迷离、软弱无力，最终伤害的还是美国民众对司法机构的信任。而这次与之前不同的是，联邦调查局局长为了保护司法部和联邦调查局，挺身而出，脱离司法领导，独立发表声明。做出这个决定的时候我就知道，这将会把我本人和我的职业声涯直接送到所有政治势力的枪口下，接受他们的攻击。

然而，如果要我再选择一次，我不会这么做。这么讲有点事后诸葛亮的意思，但如果再来一次，我会在发布会一开始就挑明，我们不会对希拉里·克林顿提起诉讼。当时，我觉得人们可能在听完这个重磅消息之后，就不会关注余下的信息了。但现在回头看，后给出结论造成的恐慌可能更麻烦。更重要的是，我应该找一个更恰当的词来描述希拉里·克林顿的所作所为，一个比"极其粗心"更恰当的词。共和党人为了把希拉里·克林顿拉下台，用了100年前的法律定义，认为对机密信息的"严重疏忽"要被判重罪。对于很多人来说。我用的"极其粗心"听起来太像"严重疏忽"这个法律用语了，只有非常谨慎的律师才明白其中的区别。我曾花了好几个小时来应对国会针对这个词提出的问题，而这个词也使联邦调查局和司法部成了所有人攻击的靶子。除了上述两点之外，我对自己那天的行为丝毫不后悔，尽管大部分政治攻击的矛头都因此转向了我（可能我就是因此被炒鱿鱼的）。因为我始终相信，这是能够保护司法部和联邦调查局在美国民众心目中的公信力的最佳方法。

9月，国会听证会如期举行。尽管有很多批评的声音，但至少我可以说，联邦调查局至此结束了希拉里·克林顿的案子。我们向公众提供了所有细节信息，努力向美国人民证明联邦调查局是一个称职、诚实且独立的司法机构。现在，总统大选也如期举行。几个月之后，在 2017 年 1 月 27 日的晚宴上，特朗普总统告诉我，我在 7 月召开的那场记者会"拯救了希拉里·克林顿"。其实，我并没想拯救谁，就像后来我也不想"拯救唐纳德·特朗普"一样。从始至终，我的目的就是说出真相，让公众知道，什么才是对司法机构的至高忠诚。

联邦调查局副局长马克·朱利亚诺说的是对的，我们完蛋了，跟预期的一样痛苦。我们自食了我们国家政治体制的恶果，我自己也受到了意料之中的攻击。但我仍然觉得如释重负，因为联邦调查局和我都不用再考虑希拉里·克林顿和她的邮件了。这个案子，结案了。

但愿如此。

第十一章

坦言还是隐瞒？

检察官要能用善良中和怒火；要追求真相，而不只是找到受害者；要为法律服务，而不是为党派服务；要能以谦卑的态度对待每一个案子；只有这样的检察官，才能成为国家安全的保障。

——罗伯特·H. 杰克逊（美国最高法院大法官）

对于华盛顿各党派来说，希拉里·克林顿的"邮件门"可谓是闹得满城风雨。尽管如此，联邦调查局在处理这一案件的同时，还在处理其他很多重要的案子。2016年夏，我们正在紧急处理俄罗斯干预美国大选一案，想要知道俄罗斯人到底在搞些什么鬼。情报机构的证据非常确切地显示了俄罗斯政府试图通过三种方式干涉美国大选。

第一，俄罗斯政府想削弱民众对美国民主政体的信心。为此，俄罗斯政府拼命抹黑美国，这样美国大选就失去了鼓舞世界民众的功能。

第二，俄罗斯政府想抹黑希拉里·克林顿。普京很讨厌她。2011年12月，俄罗斯首都莫斯科爆发大规模街头抗议活动，抗议者反对普京继续执政。希拉里公开支持抗议者，普京因此对希拉里极为不满。希拉里当年在俄罗斯大选之前和大选过程中公开批评俄罗斯议会在选举中存在舞弊行为，并称其为"令人不安的举动"。普京认为，希拉里的这一行为是在给参与街头抗议的俄罗斯民众"一个信号"。希拉里曾说道："俄罗斯人和世界其他地区的人民一样，应该享有发表个人意见的权利，应该享有参与大选的权利"。普京将希拉里的这一言论视为对其个人的攻击，不可原谅。

第三，普京想让唐纳德·特朗普赢得大选。特朗普一直都对俄罗斯政府很友好，一直以来普京也对商界领袖非常欣赏，因为商人愿意做交易，不坚持原则。

在俄罗斯政府干预美国大选的整个事件中，最核心的就是那些他们从民主党相关机构和个人电子邮箱中窃取到的邮件，这些邮件对大选造成了非常严重的影响。还有证据显示，俄罗斯政府曾非常努力想要进入由美国政府维护的选民注册数据库。7月末，联邦调查局了解到，特朗普大选团队的外交政策顾问乔治·帕帕佐普洛斯（George Papadopoulos）几个月之前就在研究如何用俄罗斯政府获取的这些邮件打倒希拉里。于是，联邦调查局对此展开了调查，想要知道是否有美国人——包括特朗普大选团队在内，在与俄罗斯政府一起影响美国大选。

和调查希拉里邮件案时一样，刚开始调查的几个月里，联邦调查局拒绝一切媒体采访。此时还为时尚早，我们手里并没有什么过硬的证据，因此不方便把媒体牵扯进来，也不想让任何人知道联邦调查局在对此事展开调查。联邦调查局和司法部并没有公开确认对此事开展官方调查。但2017年3月，一切都改变了。

当时，我们面临着一个困境，那就是是否要在大选进行得如火如荼的时候，告诉民众我们在对俄罗斯政府干涉美国大选一事展开全面调查。整个8月和9月，奥巴马总统及其国家安全团队都在为这个问题争论不休。在一次与奥巴马总统一起召开的会议上，我们讨论了是否应该给美国民众先"打预防针"。也就是说，让民众先知道究竟哪些敌对势力试图操纵美国大选，这些势力又是如何操纵大选的，以此减轻敌对势力对美国大选的影响。在会上，我表示，在7月5日发表了那个声明之后，我已经厌倦了这种成为众矢之的的日子，但这次如果没有别人愿意出面发声，我依然愿意做那个"出头鸟"。同时，我也对总统表达了我对这个"打预防针"手段的看法。我提醒总统先生，如果我们真的给美国民众"打预防针"了，其后果可能正好达成了俄罗斯政府的目的——削弱美国民众对大选体制的信心。如果我们真的告诉美国民众确实有俄罗斯势力干扰美国大选，那最后民众会不会怀疑大选结果？会不会给失败的一方以失败的借口？这是个两难的选择。奥巴马总统完全清楚这些，我们决定不能让俄罗斯政府的阴谋得逞，不能让美国民众对我们的大选体制失去信心。于是，工作人员继

第十一章　坦言还是隐瞒？

续讨论"打预防针"计划的可行性，讨论其可能造成的后果。

　　奥巴马团队对这个计划思考了很久，几天之后仍然没有定论。于是，我以个人名义起草了一篇评论文章，并交给奥巴马团队审议，看是否可以起到"警示"美国民众的效果。在这篇文章中，我列出了俄罗斯政府窃取邮件并披露这些被窃邮件的意图，强调有黑客想要黑入选民投票数据库，还将这一做法与之前俄罗斯大选中那些干预选举的做法联系起来。但针对这篇文章，奥巴马团队始终没有给出审议结果。奥巴马团队的审议一向严谨、充分但非常耗时。我怀疑，他们花这么长时间审议的主要原因，可能是从当时民意测验的结果来看，特朗普不可能赢得大选。我还记得，在9月召开的一个讨论俄罗斯势力影响大选的会议中，奥巴马总统表现出了自己对本次大选结果的信心。他说："普京选错人了。"他似乎已经有了论断，既然俄罗斯势力并不能影响大选结果，那为什么要冒着让美国民众对大选体制失去信心的风险呢？又为什么要给唐纳德·特朗普以借口，让他有机会指责奥巴马总统恐吓美国民众呢？反正特朗普会输掉大选的。

　　到10月初，奥巴马团队最终还是决定要发布一个政府官方声明。国家情报总监吉姆·克拉珀（Jim Clapper）和国土安全部部长杰·约翰逊（Jeh Johnson）打算在这份声明上签字。联邦调查局领导层和我都觉得，我们没有足够的理由在这封声明上签字，于是我没签。那时，媒体上铺天盖地都在报道有俄罗斯势力影响大选，媒体声称他们的信息来自很多不具名的政府官员。声誉颇高的立法委员也发表声明，告诉媒体他们已经就俄罗斯势力影响大选一事开过简报会。民主党总统候选人希拉里本人也说过，俄罗斯势力已经选择支持她的对手。网站和社会媒体都声称那些被窃取的邮件与俄罗斯有很大关系，甚至包括维基解密网站及其创始人朱利安·阿桑奇（Julian Assange）的推特都与俄罗斯势力有关。因为有了这些报道，奥巴马政府的10月声明充其量不过是对公众现有的信息进行了有限补充。如果是这样的话，联邦调查局签署这份声明什么也改变不了，不签署声明恰恰符合我们的自身设定——与大选保持距离。

无论政治家和学者怎么说，实际上，对联邦调查局和司法部应该怎么在大选年处理相关调查这个问题，并没有书面规定。虽然如此，但我始终遵守一个重要准则：我们应该尽力避免任何会影响大选结果的行为。2016年10月，联邦调查局还没有什么理由能对俄罗斯势力影响大选一事发表公开声明，而美国民众也知道发生了什么，因此联邦调查局规避这些行为是十分合理的。

但在那之后，让我意想不到的是，希拉里邮件案的相关调查材料又回到了我的办公桌上，新的调查线索来势汹汹。这时，"规避"就不再可能了。然而，我已经在4个月前，面对镜头斩钉截铁地声明，联邦调查局已经对该案件进行了全面调查，并且调查已经完全结束了。

10月初的一天，联邦调查局总部有人〔我记得是副局长安德鲁·麦凯布（Andrew McCabe）〕向我提到，国会前议员安东尼·韦纳（Anthony Weiner）有个笔记本电脑，里面可能含有希拉里·克林顿邮件案的相关信息。我记不清他原话是怎么说的了，可能因为他也是个传话的。而安东尼·韦纳的电脑里的信息可能与希拉里·克林顿邮件案有关这个消息当时在我看来难以理解。

安东尼·韦纳，纽约州国会前议员，是民主党人士，为人不怎么样，因将自己的裸照发给一些女性的丑闻被揭露而辞职。他还是希拉里·克林顿最亲密的助理胡玛·阿贝丁（Huma Abedin）的前夫。当时，韦纳被指控与未成年女孩有一些不当接触，联邦调查局纽约刑事调查科正在处理这起刑事案件，因此得到了韦纳的笔记本电脑。调查人员申请了一个搜查令，可以查看笔记本电脑中的一些文件，但仅限于与这起性丑闻案相关的内容。但在调查过程中，调查人员还在他的电脑上发现了一些文件，这些文件的命名让纽约调查组怀疑与希拉里邮件案相关，但是他们的搜查令并没授权他们打开这些邮件。

第十一章　坦言还是隐瞒？

10 月 27 日，星期四，距离大选只有 12 天了。早上 5 点半，麦凯布给我发了封邮件，说"中期团队"想要见我。当时，我并不知道他们为什么要见我，但我立即让工作人员安排了一次会面。当天上午，我们就见面了。我走进会议室，微笑着向在座的主管、律师和所有"中期团队"成员致意。他们都坐在当初常坐的椅子上。

"我们又回来啦！"我一边说，一边坐到了我的座位上。"怎么了各位？有什么事儿吗？"

在这之后很久，我都没再那样笑过了。

"中期团队"的成员向我解释，在韦纳的笔记本电脑中，他们发现了几万封与希拉里·克林顿的私人邮箱的往来邮件。这是很大一部分邮件啊！2014 年，希拉里将其私人服务器上的邮件提交国务院的时候，她提交了大概 3 万封，删除了其他 3 万封，并声称那些是私人邮件。这些新发现的邮件数量比她提交的和删除的邮件总数还要多。在调查过程中，还有一些信息引起了调查人员的注意。"中期团队"一直没找到希拉里·克林顿刚出任国务卿那几个月时的邮件，那时候她用的是美国电话电报公司的黑莓邮箱域名。调查人员特别想找到这些邮件，因为如果存在所谓的"问题邮件"（要么是有人跟她说不要用私人邮件系统，要么是她知道她这么处理机密信息是不对的），那么这些信息最有可能出现在她出任国务卿之初，刚刚设立私人服务器的那段时间当中。然而，我们自始至终都没有找到这些黑莓邮箱的邮件。

不知为何，韦纳的电脑中有几十万封来自希拉里·克林顿的使用黑莓邮箱域名的邮件。调查人员告诉我，这些邮件中可能就有那些早期邮件，而韦纳早已麻烦缠身，是绝对不会同意我们搜查这些邮件的。

"我们需要您的许可去申请一个搜查令。"

我当然同意，我马上回答了他们："去申请吧！"

"你们最快需要多久能审核完这些邮件，并且评估它们是不是有用？"

　　会议室里的所有人都说，审核这些邮件可能要好几周才行。邮件的数量太多，不可能更快了。他们每个人都要看上几万封，而且还得是熟悉案情的人才行，并不是随便哪一位联邦调查局探员都可以做的，不熟悉案情的人连要找什么都不知道。调查人员告诉我，11 月 8 日大选之前，他们不可能完成对这些邮件的调查工作，因为只剩下不到两周时间了。

　　"好吧，但请尽快完成。要保质保量地完成，不要为了加快速度而牺牲质量。"

　　会后，调查人员联系了司法部的律师，律师同意立刻申请相关搜查令，批准调查人员搜查韦纳笔记本电脑上有关希拉里·克林顿的邮件。于是，我们又面临着一个问题。

　　7 月的时候，我已经一次又一次地告诉美国民众和所有的国会成员，联邦调查局的调查是真实的、称职的、独立的，这个调查已经完全结束了，没有任何继续的必要，所有人都可以相信这个结论。然而在 10 月 27 日，联邦调查局和司法部又决定申请搜查令，对数万封希拉里·克林顿的邮件展开调查，其中可能就包括会推翻之前调查结果的证据。同时，调查人员还告诉我，这个调查不可能在大选之前完成。那我们的责任何在呢？

　　就像我之前说过的那样，自成立以来，联邦调查局的准则就是不影响大选。这个准则，或者说传统，是我的立身之命。这也是为什么联邦调查局没有签署奥巴马政府关于俄罗斯势力影响大选的 10 月声明。如果我们现在进行的是一项全新的调查，我们可以不采取任何相应措施，什么也不做。但在希拉里邮件案上，我只看到了两种选择，任何一种都要求我们采取相应措施。

　　其中一个选择是"坦言"。这样，我就得通知国会，联邦调查局之前的调查声明并不是真的。这简直是太糟糕了，会把联邦调查局和我本人都置于可能影响大选结果的位置上。这不是个好选择，简直是个糟糕透顶的选择。如果能避免，我绝不会选这个。

第十一章　坦言还是隐瞒？

另一个选择是什么呢？另一个选择是"隐瞒"。联邦调查局的成败，完全依赖于民众的信赖。作为联邦调查局的代表，我曾向国会和美国民众发誓，称这个案子的调查已经结束了。现在我知道这个案子并没有结束。如果我们一边申请搜查令，审核数万封希拉里·克林顿的邮件，一边却对此保持沉默，这就是对真相的隐瞒。这就意味着联邦调查局局长已经误导、并且要继续误导整个国会和全体美国人民。

无论是"坦言"还是"隐瞒"，都不是什么好选择。"中期团队"经验丰富的调查员对此争论不休。我们一起展开讨论，没得出结论，大家各自回去思考，然后再聚在一起讨论。我们坐在会议室里，从各个角度讨论所有我们能想到的问题和解决办法。我的办公室主任吉姆·雷比茨基（Jim Rybicki）坐在长方形会议桌的另一头——我的对面。这是他常坐的位置，这样他就能静静地观察所有与会人员和他们的肢体语言，他的工作就是确保我能听到所有人的发言，确保没有人被遗漏。他的情商很高，如果他看到了什么令他担忧的事情——比如说有人迟疑了，或是谁的发言没有被聆听，他就会私下跟那个人沟通，然后告诉我，这样我就能在接下来的会议中把被忽略的与会人员重新带入讨论范围内。联邦调查局总法律顾问吉姆·贝克也扮演着类似的角色。贝克是我的老友，也是诤友。无论何时，只要有没被充分讨论的争论或疑虑，贝克都会将其重新带回讨论中。贝克还经常私下来找我讨论问题，故意提出跟我相反的观点，但我知道，他这样是为了能让我从不同视角、不同方面考虑问题。

我们讨论，然后再推翻自己的讨论，循环往复。但讨论了几十个角度之后，我们又回到了原点——司法机构的公信力岌岌可危。假设一下，如果两周之后，希拉里·克林顿真的被选为美国总统了（其实当时几乎每个人都觉得希拉里·克林顿能当选），当选之后要是有人揭露她仍是联邦调查局的调查对象，那么整个联邦调查局、司法部和希拉里的总统之路将会面临什么样的影响？如果总统大选之后，我们真的找到了能起诉希拉里·克林顿的证据，我们又该怎么办？无论我们找到了什么，这种对真相的隐瞒都会对联邦调查局和司法部的公信力造成毁灭性的打击。这么想来，"糟糕透顶"和"严重打击"之间，还是很好选的，我们得告诉国会，今时不同往日了。

就在我们要做出这个决定的时候，团队中的一名律师问了一个要命的问题。她是个十分聪明但很安静的人，有时候在会上我还得点名让她发言。她问我们："你们想没想过，你们现在做的这些可能最终会帮助唐纳德·特朗普赢得美国大选？"

我沉默了。我当然想过，每个人应该都想过这个问题，只是大家没说出来。

我感谢了她的提问，随后回答道："这是个好问题，但不是我们应该思考的问题。因为我们面临的主要问题，是要保障联邦调查局的司法独立性。如果我们开始以政治角度思考问题，思考我们的做法会影响哪一派的政治利益，那我们从一开始就输了。"

换句话说，如果我们联邦调查局也像华盛顿的那些党派人士一样思考问题，想着什么决定对我的党派有利，这个决定会助益哪些人的政治前途，会毁掉哪些人的政治前途，那么联邦调查局就再也得不到公众的信任，也不配得到公众的信任了。这样，我们的"信用水池"就会干涸。

我命令团队成员告知司法部高级官员，联邦调查局必须知会国会，对希拉里·克林顿的调查已经重启，这是我们作为联邦调查局成员的责任。我会尽可能不披露细节，但联邦调查局得对此发声。我说，我愿意跟司法部部长和副总检察长就这个问题展开讨论。我并不完全清楚，为什么我现在愿意跟她们合作，而7月的时候不愿意。我觉得，有一部分原因可能出自人类趋利避害的本能，毕竟我曾经因为绕过司法部单独行动而受到了铺天盖地的批评；另一部分原因可能是我觉得这次她们会跟我意见相同，会在这个严峻的形势下支持我。毕竟，司法部部长在7月的时候曾公开表态，说联邦调查局对希拉里邮件案的调查非常彻底，而且案子也结得很漂亮。现在，她自己的检察官就在针对此案重新申请搜查令。她当然也能看出来，如果我们隐瞒真相，那将是司法部的一场灾难。然而，林奇和耶茨都通过工作人员对我表态，她们不同意我的做法，不愿意跟我站在一起，重启调查只是我一厢情愿的做法。但她们并没有命令我不要重启调查，我应该遵守她们的命令。

果然，司法部部长和副总检察长都不想选择，既不想"坦言"，也不想"隐瞒"。

得到了她们的回复之后，我有一瞬间想着要不要告诉她们我决定不通知国会。我就是想看看，如果我把责任完全推给她们，她们会是什么反应。但很快我就打消了这个念头，因为这样做不仅非常愚蠢，而且还十分胆怯。我又一次走上了风口浪尖，接受所有的批评和指责。我告诉"中期团队"，让他们把我准备递交国会的草案送到司法部审核，问司法部是否要做出什么改动。司法部尽管依旧不建议我这么做，但还是在措辞上给了我一些中肯的建议。

10月28日，星期五。早上起来，我突然想起这天是当年"拉姆齐强奸案"的39周年纪念日。这天，我将草案递交给国会议长和各个委员会的高级成员。而就在几个月前，我刚给他们递交过一份报告，称希拉里邮件案的所有调查都已经"完全结束"了。跟7月那次一样，我还是给所有的联邦调查局员工都发了一封邮件，告诉大家现在的情况。

我的同事们：

今天早上，我已将有关国务卿希拉里·克林顿邮件一案重启调查的相关草案递交国会。昨天，调查团队告诉我，他们在一个不相关的案子里发现了希拉里·克林顿邮件案的相关信息，于是他们想要查看这些邮件。因为这些邮件确实与我们的调查相关，我已经同意他们采取恰当的措施，获得并审查这些邮件。

当然，按照惯例，我们没有必要将此次调查告知国会。但鉴于几个月之前，我已经再三证实，我们对希拉里·克林顿邮件案的调查已经完全结束，因此我认为我有义务告知国会我们将重启调查。同时，我也认为，如果我们隐瞒不说的话，将会误导美国民众。然而，由于我们并不知道这些新发现的邮件中含有什么信息，因此我不想误导大家得出什么结论。我们已尽力平衡各种措辞，尽力将草案写得言简意赅，但鉴于大选将至，一定会有很多人误解我们的做法。尽管如此，我还是希望你们能直接从我这里听到这个消息。

大概10分钟之后，我递交国会的草案就被媒体披露了，比我预想的速度慢了9分钟，我本以为在华盛顿，这封草案会立刻被曝光。但跟我想的一样的是，这封草案引起了极大轰动。

对7月联邦调查局发表的那篇声明持支持态度的人和持反对态度的人显然调换了位置。因为害怕我的这封草案最后会让特朗普登上总统宝座，那些原本很理智的人也有些抓狂了。同时，认为联邦调查局严重违反司法部的规章政策的人也愈加歇斯底里。当然，对于这种事情并没有什么明文规定，也从没在大选年发生过这种事情。我觉得，理智的人可能会决定不对联邦调查局重启调查一事发表看法，但批评我们违反规定的声音让我不能接受。"告诉我，如果你是我，你会怎么做？为什么要这么做？"我问他们。但没人回答，报纸专栏作者、电视评论员都不理会我的问题。当然，我知道他们的答案，大多数人肯定会选择有利于自己立场的做法。然而，联邦调查局没有立场，联邦调查局是中立的，联邦调查局代表了蒙着双眼的正义女神，要在政治世界之外做正确的选择。

10月30日，星期日。晚上，我收到了来自司法部部长的一封邮件，问我是否可以在星期一早会后，单独留下见她。

第十一章　坦言还是隐瞒？

"当然可以。"我回复道。

每星期一早上，联邦调查局总部都会召开情报简报会。就在会议快结束的时候，司法部部长当着所有与会人员的面，问我是否可以留下来单独跟她谈话。我感到有点奇怪，昨晚我已经回复邮件，同意单独见面了，她为什么还要问一遍呢？但当我看到同事们的表情时，我明白了她的意图。会后，我们在为司法部部长预备的私人办公室里谈话，办公室就在简报会会议室旁边。她的下属和我的下属等在外面，办公室里只有我们两个人。

在过去几天里，媒体的抗议铺天盖地，尤其是支持希拉里·克林顿的媒体，更是如此。我不知道洛蕾塔·林奇要跟我说什么。她会吼我吗？会威胁我吗？会警告我吗？会给我带来总统的口信吗？奥巴马政府里的每个官员对我都非常愤怒，唯恐我会阻断希拉里的总统之路。我完全有理由认为林奇也跟他们一样。

我先走进办公室，转过身等司法部部长关上门。她关上了门，转过来，低下头，张开手臂，向我走来。虽然拥抱确实是表示尊重的一种方式，但这个拥抱实在是有点尴尬，这很可能是因为我比林奇高出了整整46厘米，我们拥抱的时候，她的脸只能到我的胸口。我也伸出手，尴尬地拍了拍她的后背。

"我只是觉得，你可能需要一个拥抱。"她说。确实如此。尽管我并不太习惯拥抱，但这几天我觉得自己确实快被打倒了，在外人看来可能也是如此。

然后，她坐在沙发上，挥手让我坐在边上的一个扶手椅上，问道："你怎么样？"从她的语气中，我感受到了真诚的关切。

我对她讲，这几天简直就像噩梦一样。我向她解释了我的想法，我面临的"糟糕透顶"和"严重打击"这个两难选择，解释了我觉得"糟糕透顶"总比"严重打击"要好。她的回答完全出乎我的意料。

"如果这些邮件是在11月4日泄露出来的，你会不会好选择一点儿？"

205

她问我。11 月 4 日就是大选之前的那个周五。

"当然会，洛蕾塔。"

我并不是以邮件泄露为前提做出我的决定的，但林奇说得没错。只要司法部批准了这封搜查令，世人早晚都会知道我们重启了希拉里邮件案的调查，那时联邦调查局就会被批评不诚实。她说这话的意思，是不是同意我的做法？是不是说我这么做是对的？她是不是在以某种方式感谢我做了这个"出头鸟"，扛下了所有的指责？但她并不会回答这些问题。

几分钟后，我们的交谈就结束了。林奇起身走向门口，忽然停下，转身对我说："装得沮丧点儿。"她嘴角闪过一丝笑意。她一定是跟什么人说过，要好好教训教训我。世界真残酷。

至于我，整个噩梦真是太难熬了。铺天盖地的指责和评论让我渐渐有些麻木，甚至之前挺喜欢我的人都不明白我为什么要这么做，那些之前就反对我的人就骂得更难听了。我理解他们。我妻子也希望希拉里·克林顿当选首位女性总统，但她更加担心我又成为众矢之的。她对我说，她完全理解我的做法，但她不愿意接受我又要冲出去被批评、被指责。她说："好像总是你出面挨枪子儿。我明白你这么做的原因，但我总是希望挨枪子儿的不是你，是别人。"

民众情绪沸腾，好像联邦调查局的天平已经倾向唐纳德·特朗普了。然而，没有什么听证会、记者会或任何机会能让我们向公众解释联邦调查局为什么这么做，我们也没有机会在递交国会的草案中添上几笔理由。因为我们并不知道手中的信息究竟会带来什么，也不知道我们究竟会找到什么。这时候，任何公开发布的信息都是不完整的，会误导民众，只能让情势雪上加霜。因此，我在递交国会的草案中，措辞十分严谨。

> 联邦调查局于某不相关案件中了解到，某些邮件疑似与希拉里·克林顿邮件案相关。调查团队已于昨日向我进行了简要汇报。经

第十一章 坦言还是隐瞒?

我同意,调查团队将采取恰当的必要措施审查相关邮件,确定其中是否含有机密信息,评估该批邮件对调查的重要性。现就此告知国会。

尽管截至目前,联邦调查局尚不能断定该批材料的重要性,也无法预知审查邮件的所需时间,但鉴于我之前对此案的相关证词,我依然认为有必要就此告知国会。

在接下来的一周里,联邦调查局对韦纳的笔记本电脑中的邮件开始了紧锣密鼓的审查。我忘记是星期一还是星期二的一天,我去白宫战情室参加了一个会议。无论是走过白宫长长的走廊,还是坐在会议室里,我都感觉自己像《第六感》里的布鲁斯·威利斯(Bruce Willis)一样,明明已经是个死人,却不自知。因为基本所有人都把我当空气。坐在战情室里,我甚至可以听到自己的呼吸。只有国家情报总监吉姆·克拉珀和中央情报局局长约翰·布伦南(John Brennan)在我站在走廊里等着开会的时候,过来跟我打了个招呼。他们两都拍了拍我的肩膀,鼓励我要挺住。除了他们,甚至没人看我一眼。

吉姆·克拉珀是我在政府机构中最为欣赏的领导。他有点秃顶,脾气有点暴躁,脸上总是一副让人摸不透的表情,声音低沉,但内在是个铁骨柔情的硬汉,善良又强硬,自信但谦逊。作为联邦调查局局长,我也是美国情报机构的一分子,我同时向司法部部长和国家情报总监汇报。我非常珍惜每个季度跟他汇报时的晚间会议时间,他将其称为"晚祷"。我们坐在他办公室的一个安全屋里,讨论工作,交流生活。我们的副手也都在,我拿着一杯红酒,他拿着一杯加了两个橄榄的伏特加马天尼,我听着这个领导年限跟我的岁数一样大的人讲故事。作为朋友,我送给他一条大红色点缀着马天尼酒杯的领带,是我的妹夫之前送给我的。因为我们两个都为人诚实,于是我告诉他这条领带不是我买的,是我妹夫之前送给我的,我只不过是借花献佛。克拉珀总是在"晚祷"的时候,换上这条领带。

到了临近大选这几周，我每天都听取"中期团队"的汇报。他们没日没夜地工作，阅读新发现的邮件。在工作中，我们取得了一个重大突破，之前我从没想过会有这个突破。经过不懈努力，联邦调查局技术操作部的工作人员像变魔法一样找到了一个可以电子分拣邮件的方法，这样探员和分析师就不需要每个人都要阅读几万封邮件了。我们不能用商业软件，但技术部门为我们定制的这款软件可以把阅读量降到每个人几千封。这样，他们夜以继日地工作，终于，团队人员告诉我，他们有望在大选之前审查完所有的邮件。

11月5日，大选之前的那个星期六，团队成员告诉我，第二天早上他们就可以审查完所有的邮件，就可以向我汇报他们的成果。星期日早上，我们见面了，这时距离大选只有两天了。在希拉里·克林顿的这个黑莓域名的邮箱上，的确有几万封邮件，但没有一封是希拉里上任国务卿早期的邮件。这些只不过是希拉里·克林顿收发的工作邮件，有的确实含有机密信息，但没有什么新的证据。在这些邮件中，他们没有发现任何能够改变之前结论的证据。我不断对他们施压，想确保这不是他们筋疲力尽之后说出来的昏话，他们向我保证，虽然他们确实很累，但结论完全靠谱。

然后，我们开始讨论下一步行动。团队的整体观点是，既然我已经在10月28日将重启调查的消息告知了国会，那么现在我有义务将调查结果告知国会。只有一个人不同意，就是联邦调查局国家安全处处长。他认为这时候我们再发声，太晚了。他没给出什么确切的理由，只是觉得这时候离大选太近了。我觉得他是因为想到那份草案带来的后果而有了这样的想法。我们反复讨论，最后还是决定告知国会。现在的情况太特殊了，在这种情况下，我们必须要尽量确保联邦调查局活动的公开、透明。10月28日，我们在"坦言"与"隐瞒"之中选择了"坦言"，那么现在，11月6日，我们也得这样做。跟之前一样，我们把这封草案递交了司法部，供司法部高级员工审查和修改，他们也的确给出了一些建议。

11月6日，星期日。联邦调查局向国会递交了一份简短的草案，告知国会希拉里·克林顿邮件案的调查结束了，结论没有任何改变。我们并没有对此发表新的公开声明，因为离大选只有两天了，如果这时候我站在镜头前，告诉公众我们在安东尼·韦纳的笔记本电脑里发现了什么，无疑会对公众造成混淆。具体原因我现在还不能解释，但联邦调查局在韦纳的电脑里发现了大批与希拉里·克林顿往来的工作邮件（但她之前声称，已经向国务院提交了所有的工作邮件），其中很多封也都涉及之前我们看到过的机密话题。调查人员也调查了胡玛·阿贝丁和安东尼·韦纳是怎么处理这些机密邮件的。尽管我们做了很多调查工作，但还是觉得这份草案应该简短，就跟第一份一样。这时候，我已经没时间给全体联邦调查局成员发邮件解释现状了，反正他们星期一上班之前就会知道发生了什么。联邦调查局选择了不向国会和美国人民隐瞒重要信息，我们如此努力地工作，就是为了在大选日之前结束这个案子。我感谢了所有"中期团队"的成员，我告诉他们，他们是我见过最棒的团队，没有他们的帮助，我们就不能如此完满地处理这个棘手的问题。

当天晚上，帕特里斯和我，还有我们的一个女儿出门去当地一家叫Tex-Mex的美式墨西哥餐厅吃饭。这时候，第二份递交国会的草案，那份宣称希拉里·克林顿邮件案调查结束的草案已经被传得满天飞了。吃饭的时候，饭店的老板走过我们的餐桌时，低声说："加油吧，希拉里！"我已经没力气理他了，我也不会投票。我再也不想跟这件事有什么关系，之前的事情已经把我搞得筋疲力尽。我只想喝杯酒，所以我点了一杯香醇的玛格丽塔，加了冰和盐。但就这事儿，《华盛顿邮报》甚至编排我说，有人看见我点了一杯"巨大的"玛格丽塔，借酒浇愁。

后来，我花了很长时间回望2016年发生过的这些事。即使是站在历史的角度，我也找不到什么完美的解法。站在当前回望历史，只能让我看到一些特殊的观点，但这些观点也是无比珍贵的。

　　跟其他人一样，我也很惊讶唐纳德·特朗普为什么能当选总统。从民意测验结果来看，明明是希拉里·克林顿会赢得大选的。很多次，我扪心自问，我的选择是否受了民意测验结果的影响。我不知道。虽然是无意的，但如果我说自己的选择丝毫没有受到民意测验结果的影响，那我绝对是在骗人。我做出这样的决定的前提就是希拉里·克林顿会赢得大选，因此我非常担心，如果隐瞒了调查事实会使其总统任命变得不合法；然而，如果整件事就发生在大选前几天，或当时民意测验的结果是唐纳德·特朗普领先，那我的选择会不会不一样呢？我不知道。

　　我看过那些希拉里·克林顿将其落败归咎于我的报道，在她看来，她的落选至少在一定程度上是因为我。我也知道，她在回忆录中曾写道，她觉得自己被我"涮"了。终其一生，希拉里·克林顿都在为成为美国历史上第一位女总统而奋斗，我完全能理解，输掉这次大选，而且是以这样的方式输掉大选，深深地伤害了她。我知道，她私下其实很生我的气，我对此表示非常抱歉。我很抱歉，我没能好好跟她和她的支持者解释我这样做的原因。我也知道，很多民主党人都对我的所作所为感到很不理解，甚至很愤怒。

　　大选之后，我和一些两党的参议员一起参加了一个机密信息简报会，会议内容并不是关于希拉里·克林顿邮件案的。快结束的时候，其中一名民主党参议员阿尔·弗兰肯（Al Franken）问了我一个在场很多人可能都想问的问题。他说，他想问一个大家心照不宣的问题："你对希拉里·克林顿都做了什么？"参议院领袖米奇·麦康奈尔（Mitch McConnell）当时也在场，于是我问他，能不能给我个机会回答这个问题。他一脸戏谑地看着我，往椅背上一靠，说道："当然，尽管回答。"

　　于是，我对在场的参议员解释道，我希望他们可以跟我一起回到过去，从我的角度，从联邦调查局的角度，了解一下发生了什么。"我们从10月28日开始说吧。"就算我不能说服他们同意我的决定是对的，我依然希望至少能向他们解释一下我的想法，让他们知道我面临的两难抉择，以及我为什么选择了"坦言"而不是"隐瞒"。我的做法的确不完美，但就我当时掌握的事实信息来看，我做到了所有我能做的。这就是那天我想要表达的中心思想。说完这番话，我知道我至少说服了在场的一名听众——查克·舒默（Chuck Schumer），只见他向我走来，眼含热泪，抓起我的手，另一只手拍着我的胸膛，说："我理解，我理解你。你当时的处境太艰难了。"

我非常希望，联邦调查局的所作所为，我的所作所为，不是大选结果的决定性因素。我的妻子和两个女儿都给希拉里·克林顿投了票，也在唐纳德·特朗普宣誓就职的第二天参加了华盛顿2017年女性大游行。就像我在证词里说的，一想到可能是我的决定影响了大选结果，我就隐隐觉得难受。这不仅仅因为唐纳德·特朗普身上有很多问题，他不是一个好领导（他的毛病太多了，甚至连我证词里"隐隐觉得难受"这句话都没能理解）。我会感到难受是因为，我的一生都致力于为我深爱的机构服务，而我之所以热爱这个机构，是因为它并不为任何政治势力所用，独立于大选的狂热之外。因此，只要一想到可能是我的决定影响了大选结果，我就无法接受。然而，2016年的大选与之前任何一次都不同。我的一个孩子给我看了一条推特消息，似乎能够描述当时人们的心情。推文里说："科米简直是个政治仆从，肯定是金钱驱使他这样做的，我都不知道他到底支持民主党还是共和党。"

我并不喜欢被人批评，但我也得关注这些批评的声音。人非圣贤，孰能无过。然而，批评听得太多，人就会麻木，甚至会被打倒。为了避免这种情况，我用了个简单的办法：如果批评我的人是我觉得理智且有想法的，那我就认真听取意见。如果批评者的观点逻辑清晰、细节翔实，说到了我以前没注意到的点，我还会特别关注他，哪怕他是某党派的强硬分子。至于剩下的那些疯狂的攻击，我就置之不理。

让我感触最深的批评是说，我已经深深迷恋上了我所谓的正直，我所谓的美德。长期以来，我都担心我或许有点自负。我对自己一直努力做正确的事这一点很是骄傲，也对我努力成为可信且透明的人而自豪。我真的认为，与公众眼中随处可见的那些满口谎言的党派人士相比，我的处世方式要高明许多。但这些骄傲和自豪也会蒙蔽我的双眼，让我听不进其他的建议，搞不清究竟什么才是正确的。

我曾不止一次地在脑海中回放希拉里·克林顿邮件案的整个过程。除了 7 月 5 日的现场声明中，我的某些表述方式可能不太恰当之外，我至今依然认为，如果再有一次机会，按照我当时的角色和所掌握的事实信息，我还是会做同样的选择。但我觉得，理性的人可能会用不同的方式处理这个问题。

举个例子，如果我是一个为民主党政府工作的民主党人，我就不能确定，我是否还会绕过司法部，在 7 月 5 日发表那份公开声明。如果我曾是民主党人，那我可能就会被形容为一个矛盾的党派分子，即使我绕过司法部独立发表声明，也不可能取得公众的信任。当然，换作任何一个有民主党背景的联邦调查局局长，就算他在 7 月的时候没有单独发表声明，也一定会以某种形式知会国会，说明联邦调查局对希拉里·克林顿邮件案的调查已经完全结束了。那么，到 10 月时他依然会面临我当初面临的两难困境。

如果我不曾在布什政府的司法部工作那么久，我可能也不会觉得，我有义务保护联邦调查局的独立性，保护司法部的独立性。如果 2005 年，我不曾在副总检察长的位置上领会到服从所带来的苦楚（就像虐囚案曾带给我的那样），那么我也不知道，我是否会有足够的勇气绕开司法部部长，独立发表声明。我曾经的公众演讲经历让我不排斥面对镜头。如果是另一个有着不同的人生经历的联邦调查局局长，可能就会服从司法部的领导，让司法部去解决这个问题。

而且，如果是其他人做联邦调查局局长，可能在 6 月末比尔·克林顿与司法部部长在飞机上会面之后，就会建议司法部任命特别检察官来处理希拉里·克林顿的案子了。但是，我依然觉得这样做对希拉里·克林顿是不公平的，而我确实能想象到，别的联邦调查局局长可能确实会这样做，而不是像我一样，想要保护司法机构的清誉。

如果是别人，可能也会批准调查人员去申请搜查令，搜查安东尼·韦纳的电脑上关于希拉里·克林顿的邮件，但可能不会这么着急通知国会，会等等看，看调查人员究竟调查出了什么，再做决定。但其实，我当时的处境很微妙。因为"中期团队"明确告诉我，他们不可能在大选之前完成对这些邮件的审查。别人也有可能会选择赌一把，在大选前这周进行私下调查。当然，这个观点就和林奇的观点不谋而合。但如果我什么都没说，那一周内会不会有消息泄露出来呢？很可能会有消息泄露。尽管"中期团队"的成员调查了一年，什么信息都没从他口中泄露出去，但联邦调查局纽约刑事调查科的人知道一些消息，知道我们要对希拉里·克林顿展开调查了，而申请搜查令就是很明显的证据。这时候，涉及的人比之前调查的时候多太多了，还包括纽约的很多工作人员。几个月之前，有关希拉里邮件案的消息就曾在纽约被泄露。在这种情况下，如果我们真的隐瞒了对希拉里·克林顿的调查，那么一旦消息在大选之前被泄露出去，后果将不堪设想。但是，换作是别的理性的人，可能确实会这么做吧。

我也曾很多次扪心自问，如果我在 10 月初听说韦纳的电脑中有关于希拉里邮件案的信息时就对调查团队施压，让他们加速调查，情况会不会不同。但就我而言，直到 10 月 27 日，我才真正了解这些邮件究竟意味着什么。那时候，我在关注其他的案件和问题，我觉得如果情况很严重，调查团队一定会告诉我的。不过，就算我老早就知道了这个消息，我也一定会做出和 10 月 27 日一样的选择——立刻拿到这些邮件。至于我应不应该或能不能够在 10 月 27 日之前获得此案的详细信息，那就不得而知了。

对于联邦调查局来讲，2016 年美国大选是独一无二的，就算当时我就了解了全部的事实真相，我的选择可能还是一样的。但我知道，有原则的好人如果处在跟我一样的位置上，可能会在某些事情上做出不同的选择。在我看来，那些选择可能会对我们国家的司法机构造成更大的损害，但我对此也不确定。我也希望，将来的联邦调查局局长不要有机会去验证这个观点。

11 月下旬，大选之后，我去椭圆形办公室开一个国家安全会议，奥巴马总统和其他重要领导人也在场。开会的时候，我还是觉得自己像个隐形人，尤其是当周围的人都原以为自己能在另一位民主党总统的白宫中继续任职时，我的这种感觉更甚。然而，奥巴马总统并不把我当作隐形人。他以一贯热情且专业的方式对我的到来表示欢迎。

奥巴马总统是一个非常敏锐、观察力很强的人，他总能关注到别人的肢体语言所反映出来的心境。当时，他可能觉得我不太舒服，要么就是觉得很有必要跟我谈谈。会议结束的时候，他请我留下。我坐在沙发上，背对着老爷钟；他坐在常坐的那把扶手椅上，背对着壁炉。白宫摄影师皮特·苏扎（Pete Souza）留下来想要记录下这一刻，但总统请他离开了。有那么几秒钟，屋子里只有我们两个人。

奥巴马总统倾下身，胳膊支在膝盖上，看着我。他一开始说了很多，解释说他并不想跟我谈某个案子或是某个调查结果。

他说："我就是有几句话想跟你说。"

我知道，奥巴马总统非常想让希拉里·克林顿赢得大选，入主白宫。他不停地为希拉里·克林顿造势，有时候甚至超过以往任何一届在任总统对意中候选人所做的。我知道，希拉里·克林顿没能当选对他来说也是个沉重的打击，对整个白宫来说都是沉重的打击。然而，我非常尊重奥巴马总统，无论他说什么我都接受。

"我选你做联邦调查局局长，因为你刚直不阿，能力出众。"接下来他说出的话，让我铭记至今。"我想让你知道，在过去这一年中，没有任何事情让我改变对你的看法，一件都没有。"

他没有告诉我他同意我的决定，他压根儿就没谈起这些决定。他只是说，他理解我的初衷。天哪，这些话真是说到我心坎里去了。

听了这些话，我心中涌过一股暖流，泪水几乎要夺眶而出。在这样的会面中，奥巴马总统总是冷静自持的，但我还是对他表达了我深切的感激。

"总统先生，您说的这些对我来说真的意义重大。过去的这一年对我来说真的很痛苦，我最不想做的就是掺和到大选当中去，我只是努力在做正确的事情。"

"我知道，我知道。"

我停顿了一下，然后决定再加一句。我觉得可能美国的大部分民众也是这么想的。

"总统先生，如果我没有借这个机会谢谢您，告诉您我们将会无比怀念您的执政，那我妻子可能会杀了我的。"

尽管奥巴马总统参加竞选的时候，我并没有为他投票，但我依然将他视为一个非常出色的领导，一个我十分尊敬的人。直到这时，我才意识到他的离去对我、对整个国家来说，究竟意味着什么。

想到这儿，我就忍不住又说了一句："总统先生，接下来这 4 年我一定会过得担惊受怕，但从某种程度上讲，我觉得留下来压力会更大。"

他什么也没说。尽管他明明可以对下一届总统、对国家的未来做出很多评判，但他什么也没说。他拍了拍我的胳膊，站起身来，于是我们握手道别。我走出了椭圆形办公室。很快，这个办公室就要迎来一个新的主人，一个完全不同的主人。

第十二章
特朗普大厦

我的使命就是寻求真相……因此这个使命被玷污的可能性，甚至只是这个使命被玷污的想法都让我深深为之忧虑。然而，长久以来，我们都在被这个问题困扰，我们也应该被这个问题困扰。

——罗伯特·M.盖茨（中央情报局前局长）

一队全副武装的 SUV，上面坐着国家情报总监、中央情报局局长、国家安全局局长和联邦调查局局长，正开向曼哈顿中心这座高大的、金光闪闪的大厦。2017 年 1 月 6 日，距离总统就职日还剩两周，当天早上，我们全都聚集到了这座大厦里。纽约警察局的警员引导我们的车开过路障，来到麦迪逊街和第五大道之间的小巷中。我们下了车，在安保卫队的保护下走入特朗普大厦的侧门。

　　此时，媒体都在第五大道的等候区，看不到我们下车；抗议者也在不远处的等待区，也看不到我们。尽管如此，我们这浩浩荡荡的一群人，依然在特朗普大厦的大厅里形成了一道引人注目的风景。我们这一群人足够挤满两个电梯。上电梯的时候，从一个电梯里走出一位要去遛狗的女士。她和她的爱犬都穿着华贵又保暖，以便能抵御外面的寒风。她牵着她的爱犬穿梭在我们这群西装革履还全副武装的人之中。我们这些情报机构领导人，手里拿着美国最重要的秘密，嘴里礼貌地嘟囔着："借过一下，谢谢。"

　　过去这段时间，这座位于第五大道的特朗普大厦接待了很多前来求职的工作人员，其金碧辉煌的大厅也见证了高管的来来去去，这些画面都通过电视直播了出去。现在，美国最大的情报机构的领导们正悄悄走进这座大厦，想要面见这位即将任职的美国总统。

　　这已经是情报界（政府内部将其称为 IC）领导层第三次简报会，也是最后一次简报会了。在简报会上，情报界领导层会就俄罗斯干预美国总统大选案的一些机密信息进行汇报。在奥巴马总统的指示下，中央情报局、国家安全局和联邦调查局的分析师和国家情报总监办公室的分析师一起，花了几个月时间，把所有能调查到的线索拼在一起，形成情报评估报告递送政府部门，也递送给即将上任的特朗普政府。这份情报评估报告完整地说明了俄罗斯是如何干预了 2016 年的美国总统大选。这份情报评估报告的非机密版本已经准备好要公开了，但涉及的内容太多，包含一些非常敏感的信息。其中，信息来源和获得信息的方式都很敏感，更确切地讲，是获得信息的方式更敏感一点儿。这份报告事无巨细地讲述了我们所有的情报机构为什么如此反常地形成高度统一的意见，坚信俄罗斯势力深入干预了美国总统大选。

4 家情报机构联合签署了这份评估报告，这种做法令人震惊不已，却传达出了一个再清楚不过的信息：俄罗斯总统普京非常努力想要影响 2016 年的美国大选。他通过网络活动、社会媒体和俄罗斯官方媒体干涉 2016 年美国大选，想要达成以下目的：降低民众对美国民主制度的信心；抹黑希拉里·克林顿，干扰其竞选过程以阻止其登上总统之位；帮助唐纳德·特朗普赢得大选。

2017 年 1 月 5 日，我们开了第一次简报会。简报会在白宫的椭圆形办公室召开，我们向总统奥巴马、副总统拜登和国家情报总监吉姆·克拉珀汇报了工作进展、调查结论和得出结论的依据。总统问了好几个问题，副总统也问了几个问题。

每当这样的时候，我总能时不时地发现巴拉克·奥巴马和乔·拜登之间那些温暖的兄弟情义，尽管这两个人个性完全不同，有时擦出的火花却让人惊叹。他们两个总是这样，奥巴马总统就某个问题发表了清晰明了的看法，指向了这个问题的东面。然后有那么一刻，拜登插进来，说"总统先生，我能问个问题吗？"奥巴马会礼貌地同意他的提问，但脸上的表情明显透露出，他完全知道这接下来 5~10 分钟的时间里，我们可能都在讨论这个问题的西面。但是，奥巴马还是非常耐心地听拜登讲，等他讲完，奥巴马再把讨论拉回正轨。

但在这次会议上，我们一直都没有偏离讨论的正轨。在会议延时了一会儿之后，奥巴马总统问我们，接下来我们打算做什么。克拉珀总监解释说，我们第二天早上要与来自两党的 8 名参议员组成的"八人团"开一个简报会，说明一下情报部门面临的问题，然后我们会直接去纽约，向即将就职的总统团队汇报。

克拉珀对奥巴马总统说，有一个不太正常的情况，我们必须得提请特朗普先生注意：有一些材料（后来公众将其称为"斯蒂尔档案"）中包含了一系列对特朗普先生的指控。这些材料是由一个非常可靠的情报机构前工作人员搜集的，但还未被完全证实。材料中有些信息实在是太敏感了，其中有一些未经证实的材料，指控特朗普涉嫌在 2013 年出行莫斯科时，与俄罗斯妓女发生过异常性行为。这几位俄罗斯妓女还在丽嘉酒店的总统套房（奥巴马总统出访俄罗斯时曾在此居住）的床上小便。另一项指控是说，这些活动已经被俄罗斯情报机构拍摄下来，很有可能会以此勒索特朗普先生。克拉珀解释道，我们觉得媒体很快就会对这些材料进行报道，因此，由情报界先告诉特朗普先生这些事情，是非常重要的。

听了这些话，奥巴马总统并没有任何反应，至少没跟我们说。他的声音波澜不惊，不带任何感情色彩："那你们去见了特朗普，打算怎么说呢？"

克拉珀以常人难以察觉的余光瞥了我一眼，深吸了一口气，说："我们决定，在完成情报评估报告的汇报后，由科米局长单独会见特朗普先生，讨论这些敏感问题。"

总统一句话也没说，他转过头看着我，挑了挑眉毛，像是要强调些什么似的，然后又转回去。我知道对于这种表情不同的人有不同的解读方式，但在当时的我看来，他的那种喜剧演员式的挑眉暗含着一丝幽默，又有对我的担心，就好像在说："祝你好运吧，朋友！"我觉得胃里像灌了铅一样，无比沉重。

会议结束之后，我盯上了椭圆形办公室的咖啡桌上放的那筐苹果。奥巴马总统和奥巴马夫人都非常关心健康问题，这位第一夫人还在学校开展了一项活动，倡导把垃圾食品都换成蔬菜和水果。因此几年以来，椭圆形办公室的咖啡桌上都会摆上一筐苹果，这已经成为椭圆形办公室的一个惯例了。我不确定这些苹果是不是能吃，但有一次，我看见白宫办公厅主任丹尼斯·麦克多诺（Denis McDonough）拿了两个，他肯定不会吃塑料苹果吧。很久之前，我最小的女儿曾求我给她带个总统苹果回来，这明显是我最后一次机会了，要不要拿个苹果呢？现在不拿，以后就再没有机会了。但要在有关俄罗斯干预总统大选一案的会议结束之后顺走一个苹果，也太没教养了吧。但那时候，父亲对女儿的爱打败了所谓的教养，我还是拿了一个。没有人阻止我拿这个苹果。回到车上后，我给苹果拍了张照片，然后发给了我的女儿。晚上回家的时候，她让我尝了一片。嗯，不是塑料的。

那天晚上，我接到了国土安全部部长杰·约翰逊的电话。我们两个从20世纪80年代一起在曼哈顿做联邦助理检察官的时候就是朋友了，早上的会议他也在。我不知道他是否是在奥巴马总统的建议下给我打这通电话，也不知道他们两个是否谈过这个问题，但杰还是就这件事跟我说了他的看法。

"吉姆，我对你单独面见特朗普还是有点担心。"

"我也有点担心。"

"你之前见过唐纳德·特朗普吗？"

"没见过。"

"吉姆，请一定小心，一定要非常小心。我总觉得，这事儿不会一帆风顺的。"

我对杰对我的关心表示感谢，也感谢他特意打电话来提醒我。这通电话，让我觉得更加不安。

然而，我并没有什么其他的选择。联邦调查局知道这些材料的存在，也有两位参议员分别与我联系，让我注意这些材料，并且提醒我华盛顿有很多人手上都有这些材料或知道这些材料的存在。美国有线电视新闻网也知会联邦调查局新闻办公室，称他们第二天就要跟进这些材料了。不管他们说的是真是假，但如果敌人想要胁迫哪个政府官员，而你想让这个官员对此有所准备的话，最好的办法就是告诉这个官员敌人可能会做什么。联邦调查局将其称为"防卫式简报会"。

但我们究竟要怎么给特朗普汇报俄罗斯势力影响大选的事儿，同时又不告诉他那些敏感信息呢？这些信息太淫秽，当着一群人的面告诉他实在是太尴尬，尤其还是当着奥巴马任命的这群官员。特朗普一上任，这些人就要离职了，而我还会留下来继续做联邦调查局局长，现在我们知道的这些信息又必须得有人告诉特朗普，因此这事由我来做也是有道理的。这个计划是明智的，如果在跟他谈起那些莫斯科妓女的时候能选择恰当的措辞，就更好了。但这个"明智的"计划，依然让我觉得非常不安。

还有一件事也让我非常不安。很久以前我就意识到，人们总是按照自己的行为方式和思维方式来推测别人。就算你和他们的世界观完全不同，他们还是会把自己的世界观投射在你身上。唐纳德·特朗普作为一名政客和态度强硬的交易者，很可能会觉得我是用这个妓女的事情作为把柄，想要从中谋取些什么。他也可能觉得我在玩埃德加·胡佛那套，因为如果是胡佛局长的话，就会这么做的。这事儿肯定不会顺利。

不过，想到埃德加·胡佛，我觉得我得找点儿筹码，让这位即将上任的总统相信我。我得准备点儿说辞，让场面变得好看一些。为此，我和我的团队商量了很长时间，终于决定，我的筹码就是，向他保证联邦调查局此刻并没有对他展开调查。其实这是真的，联邦调查局确实没有在这件事上对他展开反情报侦察。我们其实不关心他是否在俄罗斯跟妓女有什么瓜葛，只要俄罗斯人不胁迫他就行。

联邦调查局总法律顾问吉姆·贝克极力劝阻，说这种保证虽然是真的，但会误导特朗普，让他觉得联邦调查局可能正在调查他的其他行为，或是联邦调查局将要调查他的大选团队是否与俄罗斯有关。而且，如果联邦调查局之后真的对特朗普立案侦查，可能就必须得提前告知他了，这也着实令人担心。我明白其中的逻辑，但我考虑到新任总统特朗普一向冲动，一旦他与联邦调查局开战，后果将更严重。我决定尽己所能，好好跟他合作。因此，我拒绝了吉姆·贝克深思熟虑的建议，还是决定带着"联邦调查局此刻并没有对你展开调查"这个筹码，去见特朗普。这次会见，又是一次史无前例的会见。

2017年年初，处理完希拉里·克林顿这个复杂的案子之后，我就变成了一个公众人物，大家都认得我。就算我想藏起来不让别人看见，就我这个身高来说也不太容易。很明显，共和党人也都同意希拉里·克林顿的观点，认为是我影响了大选，让特朗普获胜了。希拉里对我有多生气——有时可能是愤恨——特朗普团队对我就有多友好。在特朗普这边的人眼里，我也算是个名人了，这让我走进特朗普大厦这一路感到非常不舒服。我并不想看起来和其他的情报机构领导有什么不同。

我们在特朗普公司内部的一个小会议室里开会。这个会议室装饰得很平淡，临时挂了个金灿灿的落地窗帘遮挡住玻璃墙，这样走廊里路过的人就看不到我们了。特朗普准时走进会议室，后面跟着即将上任的副总统和其他即将被任命的白宫团队。

这是我第一次见到唐纳德·特朗普本人，他本人比在电视上跟希拉里·克林顿辩论的时候看起来矮一些，但他长得跟在电视上看起来一模一样，这一点令我非常惊讶，因为很多人真人和电视上看起来会有些差别。跟电视上一样，他的西装上衣扣子没扣，领带太长；脸上有点偏橘色，眼睛下方有白色的半月形痕迹，可能是太阳镜的作用；头发明显有精心打理过，从近处看起来都是他自己的真头发。我还记得，我曾好奇他早上要花多长时间打理头发。他伸出手打招呼的时候，我偷偷和他比了比手掌的大小，他的手掌比我的小，但没小多少。

特朗普把他团队的主要成员全都叫来了会议室，即将上任的副总统迈克·彭斯（Mike Pence）、白宫办公厅主任雷恩斯·普利巴斯（Reince Priebus）、国家安全顾问迈克尔·弗林（Mike Flynn）和白宫发言人肖恩·斯派塞（Sean Spicer）都坐在这个椭圆形会议桌两边，特朗普和彭斯坐在桌子两头。所有人都神情凝重，屋子里十分安静。我们与特朗普团队的人握了手，即将上任的副总统多握了我好几秒，还拉长了音称呼我的名字"吉……姆……"，听起来很奇怪，就好像许久没见的老朋友在打招呼，又好像是在安慰某个老友。我不记得我曾经见过迈克·彭斯，但我想起来，14 年前我们曾通过一次电话。2003 年，我还在曼哈顿做联邦检察官，我和他一起调查一起案件。那件案子中，嫌疑人注册了一些色情网站，那些网站的网址与当红儿童网站的网址十分相近，这样如果哪个孩子不小心拼错了网址，就会进入那些色情网站。对此，我的反应是：这肯定是犯罪。我发现，就在几个月前国会通过了一项《真实域名法案》，将这种行为认定为犯罪。我特意要到了提出该法案的众议院议员的电话，想对他表示感谢。接电话的就是印第安纳州的议员迈克·彭斯，他在电话里告诉我，在他的一个孩子被误导登录这样的网站之后，他就开始推动这项法案的颁布。

情报总监克拉珀坐在特朗普右手边离他最近的位置上，旁边依次是中央情报局局长约翰·布伦南、国家安全局局长迈克尔·罗杰斯（Mike Rogers），然后是我。我后面靠着墙坐着的是特朗普未来的中央情报局局长迈克·篷佩奥（Mike Pompeo）、国土安全顾问汤姆·博塞特（Tom Bossert）和国家安全副顾问 K. T. 麦克法兰（K. T. McFarland）。特朗普团队的中央情报局简报员（一名为即将上任的总统传递一般情报简报的工作人员）也参与了会议，负责会议记录。

截至此时，我已经同两位总统紧密共事过，还与很多其他政府领导人一起工作过，因此，我对特朗普非常好奇，这一典型的"离水之鱼"，在完全陌生的工作环境中是如何自处的？经营一个家族企业和经营一个国家是完全不同的，就算是经营一个大型市政机关也和经营私人公司有很大差别。在政府机构里，你要和各种各样的选区选民打交道，而这些选民并不会听你的，也不会向你汇报，你还要遵守一些公司总裁一般不需要遵守的法律和规章制度。

我见过很多领导者，从他们身上我明白了，足够自信所带来的谦逊之举是有效领导力的重要部分。谦逊待人才能成事。想要保持谦逊，只需要问自己一个简单的问题："我遗漏了什么呢？"优秀的领导者总担心自己的能力是否有局限，会有自己没看到的东西。为了克服自己的局限性，优秀的领导者会锻炼自己的判断力。判断力与智力不同。智力可以用来解决问题，在纷繁复杂的事件中找到真相，同时处理很多个任务；判断力能够让人全面思考问题，从其他人的角度，从不同的侧面、动机和背景中思考问题。判断力能让人将一连串事实应用于恰当的时间和地点：可能是听证会上，也有可能是法庭上；可能是一个月以后，也有可能是一年以后；可能是主要媒体的新闻直播间，也可能是对手的董事会议室。智力能够让人从不同渠道搜集信息和事实；判断力则能让人看到这些事实背后的含义，以及这些事实对其他人会产生何种影响。

在我第一次与特朗普的会面中，我一直在观察，想看看他是如何在自信和谦逊中找到平衡的，又是否能够展示出强大的判断力。我承认，我一开始对此有所怀疑。在大选的过程中，特朗普给我留下的印象一直是，他的自我安全感很低，看起来不够自信，也不够谦逊。这样的人一般不太可能谦逊待人，也不太可能会问出"我遗漏了什么呢？"这种问题。但在特朗普大厦开会那天，我并没看出我之前的判断正确与否，这位即将上任的总统显得有些沉闷，也有些严肃。

克拉珀将之前向奥巴马总统和"八人团"汇报的情报评估报告原封不动地汇报给了特朗普团队。特朗普团队对此提出了一些问题，做出了一些评论，大部分都是由坐在后排的汤姆·博塞特提出的。在我们讨论到俄罗斯干预大选这件事的时候，我记得特朗普一直静静地听，没有打断我们，只问了一个问题，或者说更像是在陈述一个问题："但你们并没发现他们是否干预了最终结果，不是吗？"克拉珀回答道，我们没有对此进行分析，因为这件事不归我们管，也不是我们擅长的领域。我们只能说，我们没有找到他们更改选票统计的证据。

但我觉得特朗普及其团队并没有对此提出疑问，这本身就是个问题。他们马上就要领导的这个国家面临着外国对手的攻击，他们居然对此无动于衷，都没有问问未来俄罗斯会对美国产生哪些威胁，也没有问美国要采取什么行动才能应对这些威胁和挑战。听了我们的汇报，特朗普和他的团队竟然当着我们4个人的面（其中两位还是由奥巴马总统任命且即将卸任的政府官员）马上开始讨论要采用什么策略向大众发布有关俄罗斯这一事件的信息，讨论如何应用我们刚才汇报的内容引导舆论。他们一直在讨论这些，就好像我们4个人是空气一样。由普利巴斯起头开始讲如何针对此次会议发布新闻公告，随后彭斯、斯派塞和特朗普都参与了讨论，争论如何使用这些材料才能获得最大的政治利益。他们一直在强调这些事情对大选结果没有影响，这就说明并不是俄罗斯人选择了特朗普。克拉珀插了一嘴，提醒他们，一分钟前我们讨论的是：情报界并没有对美国大选结果进行分析，我们并没有对此发表看法。

我已经与两任总统共事过，参加过很多情报简报会，但我从没见过布什总统或是奥巴马总统当着情报界领导的面讨论政治策略。情报界和政治界之间是有明确界限的，情报界负责调查事实真相，而白宫负责制定政策、寻找说辞，两方互不相扰、互不相关。伊拉克战争就是基于对大规模杀伤性武器的错误情报而展开的，这给我们以沉痛的教训——永远不要将情报界和政治界混为一谈。我努力告诉自己，现在会议室里的讨论可能是因为特朗普团队对这些事情没有经验。当然，特朗普本人确实没有在政府部门工作的经验。但就因为这场讨论，情报界和政治界之间的界限开始变得模糊不堪了。

我坐在会议室里，脑海中充满了很多奇怪的画面。我不停地告诫自己不要去想这些，因为这些画面太奇怪、太戏剧化了，但收效甚微。我想到纽约的黑帮，想到 20 世纪八九十年代，我在曼哈顿做助理检察官的时候见过的纽约黑帮。拉维奈特俱乐部、帕尔马男孩俱乐部和吉拉迪诺咖啡厅里的景象，在我脑海中挥之不去。只不过，现在回过头来看，那些事情已经不像我当时想的那么奇怪，那么戏剧化了。

我在前文中提到过，意大利黑帮称自己为"LaCosa Nostra"，意思是"我们的事业"，他们总是在"其他人"（指家族之外的人）和"自己人"（指家族正式成员）之间划出明显的界限。我坐在那儿，想到这个。天哪！特朗普团队就是想让我们觉得我们是"自己人"啊！他们想拉我们入伙啊！一瞬间，我突然意识到，虽然这听起来很疯狂，但特朗普确实当我们都是"自己人"了，特朗普团队想让这些事情都变成"我们的事业"。在我的职业生涯中，情报工作才是我的事业，政治角逐都是别人的事。但现在，特朗普团队想要改变这点。

那时候我真应该说点儿什么。毕竟，我在其他领导者面前并非羞赧不言的那种人。我不知道会不会有作用，但也许那时我应该告诉这位即将上任的总统一些行为准则。自古以来，大家都尽量把政治界和情报界隔离开来，确保总统得到的是真相，无论总统想听与否，喜不喜欢，都要这样；大家也将情报工作跟政治纷争隔离开来，以免遭受池鱼之灾。要是有人认为，情报机构的领导人会愿意参与某个政府的公关决策讨论，那他简直是太幼稚了，他根本不理解我们的职责所在。要是有人觉得，两位即将卸任的奥巴马政府官员会为新任政府的政治决策献言献策，那他实在是愚蠢至极。

但在当时，我还是说服自己不要开口多事，我不认识这些人，他们也不认识我。我们刚刚进行了一番"俄罗斯人想选你当总统"的谈话。我真的要给他们上上课，教他们如何跟我们相处吗？一会儿我还得单独跟特朗普谈那些俄罗斯妓女的事儿呢！不要，绝对不要。于是，我什么都没说，其他人也没有说什么。特朗普团队里也没有人想过说"嗯，要不我们一会儿再谈这个问题吧"或者"特朗普先生，我们谈下一个话题吧"。

我记得，当时确实是特朗普结束了他的团队关于政治策略的讨论，说他们可以之后再谈这些问题。然后，雷恩斯·普利巴斯问我们，还有什么其他想要跟他们说的事情。

啊，终于来了。

克拉珀对特朗普说："确实有。有一些比较敏感的情况需要跟您汇报，我们觉得由科米局长在小范围内跟您谈比较好。我们先出去，他自己跟您说这事。"

"好的，多小的范围呢？"特朗普看着我，问道。

"由您决定，先生。"我说，"但我建议只有我们两个人。"

雷恩斯·普利巴斯插进来说："我和迈克·彭斯也参加，如何？"

我转向即将上任的总统，答道："当然可以，先生，完全由您决定。我只是不建议在大家面前谈这个事情。"

我不知当时特朗普是否意识到我要说什么，但他确实向普利巴斯挥了挥手，然后指向我，说："就我们两个吧。谢谢各位，我们今天就到这儿。"

于是，我们两边的人互相握手致意，随后他们都走了出去。杰·约翰逊的话又在我脑中响起："吉姆，请小心，请一定要小心。"

　　我俩静静地等着其他人都走出会议室。人都出去后，特朗普先开口，一张嘴就开始表达对我的赞赏。他说："你这一年过得很辛苦吧。"随后又说我处理希拉里邮件案的方式十分"令人敬佩"，给我自己带来了"极高的美誉"。他能这么说确实让人听起来很舒服，语气之中也有对我真挚的关心和欣赏。我十分感激，点了点头，笑了一下。他说，联邦调查局的员工"很喜欢你"，并表示希望我会留下来继续任职。

　　我回答道："我确实打算留下，先生。"

　　我并没就此对他表示感谢，因为我觉得这么说会显得我好像是在巴结他，毕竟我已经得到这份工作了，我有 10 年的任期，并不需要显得好像要向他重新申请这份工作一样。实际上，在联邦调查局的历史上，只有一位联邦调查局局长是在任期结束之前被炒鱿鱼的。当时，比尔·克林顿出任总统，他于 1993 年解雇了时任联邦调查局局长威廉姆·塞申斯（William Sessions）。他解雇威廉姆·塞申斯这事件并没有引起多大的争议，因为这位时任局长被指控有严重的道德问题。但很讽刺的是，比尔·克林顿指定的继任者路易斯·弗里最后变成了政府心中的一根刺，如鲠在喉，因为他对政府违法行为展开了近乎疯狂的调查。

　　特朗普说了差不多有 1 分钟。他说完之后，我解释了一下我要跟他讨论的材料，以及我们为什么觉得他需要知道这件事情。随后，我简要地陈述了一下"斯蒂尔档案"中有人指控他于 2013 年在莫斯科的酒店内和妓女在一起，并且据称这件事情已经被俄罗斯人拍摄了下来。我没提到其中的一项指控——就是他曾让妓女在奥巴马总统和第一夫人住过的床上小便。我觉得这事儿没必要告诉他。说话的时候，我有一种非常诡异的感觉，就好像我已经灵魂出窍了，看着自己跟即将上任的总统讨论这个俄罗斯妓女的问题。我还没说完，特朗普就干脆地打断了我，语气非常轻蔑。他非常心急地辩驳，说这些指控都不是真的。

　　我解释道，我并不是说联邦调查局相信这些指控，我们只是觉得有必要让他了解，这些事情已经被曝光，也已经被广泛传播了，这件事是很重要的。

随后，我又加了一句，说联邦调查局的工作就是保护总统不被任何势力胁迫，无论这些指控是真是假，重要的是他要知道俄罗斯政府肯定在意图不轨。我强调，我们并不想就这些事瞒着他，尤其是媒体就要对这些事情进行报道了。

听了我的话，他又一次强烈否认了这些指控，问我他看起来像需要妓女来服务的人吗？当然，我猜他只是为了强调，并不想真的问我。

然后，他开始讲之前有女性指控他性骚扰，这件事我并没跟他提。他提到了好几位女性，也好像记起了当时她们指控他的罪名。他越说越激动，谈话的走向也越来越不可捉摸。在这场谈话变成一场彻头彻尾的灾难之前，我本能地亮出了我的筹码，说："先生，联邦调查局当下并没有对您展开任何调查。"这句话似乎让他冷静了下来。

我的工作完成了，谈话也结束了，我们握了握手，然后我离开了会议室。我们两个的单独会面持续了大概5分钟，我顺着来时的路走向门口，其他局长都已经离开了。我走到大厅的时候，有两个穿着冬装的男士迎面走来，其中一个看起来很面熟，但我想不起来他是谁了，于是我没有停下脚步。但当他看见我的时候，向我问道："你是科米局长吗？"我停下脚步，回头看了一眼。他自我介绍了一下，说他是贾里德·库什纳（Jared Kushner），我们握了握手，然后我离开了。

我从侧门走出了大厦，上了车，去了曼哈顿的联邦调查局办公室，去做我愿意做的事情。我一层一层地走过联邦调查局的办公室和工作间，对那些辛勤工作的人们表示感谢。在刚才那个极不舒服的谈话过后，这些谈话就好像是泉水，荡涤了我的心灵。

1月10日，在我们与特朗普见面的4天之后，新闻聚合网站BuzzFeed全文刊出了一份整整35页的档案，就是我之前向特朗普汇报过的那份档案。文章是这么开头的：

> 几周以来，有一份档案在大部分当选官员、情报机构官员和记者之间广泛传播。这份档案揭露了很多未经证实的指控，指控几年来，俄罗斯政府意图"结交、支持并帮助"即将上任的总统唐纳德·特朗普，并获得了一些关于其不甚体面的信息。这份档案是以一系列备忘录的形式指控了特朗普的助手与俄罗斯间谍之间具体、未经证实，有些甚至是无法证实的联络。还露骨地描述了声称已由俄方摄录下来的一些性行为。

很快，还没上任的特朗普就通过推特回复了这次披露："假的！绝对是假的！这就是一次彻头彻尾的政治迫害。"

第二天，1月11日，我和这位即将上任的总统又通了一次话。在奥巴马总统手下工作了三年，我从未与他通过电话，只是单独见面谈过两次话。现在，我依然处于奥巴马总统领导下，却在联邦调查局总部的办公室里，站在窗前与唐纳德·特朗普通话，这是5天之内我们的第二次谈话。我站在窗前，手拿着电话，低头就可以看到乌黑的宾夕法尼亚大道上川流不息的车辆。街对面就是司法部灯火通明的大楼，忙碌的人们正在办公。我还记得，当时我一抬头，就可以看到明亮的华盛顿纪念碑，它看起来比新建的特朗普国际酒店高出很多，与白宫遥遥相望。

即将上任的特朗普总统从纽约打来电话。他照例先夸了我一番，现在这番夸奖听起来有点像话术，而不是对我的真心欣赏。随后他又说了一句："我希望你能留下来。"我又一次向他保证，我不会离开联邦调查局。

然后，他才开始表达他的想法。他说他非常关心这次俄罗斯"档案"的"泄露"，想知道这些信息究竟是如何被泄露出去的。我不知道他是否在暗示某个联邦机构泄露了这些信息，所以我解释说，这份所谓的"档案"并不是政府文件，是由私人机构整理发行的，也递交给了国会和媒体。联邦调查局并没有追究其来源，也不知道是否有人出资搜集了这些信息。因此，说这些信息是被"泄露"的，不太准确。

随后他又说，他最近一直在思考那天我们单独谈话时涉及的内容，也询问了很多之前和他一起去莫斯科参加 2013 年环球小姐选美活动的人。现在他想起来，他当时并没有在莫斯科过夜。按照他的说法，他是从纽约直接飞过去的，然后去酒店换了个衣服，当天晚上便直接飞回家了。然后，他主动提起了之前我特意没跟他讨论的那个问题，让我大吃一惊。

他说："还有一个原因能说明这些都不是真的。我是个有洁癖的人，不可能会看着其他人在我身边小便的，绝对不可能。"

听到这儿，我都笑出声来了。我决定不告诉他，这项指控中所涉及的活动并不需要他在莫斯科过夜，也不需要他站在妓女旁边。实际上，虽然我没进去过，但我觉得莫斯科丽嘉酒店的总统套房肯定足够大，绝对能够让一个有洁癖的人与正在小便的人保持一定距离的。我想到了以上这些，但我一个字都没提。

听着他在电话那头辩驳，我望向窗外的纪念碑，思考究竟发生了什么，让我这个联邦调查局局长和即将上任的总统讨论这些事情。他在电话里为自己百般辩护，但其实我并不关心这些。第二次，这位即将上任的总统挂了电话。我走出办公室，对我的办公室主任吉姆·雷比茨基说，这个世界疯了，而我正身处其中。

的确，世界确实疯了，而且将一直疯下去。

第十三章
对忠诚的验证

友情、亲情、家族血脉、信任、忠诚和顺从，
正是这些将我们牢牢地绑在了一起。

——黑帮老大约瑟夫·邦伦洛，《正人君子》

2017 年 1 月 20 日，唐纳德·特朗普宣誓就职，成为美国第 45 任总统，但就当天参观总统就职典礼的人数问题引起了好一番争论。新任总统宣布，前来参观他的就职典礼的人数非常可观，已经超过了 2009 年参观巴拉克·奥巴马就职典礼的人数，但其实并没有。他不肯相信拍摄的视频，也不肯相信其他的证据，就是坚定地认为自己的观礼人数超过了奥巴马。其实，除了他自己的宣传团队，没有任何人这么认为。这个看似不大的问题却让我们这些以寻求真相为职业的人感到深深地担忧。在我们看来，无论是调查犯罪活动，还是评估美国敌对势力的计划或意图，都需要寻求真相。我们的生活中总是充斥着大量模糊不清的事情和各种各样的说辞，但总有一些客观事实存在于世，它们黑白分明。特朗普说自己的就职典礼的观礼人数是史上最多的，这明显是假的，并不是事实。他的这一说法并不是什么个人观点、个人看法、个人视角，而是彻头彻尾的谎言。

1 月 22 日，星期日，就职典礼刚过去两天，晚些时候我要参加在白宫官邸举办的一场招待酒会。前去参加酒会的都是参与了就职典礼安保任务的执法部门领导。联邦调查局的反恐部门、情报部门和特警部门与特勤局密切配合，负责总统就职典礼的安保工作，历届总统就职典礼均是如此。有人告诉我，特朗普总统想要感谢这些为了就职典礼而辛勤工作的人员，感谢我们的努力付出。听到这个消息，我觉得总统先生这么做确实很贴心。但尽管如此，我个人并不太想参加这场酒会，原因有很多。

首先，我认为如果媒体拍摄下我与新任总统亲密共处的画面，对联邦调查局来讲，并不是什么好事。因为在很多人眼里，是我帮助特朗普登上了总统宝座，而如果在这样一个代表联邦调查局的场合，我与特朗普举止亲密，无疑会加深大家的这种误解。其次，美国橄榄球联盟的冠军之战正在当天下午进行电视直播。这场下午 5 点的酒会会让我错过绿湾包装工队与亚特兰大猎鹰队的决胜局，也会错过匹兹堡钢人队和新英格兰爱国者队的开场。总统先生难道不看球吗？

但我手下的人争辩说这场会议很重要，我必须得参加。我是联邦调查局局长，我并不想因为自己的缺席让其他领导觉得难堪，也不想给新政府下马威。所以我就劝自己不要担心。这就是个招待酒会，有一大堆人出席，不会有我个人跟总统照相的机会。同时，我决定用 DVR（硬盘录像机）录下当晚的球赛，并在观看比赛之前不参与任何关于比分和输赢的讨论。这样，我就去白宫开会了。

跟我想的一样，一到现场我就看到很多执法部门的领导聚集在此，有地方执法部门的，有州执法部门的，还有联邦执法部门的，算起来有 30多个人。到场的有美国国会警察局的领导、华盛顿大都会警察局的领导和美国公园警察部门的领导。长期以来，联邦调查局与这些机构有过很多次合作，我们彼此之间也都很熟悉。我们聚在椭圆形的蓝色会议室里，白宫的工作人员在靠墙的位置摆了很多小桌子，桌子上放着茶点和软饮料。我绕着屋子走了几圈，和与会的其他领导握手交谈，感谢他们与联邦调查局的通力合作。

来之前我就想好了，我得和特朗普保持距离，于是我仔细观察，算了一下总统先生会从哪边走进会议室，然后我朝着相反的方向走去。我走到窗边，外面就是白宫的南草坪，正对面是华盛顿纪念碑。这里已经是屋子里距离入口最远的位置了，再躲我就得从窗户爬出去了，虽然随着时间一分一秒地过去，我非常想从窗户爬出去。

我站在离门最远的地方，觉得自己能稍微安全点。我旁边是特勤局局长约瑟夫·克兰西（Joseph Clancy）。克兰西之前是特勤局总统保卫处处长，退休了之后被奥巴马总统返聘回来领导特勤局的工作。那时候，特勤局可谓是一团糟。我跟他攀谈起来，因为他妻子还留在费城，于是我询问了一些他妻子和女儿的情况。之前我参加特勤局成立150周年纪念活动时，曾见过他的妻子和女儿，当时他女儿还为纪念活动献唱。我常开玩笑说，特勤局就是联邦调查局的"老大哥"，我们最早的那批特工还是由他们培训出来的呢。

克兰西人很好，待人温和，脚踏实地。我们聊天的时候，会议室的门开了，几束强光射了进来，照亮了离我很远的那侧。我果然猜对了总统会走哪个门，但我担心会有很多媒体到场，因为这些发出强光的弧形灯就代表了会有媒体和记者出席。在我看来，这样一个低调的执法人员会议居然会请这么多媒体，有点不太寻常。过了一会儿，总统和副总统进来了，一大群摄影师和摄像机呼啦啦地围住了他们俩。

总统开始了他的演说，一边讲还一边用眼睛扫视整个屋子，看向屋内的这些人。他的眼光扫过了我，落在了克兰西身上。特朗普叫着克兰西的名字，让他走到前面去。克兰西并不喜欢出现在聚光灯下，但他还是应邀穿过整个会议室，走到了那些能闪瞎眼的聚光灯下。总统拥抱了他，还让他跟自己和副总统站在一起。说实话，这个拥抱有点不合时宜，克兰西站在那儿也好像在展示什么一样。

随后，特朗普又开始扫视整个屋子，看向会议室的左侧，没有看向我这边。我简直不敢相信自己的运气，他居然没看见我！这怎么可能？然后我想到，我今天穿了一件蓝色的西装，而我身后就是深蓝色的窗帘，虽然西装和窗帘的颜色不太一致，但也很接近了。肯定是窗帘的颜色保护了我！太好了！我暗自庆幸，幸亏是在这间会议室，要是在绿色会议室或是红色会议室，我压根儿就没有那些颜色的西装啊，实在是天助我也！我又往窗帘那边挪了几步，紧紧贴着窗帘站着，想让自己消失在总统的视线里。毫不夸张地说，我简直是紧贴着蓝色窗帘站着，就希望能避开新总统的拥抱。一定是有人给他提了什么错误的建议，在摄像机面前这样拥抱实在是太尴尬了。

窗帘的颜色确实是个保护伞。

但伞，也是会破的。

特朗普一边进行着他意识流般的讲话，想到哪儿讲到哪儿，一边又用眼睛扫视整个屋子。这次我就没那么幸运了，他看到了站在窗帘边上的我。那双带着白色半月形痕迹的小眼睛锁定在我身上。

"吉姆！"特朗普高声叫道，"他可比我知名多了。"好极了。

我 19 岁的时候，我妻子帕特里斯就认识我了。当着这些密密麻麻的闪光灯，我觉得从我这儿走到特朗普身边怎么那么漫长。当时看电视的帕特里斯就指着屏幕上的我说："吉姆这个表情，心里肯定在说'完了完了'。"确实，我当时心里就是这么想的。我在心里暗叫："他怎么会让我过去呢？他才是这场媒体秀的主角啊！完了完了，这就是场灾难。我绝对不能跟他拥抱，绝对不能。"

联邦调查局和联邦调查局局长不属于任何政治队伍。希拉里邮件案那场噩梦之所以发生，就是因为联邦调查局想要保护自己和司法部的独立性和公正性，想要保护我们的"信用水池"。特朗普才刚上任就公开感谢我，这对我们的"信用水池"是非常大的威胁。

漫长的路终于走完了，我走到特朗普面前，伸出右手想要跟他握手。我们只握手，绝对不能拥抱，也不能干别的。总统握紧住我的手，然后向前一拉。天哪，他想在全国媒体面前跟我拥抱。我右半边身子使力，调动了这些年来做侧平板支撑和哑铃提拉的功力，尽量使自己一动不动。只要他不比看起来强壮太多，肯定拉不动我。他确实不强壮。我躲过了他的拥抱，但换来的是更糟糕的结果。总统探过身来，把嘴贴近我的右耳，说："我真的很期待跟你共事。"不幸的是，从媒体拍摄的角度看来，他好像在亲我，就连在电视前面观看这一幕的我的孩子们都这么说。全世界都"看到了"唐纳德·特朗普亲吻了这个将他送上总统宝座的人。天哪，再没有什么比这更糟糕的了。

特朗普总统做了个手势，貌似是想请我跟他、副总统和克兰西站在一起。我退后了几步，挥挥手笑了笑，表示不要。脸上带着"我不配"的表情，心里说的却是："我才不要自寻死路。"一边想，我一边退回了屋子的另一侧，我简直是战败而逃，沮丧不堪。

随后，媒体退出了会议室，警察局的高级官员和各位局长站成一排与总统拍照。所有人都十分安静，我趁着向后排走的工夫偷偷溜了出来，穿过绿色会议室，走进大厅，走下楼梯。路上，我听到不知是谁说了绿湾包装工队与亚特兰大猎鹰队的比分。真是好极了。

可能是我对特朗普这个夸张的行为想得太多，但他的做法确实让我担忧无比。我知道特朗普总统与之前的总统都不同，行为举止也完全不一样，我根本无法想象巴拉克·奥巴马或是乔治·W. 布什做出像竞赛节目中要求对手上台一样的动作。特朗普让执法机构和国家安全机构的领导做的这件事情，这让我很是担心。这就好像是古代的帝王让自己的手下上前，亲吻他的戒指，表达顺从和忠心。然而，执法机构和国家安全机构的领导绝对不能这么做，哪怕是看起来这么做了也不行，这一点太重要了。特朗普要么是不知道这一点，要么就是不在乎。但我想让他和他的团队知道这一点。于是，接下来的几周，我过了一段记忆深刻也极其痛苦的生活。

2017 年 1 月 27 日，星期五，距离我跟唐纳德·特朗普第一次见面已经 21 天了。我又一次回到了白宫。那天中午，我正像往常一样在办公室里吃午饭，我的助理奥尔西娅·詹姆斯（Althea James）转过来一个电话。电话是从白宫打来的，是一位女性的声音，说总统先生想跟我讲话。接着，总统先生的声音传了进来，问我"想不想到白宫来吃晚饭？"。这个要求有点不太寻常，但我觉得自己也别无选择，只能回答"当然，先生"。

然后他问我，六点可以还是六点半可以？我回答道："您觉得可以就行，我都可以。"他选了六点半。我挂了电话，然后给帕特里斯打电话，说我晚上不能跟她一起去吃泰国菜了。

那天下午，我见到了刚刚退休的国家情报总监吉姆·克拉珀。我们在联邦调查局参加了一个活动，授予克拉珀"荣誉特工"的称号，得到这个称号的人可不多。就在我们等着上台的时候，我告诉他总统请我去白宫吃晚饭，对他说我觉得这事儿有点奇怪。他猜想这可能是个集体晚宴，说他也听说有其他人被请去白宫吃晚饭了。听他这么说，我放松了不少。

总统是不可能跟联邦调查局局长单独吃饭的，如果他想这么做，白宫里必须得有人告诉他不行，至少从尼克松总统和胡佛局长那时开始就不行了。我还记得当年奥巴马总统在我正式接受任命之前请我去白宫聊聊，跟我说："一旦你坐上联邦调查局局长的位置，我们就不可能像这样聊天了。"这就意味着他不可能与联邦调查局局长讨论这些宽泛的哲学问题了。联邦调查局局长不可能与总统私下会面，也不可能与总统单独聊天，尤其是在2016年大选之后，更是如此。光是想想，这样的念头就会损害联邦调查局苦心经营多年才树立的正直、独立的形象。而我怕的是，特朗普就是想毁掉联邦调查局这样的形象。

我是从西行政街到白宫的，西行政街就是白宫地下入口和老行政办公楼之间的那条小路。联邦调查局安保团队将车停在之前我去战情室的那个入口，那个入口有一个遮雨棚。我走进去，告诉当值的特勤人员我是来参加总统晚宴的。当值人员看起来有点懵，请我坐下等一会儿。过了不一会儿，一位年轻姑娘将我引进去。我们走了很久，走过白宫西厢，走过玫瑰园，走到白宫官邸的一层。她带我走上了一个我从没见过的楼梯，拐上去就到了主层的绿色会议室。

我在门口等了一会儿，一边跟门外的两个海军服务生聊天，一边偷偷留意总统的其他客人在哪里。这两个服务生都是非裔美国人，跟我差不多大，在白宫工作差不多 10 年了。他们的个子都超过了 1 米 8，两个人在服役的时候都在潜艇上工作过。既然如此，对话自然就转到了潜艇中的空间有多大，其中一个说船舱里的床铺长度大概有 1 米 9，他刚好能够躺得下。说到这里，我们一起笑了起来，都觉得这样的床铺肯定是装不下我了。我就这样站在绿色会议室门口一边聊天一边等，透过门口的缝隙我看到里面是一张两人桌。一个座位上放着手写的卡片，上面写着"科米局长"，而另一个座位肯定就是总统的了。看到这些，我深感不安，并不仅仅是因为我不想跟一位总统就俄罗斯妓女问题进行第三次谈话。

六点半，总统准时到来，又开始夸我。看我已经在门口等着了，他说："我喜欢你这样。我喜欢准时的人。我觉得当领导的人就应该准时。"

他穿着惯常穿的深蓝色西装、白衬衫，红领带依然有点长。特朗普走进屋子，理都没理服务人员，伸手请我坐下。桌子摆放在长方形的屋子中间，桌子上方是一盏华丽的枝形吊灯。大概一米多宽的桌子把我们两个人隔开。

物如其名，绿色会议室里摆放着很多绿色的丝质挂饰。后来我读到，约翰·亚当斯曾将其用作卧室，托马斯·杰斐逊曾将其作为餐厅，但之后的总统通常都将其作为起居室。那天晚上，这个屋子里的家具都被挪走了，就是为了让我们在这儿用晚餐。透过总统的右肩我看到后面有两尊雕像，一边一个摆在壁炉旁，白色大理石的壁炉架就在雕像的头上，看起来非常痛苦。

我的盘子里摆着一张奶白色的卡片，上面手写了今天晚餐的 4 道菜——沙拉、挪威海螯虾、帕尔玛干酪烩鸡配意大利面，还有香草冰激凌。总统拿起他自己的菜单，开始欣赏。

他赞叹道："这些白宫的工作人员，他们每次都手写这些东西。"

我点头同意："确实，有个书写人员。"

他的嘴角噙着一丝嘲弄，重复道："他们是手写的。"

晚餐开始后不久，可能是在这几个海军服务生上挪威海螯虾的时候，特朗普突然发问："所以你想做什么呢？"这个问题太奇怪了，我一开始都没听明白。但他没等我回答就开始他的长篇大论，然后我就非常清楚他想问什么了，他想问我，我还想不想继续出任联邦调查局局长。

他说很多人都想做联邦调查局局长，但他个人对我评价很高。他说他听到别人对我的评价也都很高，也知道我在联邦调查局内部有很高的威望。但尽管如此，如果我想"离开"的话，他还是能够理解的，毕竟我经历了这么多。但随后他又说，如果我真的离职了，可能会对我的个人形象有影响，因为别人会觉得我可能是因为做错了什么才离职的。最后他说，只要他想，他就"可以对联邦调查局做出一些改变"，但他想知道我是怎么想的。

话说到这儿，我完全明白情况了。这次晚餐，这个私人晚餐的安排，还有之前特朗普在各种场合下对我是否会继续出任联邦调查局局长的试探，都让我坚信，他是想跟我建立一个互惠互利的关系。可能有人提醒了他，也有可能是他自己这么认为，他觉得是他"免费给了"我这份工作，现在他想要一些回报。明白了这一点，我觉得对他更陌生了。美国总统邀请我吃晚饭，跟我讨论我自己的去留问题？

我回答他说，他确实随时可以炒掉联邦调查局局长，但我想继续这份我深爱的工作，我觉得自己并没有什么失职的地方。我对他说，我之前并不打算再回政府机关工作了，但这份工作让我受益良多，我希望我能干满我的任期。从他的反应来看，他可能还想听我说点儿别的，于是我就加了一句，说我有一点是"完全可靠的"，但在这里这个词并没有任何政治含义，不像政治上那些"完全可靠的"投票，而是指我会永远对他说真话。

我对总统说，我并没做过什么偷偷摸摸的事情，我也没有泄露信息。但我也并不在任何人的政治阵营里，不可能成为传统意义上所谓的"政治盟友"，而这对于总统来说，其实是最好的选择。联邦调查局和司法部调查的都是这个国家最具争议的问题，经常会涉及一些身居高位的政府官员，就像之前布什任期内的时候，我们曾处理过布什总统的首席政治顾问卡尔·罗夫和副总统的办公厅主任"滑板车"利比的案子。联邦调查局有能力进行这样的调查，能够得出可信的结论，因为联邦调查局并不是总统维持政治统治的工具。如果司法部和联邦调查局没有这样的口碑，沦为总统维持政治统治的工具，那么总统就无法再对政府内部的那些争议进行调查，只能任命特别检察官来调查了。

　　我的这番解释显然没有让他满意。又过了一会儿，他严肃地看着我，说："我需要忠诚，我希望你能对我忠诚。"

　　我没有说话，没有动，脸上的表情也丝毫未变，气氛就这样安静了下来。刚才发生了什么？美国总统居然想让联邦调查局局长对他保持忠诚？这简直匪夷所思。请特朗普的支持者想一想，如果联邦调查局局长在对奥巴马政府的高官进行调查的时候，奥巴马总统单独请他吃饭，而且在饭桌上跟他讨论其工作是否能保得住，然后总统说他希望联邦调查局局长对他保持忠诚。那第二天，福克斯新闻上肯定会有人抨击奥巴马，要求对其进行弹劾。我永远也不可能想象奥巴马会做这样的事情，乔治·W.布什也不可能。在我看来，这样的要求是"公牛萨米"这样的黑帮老大才能做出来的，只有黑帮老大才会在入会仪式上问我，是否想成为"自己人"，而此时的特朗普，就像一个黑帮老大一样。我从未成为过谁的"自己人"，今后也绝不会成为谁的"自己人"。于是当时我决定，我绝不能给总统任何暗示，不能让他以为我会同意他的要求，所以我保持了绝对沉默。我们彼此对望了一会儿，好像过了很久，但可能实际上才过了两秒钟。我望向他平静无波的蓝眼睛，望向他眼睛下那半月形的白色痕迹。那时我想到的是，总统并不了解联邦调查局在美国人民的生活中扮演的角色，也不关心我们这些人用了40多年建立起来的联邦调查局宗旨和准则。他确实一点儿也不了解，也不关心。

在职业生涯的早些年，我还年轻的时候，我从不敢这样静默，不敢让气氛这样冷下去，我都会点点头，或是嘟囔几句，表示自己同意对方的观点。就算现在我已经56岁了，经历过很多事情，做联邦调查局局长也做了4年，在跟总统坐在一起的时候我依旧得做好心理建设，才敢直视他的眼睛。我内心有一个声音："别动，千万别动。"

这个尴尬的沉默是由特朗普打破的，他低头看着自己的盘子，换了个话题。我之前的沉默回应并没有让他冷场，他一点儿也没冷场。我们继续吃饭，气氛又变得轻松愉悦起来。

我们的会面继续了下去——我不想用"对话"这个词，因为对话是要双方有来有往地交流才行，但我们这次会面，基本都是特朗普在唱独角戏。我又一次努力想让总统了解，联邦调查局和白宫保持距离是非常重要的。但想在他滔滔不绝的长篇大论中插一嘴，实在是有点难。在接下来吃饭的过程中，除了有时停下来吃几口，他一直在讲话，从参观就职典礼的人数，讲到大选过程中他在媒体中露面的次数，又讲到大选中的人心险恶。他对希拉里·克林顿邮件一案也发表了自己的看法，并将其分为三个阶段。在他的叙述中，每个阶段都是以我为标志命名的。他说，在"科米第一幕"里，我于7月5日发表的对希拉里·克林顿不提起诉讼的声明"拯救"了她。他认为我的这个结论实在是大错特错。在他所谓的"科米第二幕"里，我向国会递交了重启调查的声明，做了我必须做的事情。在"科米第三幕"里，我又向国会递交了一份声明，再一次结束了这个案子。在他看来，我又一次拯救了希拉里，但希拉里自己"把手里的牌打烂了"。他听起来就像是在讲述自己最喜欢的电视节目的剧情。

接下来他开始谈论白宫的装饰，大概说一些类似"这就是奢华，我知道什么是奢华"的话。我抬头看了一眼他身后那两个头顶着壁炉架的可怜的雕像，想着他这句话也说得过去。然后特朗普又说，他没有嘲笑那些可怜的残疾记者。他对这件事的解释我已经在电视上看过很多次了。他还说他没有虐待过那些女性，他一件一件跟我详细地讲，就像我们上次谈话时那样。他坚持说，他不可能对飞机上坐在他身边的那位女士上下其手，那些对他豢养三级片明星的指控也十分荒谬。他说话的方式就好像是在参加口头谜语大赛，还有计时的那种。他会像爆豆一样，捡起一个话题就讲起来，讲完再换另一个不相关的话题，偶尔又回到刚才那个话题，循环往复。但这些话题都是他起的头儿，他来讲，然后他又停止这个话题换另一个。而这些行为，绝不是优秀的领导者与下属建立融洽关系的方式。

我妻子帕特里斯曾花了好几年的时间想要告诉我："亲爱的，这些事都跟你没关系。"我的工作换了一个又一个，她依然这样说。而我们所有人，都需要努力理解才能认识到这一点。她经常得提醒我，无论其他人是什么感受——是开心、伤心、惧怕或是困惑——都和我没什么确切关系。他们可能是收到了一个礼物，失去了一个朋友，拿到了什么检查报告，或者只是不能理解为什么爱人不回电话。那些都是别人的生活、别人的问题、别人的希望和梦想，不是我的。人类的本性让我们（或至少让我）很难自然而然地理解这些。毕竟，我们只能通过自身经历来理解这个世界，这就让我们总是相信，我们所想、所见、所闻的一切，都与我们自身有关。在我看来，我们所有人都这样。

但领导者需要不断地训练自己不要这样去想，这样的洞察力对领导者来说很重要。首先，这让你能喘息片刻，相信自己并没有那么重要。其次，意识到人们并不总是在关注你，这会让你想知道他们在关注些什么。我将其视作情商的根本，能够想象出另一个"自我"的认知和感受。有些人天生对情商就有着很好的感受力，但我们所有人都可以通过后天的练习来弥补情商的缺陷，至少大部分人都可以。而我觉得，可能没有人教过特朗普这些。

这位总统基本不问一些会引发讨论的问题，总是说一些他的观点和论断。这让我觉得，我的沉默是不是代表我已经成为他口中说到的"每个人"，认同参观他就职典礼的人数是史上最多的，认同他在就职典礼上的演讲是无与伦比的，认同他从未虐待过任何女性，诸如此类。这些话基本就泯灭了真诚的双向对话的可能。

他还说了一些令人困惑又没什么必要的谎言。比如说，总统告诉我，办公厅主任雷恩斯·普利巴斯不知道我们见面，但这事儿有点不太可能。如果总统单独与联邦调查局局长吃饭，办公厅主任应该知道才对。但吃了一会儿以后，特朗普又不经意地说："雷恩斯知道我们吃饭的事儿。"

我一边吃，一边听他漫无边际地侃。突然，他提到了之前我们说过的那个俄罗斯妓女的事情，他称之为"金色液体事件"。他把之前跟我说过的话基本上又重复了一遍，然后说，如果他妻子梅拉尼娅（Melania）有"哪怕1%的可能性"相信这是真的，那他就麻烦了。这句话让我略微有点走神。我立刻开始想，为什么他妻子会觉得他能做出这种事情来？哪怕只有一点点儿怀疑，在我看来也不太正常。尽管我有很多缺点，但帕特里斯绝对不可能，100%不可能相信，我会在莫斯科跟妓女混在一起，还让她们在彼此身上小便。她要是听到这种指控，肯定会觉得这是无稽之谈。究竟在怎样的婚姻关系中，究竟是什么样的丈夫，才会让妻子有可能相信他会做出这种事情来？

我几乎确信，总统没听过"做贼心虚"这句话。他又自顾自地继续说下去了，解释说为什么这些说法都不可能是真的，最后说想请我调查所有对他的指控，证明那些都是假的。我说这些都由他决定。与此同时，我也表示说，如果这样，那肯定会传出联邦调查局正在对他展开调查的风声，但就算调查也很难证实什么都没有发生。他说我说得也对，但又一次请我考虑一下，说他自己也会好好考虑。

他还问了我其他的问题，但看起来也没头没脑的。他问我司法部部长埃里克·霍尔德和洛蕾塔·林奇相比怎么样。我说，霍尔德与奥巴马总统的关系亲密一些，这样的关系有好处也有坏处。于是，我利用这个机会对他解释，为什么联邦调查局和司法部要与白宫保持距离。我说，这种关系其实是一种和谐的矛盾体：从古至今，有一些总统觉得他们要与联邦调查局和司法部保持亲密的关系，因为联邦调查局和司法部都是"麻烦"的来源。但亲密关系一旦越界，会让这些麻烦愈演愈烈，因为这样会降低民众对政府机构的信任，削弱民众对其工作能力的认可度。我并不清楚他是否听懂了我的话，也不知道他对我的话感不感兴趣。

吃饭的时候，我又想起了一个很值得思考的问题。特朗普没笑过，至少我不记得他笑过。开会之前闲谈的时候他不笑，对话的时候他不笑，我们这次看似放松的晚餐会上他也不笑。我想知道其他人有没有注意到这一点，不知道他在面对镜头的那几千个小时里有没有笑过。我没开玩笑，他确实在镜头前面过了好几十年，之前做商界精英的时候他就生活在镜光灯下，后来又做了好几年的真人秀明星。因此我很好奇，于是我就在谷歌和视频网站优兔上搜索了一下。在搜索结果中，我找到了一个视频。这个视频中，唐纳德·特朗普露出了一个可以称之为笑的表情。那是2016年1月，他问一个来自新罕布什尔州的听众，背景音中有一个类似狗叫的声音是什么，那个听众说"那是希拉里"，然后他做出了这个表情。我可能有点过分解读了。我觉得他私底下对着妻子和孩子，或是跟亲密的工作人员在一起的时候，总会笑的，也可能是我错过了他所有在公众面前露出笑容的镜头。但在所有我认识的通过选举得到职位的领导人中，特朗普是唯一一个不经常在公众面前露出笑容的人。在我看来，他不在公众面前展露笑意是因为他的自我安全感太弱，无法展示自己脆弱的一面，也不肯冒险去欣赏他人的幽默（万一没欣赏好呢）。而这些对一个领导者而言是非常悲哀的，对一个总统来说，甚至有些恐怖。

这顿饭快吃完的时候，他问了我一个问题——这是他第一次想了解一下这个跟他吃了一晚上饭的人。他想知道，我是怎么当上联邦调查局局长的。在回答这个问题时我说到，其实当我知道奥巴马总统对这个职位的认知与我不谋而合时，我真的又惊又喜。当时奥巴马总统说，他希望联邦调查局局长称职且保持独立，不想让联邦调查局牵涉进政治中，他只想在晚上能安心地入睡，知道联邦调查局正在正常运作，保护着每一位美国公民。随后我又复述了一下奥巴马总统和我第一次在椭圆形办公室见面时所讨论的话题。我那时就在想，我与奥巴马总统的第一次谈话，无论是讨论的内容还是讨论的形式都与今晚大相径庭。听完我的话，特朗普总统说，我能留下来他非常开心，因为他身边很多人都对我评价甚高，就连他选中的国防部部长和司法部部长都是如此。

然后，他又回到了忠诚这个话题上，再一次说："我需要忠诚。"

我又一次停住了，然后说："我对您会永远诚实，知无不言，言无不尽。"

他停了一下，然后接着说："这就是我想要的，诚实的忠诚。"显然，我的这番话在他看来，就是代表我们达成了某种双赢的"交易"。

我又停下来，然后说："知无不言，言无不尽。"我不想再说下去了，我非常想摆脱这种僵持的局面。我对自己说，我能做的都做了，能说的都说了，再也不可能说得更明白了。

那一刻，我突然意识到：这位"自由世界的领袖"，自诩伟大的商业大佬，并不理解什么才是领导力。优秀的领导者从不会要求下属对其保持忠诚，只有像美国黑帮头目那样通过让人惧怕来领导别人的人，才要求下属对其个人保持忠诚。优秀的领导者非常关心自己的下属，教会他们诚信待人、体面做事；优秀的领导者一诺千金，勇于牺牲；优秀的领导者非常自信，因此能够礼贤下士，谦逊待人；优秀的领导者有自知之明，知道自己长处为何，也害怕自身的局限性所带来的问题。他们知道，他们不可能总能理解问题，总能找到原因，总能看到世界的真相，总能不被蒙蔽双眼。他们能说出真相，也知道只有听到了真相才能做出明智的判断。为了获取真相，他们创设高标准的环境。他们知道什么才能使团队持续长久，什么才能使团队产生卓越的成就。他们知道，实现这一切的最有效方式是"爱"。优秀的领导者绝不会要求他人对自己保持忠诚。

晚餐最后，我们每个人吃了两个冰激凌球，随后我就回家了。回家后，我对这次晚餐写了个备忘录，之后每次跟特朗普单独会面之后，我都会写一份这样的备忘录。之前，我从未这样做过，也从未以联邦调查局局长的身份在与其他人会面之后做过备忘录。但与特朗普会面之后，我必须要这样做。原因有很多，其一就是我们会讨论一些有关联邦调查局职责和总统本人的话题，而在看过特朗普的大选过程之后，我对这个人是否正直表示非常怀疑。我得保护联邦调查局，保护我自己，因为我不能寄希望于他会坦率地说出我们的谈话内容。写完之后，我将备忘录打印了两份，一份与联邦调查局的领导团队共享，让我的办公室主任归档留存，另一份我锁在了家里。我把其中一份锁在家里也有两个原因。一个原因是，我觉得备忘录是我的个人财产，就像日记一样，需要保留；另一个原因是，我觉得把与这位总统打交道的过程记录下来十分必要，说不准哪天就能用上。

悲哀的是，有一天我真的用上了。

第十四章
阴云盖顶

若道义有利可图，人人都高尚可敬。

——托马斯·莫尔

2017年2月8日，白宫办公厅主任雷恩斯·普利巴斯请我到他的办公室去。他的办公室很大，墙上有壁炉，中间摆了张会议桌，窗外便是高大的艾森豪威尔行政办公楼。13年前，我就是在这间办公室里和副总统迪克·切尼一起开会的，听他讲如果司法部不肯改变对"星风"项目的看法，数以万计的美国人就会因此丢掉性命。在那之后没过几天，我便见证了在约翰·阿什克罗夫特病床前的那场对峙，从病房回来后，我又在这间办公室待到临近午夜。

　　现在，我又踏进了这间办公室，原因自然是之前和特朗普总统共进晚餐。普利巴斯想知道究竟发生了什么，我也想跟他解释一下联邦调查局与白宫之间应该保持什么样的关系才是合适的。之前，普利巴斯从未在总统身边工作过，对于在这个职位上应该如何处世表现出了极大的兴趣。

　　截至当时，我已经跟两任白宫办公厅主任打过交道了，其中共处时间最长的是乔治·W.布什总统任期内的安德鲁·卡德，而令我记忆最深刻的就是与安德鲁·卡德在医院里的那次交锋了。作为奥巴马总统任内的联邦调查局局长，我跟他的办公厅主任也打过不少交道。奥巴马总统的办公厅主任是丹尼斯·麦克多诺，他是一位非常正派、细心周全，又坚强勇敢的人。人生而不同，各届总统的办公厅主任也各有性格，为人处世和领导方式都各有不同。但所有的办公厅主任都遭受了同样的痛苦，那就是睡眠不足。白宫办公厅主任要做的事情太多了，得使出浑身解数保证白宫的有效运行，而白宫就像一个混乱不堪的企业，就算在最平静无波的时候也是如此，更别提有事的时候了。当然，美国历史上从未出现过像唐纳德·特朗普这样的总统，他有自己的领导技巧，也面临着独特的挑战，他给白宫带来的混乱，可算是前无古人了。

其实，我并不太认识普利巴斯。他看起来总是一脸困惑、脾气火暴，但他脾气火暴的原因其实很简单。经营特朗普任内的白宫肯定不容易，就算是一个经验丰富的管事都会焦头烂额，更别提普利巴斯本身就没什么政府工作经验了。在成为白宫办公厅主任之前，普利巴斯是共和党全国委员会主席，之前在威斯康星州做一名律师，从来没在联邦政府工作过。就算不是普利巴斯，任何一个有类似经历的人，都很难管理好唐纳德·特朗普任期内的白宫。我都不知道普利巴斯该怎么办，但他一直在为做一个称职的办公厅主任而努力。

我和普利巴斯的会面持续了差不多20分钟，会面很愉快，我们讨论了很多机密话题，也讨论了联邦调查局和司法部与白宫之间的关系。会面快结束的时候，他问我想不想面见总统。这很奇怪，我们刚刚讨论完白宫与联邦调查局的关系，他怎么就要让我去见总统呢？这之前说那么多不是白说了吗？白宫与联邦调查局之间的联系方式自有成规，除了像"棱镜门"这种突发事件，或是联邦调查局牵涉其中的国家安全政策讨论之外，如果白宫想联系联邦调查局，还是要经过司法部的。我们今天这场对话已经谈论了联邦调查局要与白宫保持距离的问题，普利巴斯也已经说过他完全理解了我的想法，但现在他又迫不及待地让我去见总统，这是什么情况？

上次面见总统之后，我不太想再与总统先生会面了。因此我回绝了普利巴斯，感谢了他的好意，说我觉得总统肯定特别忙，就不去叨扰了。他又问了我一次，我再一次回绝了他。

但他说："请坐一会儿吧，我确信总统先生会愿意见您的。我去看看他是不是在椭圆形办公室里。"说完他就离开了。从他办公室到椭圆形办公室并不远，他很快就回来了，笑着说："总统愿意见您。"

我脸上一点儿笑意都没有，只能说："好吧。"

我们两个走进椭圆形办公室的时候，总统正在和白宫发言人肖恩·斯派塞说话。我们进去坐了一会儿之后，斯派塞就走了，就剩下普利巴斯和我，还有总统先生。

尽管我并不是第一次面见这位新任总统了，但这次是我第一次在椭圆形办公室里见他。他坐在那张著名的坚毅桌边，穿着西装上衣，两个小臂搭在桌子上，整个人都显得不太适应。他坐在桌子后面，来见他的所有人都得隔着这样一块儿大木桌跟他说话。

我也算与布什总统和奥巴马总统开过几十次会了，从没见过他们在桌子后面跟我们说话。这两位总统都喜欢坐在壁炉边的扶手椅上开会，这样显得更随意，姿态更开放。在我看来，他们选择坐在那儿是有意义的，因为一般人和总统一起开会时都不可能特别放松，但如果大家都坐在一起，就可以假装是一群朋友围在咖啡桌旁讨论问题，气氛会更轻松开放一点儿。这时候，总统作为讨论群体中的一员，更容易从与会人员口中听到真相。然而，如果总统坐在他的"王座"上，面前还有一张大桌子，会议一下子就变得正式起来，所有人都会正襟危坐，那总统就不太可能从与会人员口中听到所有真相。不幸的是，在我与特朗普总统一起开会的时候，他都是这样坐在桌子后面的。

同时，我也注意到特朗普总统把屋子里的窗帘换了，换成了明亮的金色。后来我了解到，这套窗帘是比尔·克林顿的，但一想起特朗普对这位前总统的公开评价，想到克林顿的夫人，我觉得他用比尔·克林顿的窗帘似乎有点奇怪。（后来，媒体报道说特朗普总统把克林顿的窗帘换成了他自己的。）

斯派塞走后，总统跟我打了个招呼，让我坐在一把木头椅子上，我的膝盖都顶到他桌子上了。然后，普利巴斯努力把话题转到所谓的"俄罗斯档案"一事上。这件事我们其实已经讨论很多次了，我不知道他为什么又提起这个话题，但这次总统似乎对这个话题不太感兴趣。他坐在肯尼迪总统和里根总统用过的桌子后面，开始他一贯"爆豆式"的意识流独白。这次他讲的是几天前，福克斯新闻主持人比尔·奥雷利（Bill O'Reilly）对他进行的电视采访。采访是在"超级碗"之前的节目中播出的，我没看到直播，但直播后的评论我看到了不少。

采访中，奥雷利问特朗普总统，他是否"尊重"俄罗斯总统弗拉基米尔·普京。

特朗普回答道："我确实尊重他，但我也尊重很多人。尊重他并不意味着我就得跟他保持友好关系。"

奥雷利接着说："但他是个杀人凶手啊，普京的手上沾满了鲜血。"

特朗普回答道："杀人凶手太多了。我们当中也有很多杀人凶手。怎么，你觉得美国政府就干净吗？"

特朗普这么说，就好像是把普京的残暴专制与美国的民主体制等同起来，这让四面八方的批评如潮水般涌来。还有人因此附会，说特朗普与俄罗斯政府关系亲密。特朗普本不该支持这种言论的，但他在采访中的言论有这个倾向。我曾不止一次好奇，俄罗斯政府入侵邻国，压迫甚至谋杀其公民的事例不胜枚举，为什么特朗普从不愿意正视这些再明显不过的事实呢？可能他想反其道而行之，也可能在下一盘大棋，这样就能解释他为什么一直对俄罗斯政府的行为不明确发表意见，还总对普京表示歉意。也可能是因为有什么地缘政治上的坚实理由让特朗普无法公开对其他国家表示谴责，因为这毕竟是人家的内政。但4周前在特朗普大厦的时候，尽管情报机构的领导一致表示，俄罗斯政府已经干预了美国大选，想要损害美国的民主政治，但总统先生似乎对此并不担心。即使是在私下里，他也没有对俄罗斯政府的所作所为有太大反应，也不好奇俄罗斯政府下一步打算做什么。我们都知道普京政府确实史无前例地干预了美国大选，至少在一定程度上帮助了特朗普赢得大选。而特朗普对奥雷利问题的回应只会让大家更加理解普京为什么愿意扶特朗普上位。

紧接着，奥雷利以其暴风骤雨式的提问挑战特朗普，质问他与普京之间关系为何如此亲密，但特朗普依旧不愿对俄罗斯政府进行批判。

现在，三天过去了。特朗普面对铺天盖地的批评，显得有点伤心，至少有些心事重重，而且依然非常愤怒地想要辩驳。

"我能怎么做呢？说我不尊重这个我们需要与之交好的大国领导人吗？"特朗普貌似在自问自答。

一开始，普利巴斯和我都什么也没说。就算我们想说点儿什么，也插不进去嘴，特朗普总统根本没有给我们留出说话的时间。他接着说，奥雷利又问了一个尖锐的问题，"但这个问题我回答得很好"。他一边说一边看着我们，一脸不容置疑的神情。"我确实回答得很好，谁也想不出更好的答案了。"

特朗普在讲述这件事的时候，我能明显地看出，他是在说服自己，同时他觉得他也说服了我们。其实，我并不觉得奥雷利的问题有多尖锐，也不觉得特朗普的答案有多好，但他并不想听我的意见。

跟特朗普打过几次交道之后，我就能辨别出特朗普的意图了。他会一直强调"大家都这么想"，这事"确实如此"，一直强调，不容辩驳。我们之前一起吃晚饭的时候就是这样，他根本不给你说话的余地。因此，正常谈话其实就变成了特朗普的一言堂。每次开会，他都连珠炮似的说很久，其他人根本插不上嘴。这时候，其他人的沉默就会自动被认为是同意了他所谓的"事实"，但这其实是他想象出来的。马丁·路德说得好："你不仅要为自己说出的话负责，还得为自己没有说出的话负责。"

我坐在特朗普对面，看着他不断用自己的话语结成一个"另类事实"的茧，牢牢地把我们包裹起来。只要我没有反驳他，那我就一定同意了他一直以来所强调的，他就职典礼的观礼人数是史上最多的；只要我没有反驳他，那我就一定同意他接受奥雷利采访时的反应是非常好的，他给出的回答也是非常机智的。我已经见识过他的这种招数了，这次我不会再让他得逞。这时候，他正好看着我问："你也觉得我的回答很棒，是吧？"然后就想继续说下去。

我抓住了这个空隙，表达了自己的看法。如果是再年轻一点儿，我绝不会这么做——尤其是对着美国总统。在我与特朗普有限的交集中，我从没见过他身边的工作人员这样跟他说话。那时候，他正要开始下一篇宏论，觉得我们就该同意他的观点。我不记得我是打断他的话插进去的，还是趁他稍微停顿的时候插进去的，反正我插进去了。

"总统先生，您回答的前半部分很好"我说道。他吸了一口气，一脸疑惑地看着我，"但后半部分不太好。我们和普京不一样，我们并不是普京那样的杀人凶手"。

我这句话一出口，特朗普不说话了。在这个挂着明晃晃的金色窗帘的屋子里，一丝阴霾似乎爬上了他的脸庞。我能看到他眼神中的变化，一丝冷酷，一丝阴郁。他眨了眨眼，眼睛眯了起来，下巴也收紧了。他看起来就像是一个独裁者，不习惯身边的人挑战他的观点，更不习惯身边的人纠正他的错误，他才是那个万物的主宰。我没说几句话，却给他实实在在地泼了一盆冷水。他将我们政府中每个人的努力与普京的暴政置于同等地位，真是让美国政府蒙羞。他脸上的阴霾来得快去得也快，就好像我从没说过那些话，而他也从没有发怒一样。这场会面就这么结束了。

总统感谢了我的到来，而从头至尾普利巴斯都没说话。普利巴斯陪我走出了椭圆形办公室，我径直走出了白宫，我们俩之间也没再交流。

回到联邦调查局总部，我对手下人说，经过今天在白宫里发生的这件事，我跟特朗普总统之间算是不可能有任何私人交情了。两周之前，我拒绝对他表忠心，现在又打断了他的话，直接批评了他。我与特朗普之间，不可能建立我与布什总统或是与奥巴马总统之间那样友好暖心的交情了。但这并不是什么坏事。联邦调查局局长本就不应该与在任总统或政府保持密切关系，而这也是我当天去白宫的初衷。

然而，这场会面依然让我心有余悸，我从没在椭圆形办公室里说过这样的话。在我回顾我与特朗普的会面时，我又一次想起了早年做联邦助理检察官时对抗美国黑帮的事情，想起了黑帮里那种无言的顺从，想起了老大掌控全局、手下人必须宣誓效忠的氛围，想起了他们非友即敌的世界观。黑帮里那些为了显示忠诚而无处不在的谎言，使黑帮组织抛弃了道德理念，抛弃了事实真相。

没过一周，我又回到了椭圆形办公室，又坐在了那把椅子上，膝盖再次顶在坚毅桌的下面。

2月14日，我到椭圆形办公室参加一个早就计划好的反恐简报会，特朗普总统也有参加。他还是坐在桌子后面，我们6个人围着桌子坐成一个半圆。参会的有我、副总统彭斯、中央情报局副局长、国家反恐中心局长、国土安全部部长，还有我的新上司——司法部部长杰夫·塞申斯（Jeff Sessions）。这位新任司法部部长上任还不到一周。我一见他，就觉得他与阿尔贝托·冈萨雷斯出奇地相像，都因在这个岗位上承受的重压而显得疲惫不堪，但塞申斯还不如冈萨雷斯善良。

奇怪的是，整场简报会上，总统都显得没什么兴趣，有些心不在焉。会上，我对当时美国境内的恐怖主义威胁表达了关切和担忧，也提出了一些很重要的现象，但他并没有任何反应。这场会议就这么死气沉沉地进行着，快结束的时候，总统示意我们可以离开了。"感谢各位！"他大声说，然后他指着我说，"我想与吉姆谈谈。感谢各位！"

又来了。

我不知道他要跟我说什么，但这个要求有点不同寻常，我觉得结束后肯定又要写备忘录了。因此，我知道我得努力记下他说过的每一句话，一字不差地记下来。

当时，我别无选择，只能继续坐在椅子上，看着其他人陆续离开椭圆形办公室，只有司法部部长还在我身边。作为我的上司，他肯定觉得他得参加这场会面，但总统下了逐客令："杰夫，谢谢你，但我只想跟吉姆单独谈谈。"

然后，贾里德·库什纳来了。库什纳和其他白宫工作人员一起，坐在后面咖啡桌旁边的椅子上。他可能要比屋里的其他人都了解他的岳父特朗普，也想留下来看看究竟是什么事。为了能留下来看看我们要谈什么，他跟我谈起了希拉里邮件案，讨论当时的情况多么困难。可能他觉得特朗普会忘记自己说过让所有人出去，但特朗普可没忘。

"好了贾里德，谢谢你。"特朗普说。他的女婿不情不愿地出去了。

老爷钟旁边的门关上了，屋里只剩下我们两个，总统看着我。

"我想跟你谈谈迈克尔·弗林的事情。"弗林本来是他的国家安全顾问，几天前被迫辞职了。我不怎么认识弗林，只是在 2014 年他出任国防情报局局长的时候，跟他一起出庭做证过。我觉得他还挺招人喜欢的。

弗林本是个退休的五星上将。2016 年 12 月，他与俄罗斯驻美大使交涉过多次，就阻碍联合国决议一事寻求过俄罗斯的帮助。这项决议谴责以色列扩张定居点，而奥巴马政府并不打算否决这项决议。此外，弗林还通过俄罗斯大使敦促俄罗斯政府，不要对奥巴马政府实施的制裁措施做出激烈回应。当时，美国正以俄罗斯干涉 2016 年美国大选为由对俄罗斯实施制裁。2017 年 1 月初，媒体曝出了这段有关美国对俄罗斯实施制裁的对话，引起了公众的强烈反响，当时尚未上任的副总统彭斯在镜头前否认了弗林曾与俄罗斯政府讨论过制裁问题。彭斯说，因为弗林跟他说过这件事，所以他知道。1 月 24 日，我派出了两名探员去白宫询问弗林，想知道他跟俄罗斯政府之间究竟都说了什么，这也是我们一直在调查的俄罗斯政府干预大选案之中的一部分。然而，他对联邦调查局探员说了谎，否认了自己曾与俄罗斯大使仔细讨论过相关问题。

现在总统跟我讨论的，就是这个案子。他说，弗林上将跟俄罗斯政府讨论这个问题并没有做错什么，但他必须得让弗林离开这一岗位，因为弗林误导了副总统的判断。总统还说，他对弗林还有其他的担忧，但他并没有明说。

然后，总统又说了很多关于机密信息泄露的事情。在这件事情上，我们确实所见略同。一直以来，有些能接触机密信息的人会对记者泄露这些信息，所有的总统都对这件事忧心忡忡，他也不例外。我解释道，这个问题一直存在，历届总统都被这个问题困扰，而立案也十分困难，因为查案的时候，有时需要调查涉案人员与媒体的交流情况（比如电话记录之类的）。但我也告诉他，如果我们确实能锁定是谁泄露了机密信息，就有可能立案，而一旦立案就会有杀鸡儆猴的效果。尽管我并没有提出任何调查媒体的建议，总统却提起了之前我们将一名记者收监并审问的事情。这件事发生在"滑板车"利比案中，那时候《纽约时报》的记者朱迪思·米勒（Judith Miller）在监狱了待了将近三个月。因为在 2005 年对此案的调查中，这名记者藐视法庭，拒绝向法庭提供与利比的相关谈话记录。随后，总统又极力劝我跟司法部部长塞申斯讨论一下，有什么更有攻击力、更有威慑力的方法对付那些机密信息的泄露者。我对他说，我会把这件事转告司法部部长。

总统谈了一会儿信息泄露的事之后，雷恩斯·普利巴斯侧身探入。我看到有一群人在外面等着，其中也包括副总统。总统挥挥手，示意他关上门，说马上就结束。普利巴斯把门关上了。

转过头，总统又回到了迈克尔·弗林的事情上，他说："弗林是个好人，经历过很多痛楚。"他又重复说弗林其实并没犯什么错误，只是误导了副总统而已。

然后总统又说："我希望，你能找个什么方式让这事儿过去，放过弗林一马。他确实是个好人，我希望你能想想办法。"

当时，我理解的总统的想法是，他想让我们撤销关于弗林做伪证一案的调查。但我当时并没有理解到，总统所指的案子范围更广，他想让我们撤销对俄罗斯干涉美国总统大选一案，以及俄罗斯与他的竞选团队之间的关系的调查。无论如何，联邦调查局都是独立的调查机构，因此总统的这种要求让我异常忧虑。试想一下，如果希拉里·克林顿当上总统，然后与联邦调查局局长单独谈话，还极力劝说要他撤销对她任期内的国家安全顾问的调查，那会是个什么情况？

其实，总统的这种要求是非常不恰当的，但他还是极力在为自己辩解。我并没有打断他，尽管我应该打断他。如果他不知道自己的这个要求是不恰当的，为什么他又让所有人出去，连司法部部长和副总统都没留下，而要单独跟我谈呢？

至于我，我只能同意"弗林是个好人"，从我认识的弗林来看，他确实是个好人。但我并没有说我会"想想办法"。

对于我的反馈，总统并没有什么反应，又回过头简单讨论一些信息泄露的问题，随后就结束了我们的会面。我起身从老爷钟旁边的门出去，径直穿过门口等待的那一大群人。站在那儿等着的有普利巴斯、副总统彭斯、新上任的卫生与公众服务部部长汤姆·普赖斯（Tom Price）。没有一个人跟我说话。

回到车里，我给手下人发邮件，说他们花了很长时间给我准备的反恐简报材料非常有用，但"现在我又得写封备忘录了"。这份备忘录记录了会后我与总统的谈话。我写了一份非机密的备忘录，写了关于弗林的事。写完之后，我与联邦调查局的一些高级领导讨论了这件事，包括副局长麦凯布、办公室主任吉姆·雷比茨基、联邦调查局总法律顾问吉姆·贝克。在一个多月的时间里，我已经写了好几封与唐纳德·特朗普会面的备忘录了。我知道，我得把这些会面中的谈话内容记录下来，一方面是因为这些谈话的内容有些敏感，另一方面是因为我知道，我正在与一个可能会说谎的行政机构领导者打交道。为了保护联邦调查局，也为了保护我自己，我得保留一个实时记录。

其他的联邦调查局领导也同意，我们不应该因总统的要求而影响对弗林一案的调查（从更广泛意义上说，就是对所谓的俄罗斯势力与特朗普竞选团队相勾结影响 2016 年美国大选一案的调查），我们也不打算按总统的要求行事。同时，我们还讨论到，因为见面的时候只有我和总统两个人，没有人可以证实我的言论，所以我们觉得，向司法部部长塞申斯汇报这件事并没有什么意义。在我们看来，塞申斯才不想蹚俄罗斯这摊浑水，他一定会抽身的。（果然，两周之后他就不管这事了。）而当时，副总检察长的职位是由一位联邦律师代理的，他不会一直出任这个职位。经过讨论，我们觉得应该等调查有了进展，想明白应该如何回应总统的要求，弄清楚其中的关窍之后，再做决定。

2 月 14 日，我与总统谈话之后，我让吉姆·雷比茨基在第二天上午，也就是周三上午的反恐例会结束之后，安排我与司法部部长会面。例会结束之后，所有人都走了，只有我、司法部部长和我们各自的办公室主任在场。会面就在刚刚开会的司法部安全会议室里，我和塞申斯各坐在会议桌的一头。当年洛蕾塔·林奇对我说，把对希拉里·克林顿邮件一案称为"事件"的时候，就是坐在塞申斯坐的那个位置上，甚至可能就坐在同一把椅子上。

会议室里的人都离开了之后，我兑现了对总统的承诺，替他将对信息泄露的担忧转达给了司法部部长，也对司法部部长说明了总统希望我们加大调查力度，找到一些更有攻击力的方式使泄密者受到惩罚。我当时抱着乐观的想法，觉得司法部部长可能能够影响特朗普总统的想法，于是我利用这个机会恳求他，以后不要再让我与总统单独见面了。"这不行啊，你是我的上司，总统与我谈话的时候你必须在场，不能被排除在外。你必须得处在我和总统中间啊。"塞申斯并没有问我发生了什么让我如此忧虑，我也没说。他只是把眼睛垂下，望向桌子，前后看了几下，又左右看了几下。他的这种行为我后来又看到过许多次。在我的记忆中，他什么都没说。四下看了一会儿之后，他把双手放在桌上，站起身来，感谢我的到来。于是，我明白了他的意思，他并不能给我提供帮助。雷比茨基和我一起离开了。我被塞申斯看得心里直发毛，于是我让雷比茨基给塞申斯的办公室主任打了个电话，确保他确实理解了我的想法，也理解了司法部部长要介于联邦调查局局长和总统之间的重要性。他的办公室主任回答道，他们知道了。

但其实，他们不知道。或者说，他们根本无法知道。

截至当时，我还不知道，我与特朗普总统之间的纠缠只剩下三个月了。3月1日，我正要乘直升机飞到里士满，参加一场阿片类药物峰会。正要登机的时候，我的助手奥尔西娅·詹姆斯给我打电话，说总统想跟我讲话。我完全不知道总统打电话想要讲什么，但我觉得可能是很重要的事情，因此我让车停在直升机跑道上，等着接电话。缉毒局局长，也是我的老友查克·罗森贝格正在直升机上等我。

过了几分钟，我的电话响了，话筒里传来了白宫接线员的声音，说总统正在线上。电话里传来总统的声音，说他就是想"问候一下"。我回答他说，我挺好的，有很多事情要忙。为了让对话继续下去，我说司法部部长最近正忙着准备关于打击暴力犯罪的演讲，忙得不可开交。总统说："他就该干这个。"这个对话太诡异了，不到一分钟就结束了。挂了电话，我突然反应过来，这可能是另一个想让我变成"自己人"的尝试，他应该是想要确认我是"自己人"吧。不然的话，为什么日理万机的美国总统要给联邦调查局局长打电话，而且仅仅是为了"问候一下"呢？我下了车，登上直升机，向缉毒局局长道歉，解释说我来晚了是因为总统刚打电话来"问候了一下"。

3月30日，特朗普又给我打电话，这次我在联邦调查局总部。他打电话来说，联邦调查局对俄罗斯一案的相关调查就像他头顶上的"一片阴云"，让他无心理政。他说自己与俄罗斯政府没有任何关系，与俄罗斯的妓女也没有任何关系，而且对于他在俄罗斯的一言一行都被人录了下来这件事也早就已经料到。然后，他又提到了所谓的"金色液体事件"。这已经是他第4次声明这件事不是真的，而且再次问道："你能想象我会和妓女混在一起吗？"随后，他提到了他美丽的妻子，说这整件事已经给他的妻子造成了很大的痛苦，显然他是想勾起我的恻隐之心。

他问我，我们能做点什么才能拂去他头顶的"阴云"。我回答道，我们正在尽快调查，如果什么都没找到，那就说明万事大吉。他同意了我的观点，但又强调了一遍这件事对他造成了很大的困扰。

接着，总统问我，为什么几周前就俄罗斯干涉美国大选一案召开了国会听证会。这个听证会确实开了，是在司法部的要求下由我组织召开的，目的是确认联邦调查局将要对俄罗斯与特朗普竞选团队之间可能存在的联系进行调查。我解释道，召开听证会是因为两党的高层领导都想了解更多的信息。同时，参议院司法委员会主席、艾奥瓦州参议员查尔斯·格拉斯利（Charles Grassley）坚持要求我们针对这一调查向他进行详细的汇报。我还解释道，我们已经向国会领导简单汇报了我们将要对谁进行调查，也告诉他我们并没有对特朗普总统本人展开调查。总统一次又一次地告诉我，"你们得让公众了解，你们没有对我本人展开调查"。其实，联邦调查局和司法部并不愿意发表公开声明，说明我们没有对特朗普总统展开调查。原因有很多，其中最重要的是，如果情况有变的话，我们就还得发表公开声明继续对此进行说明。然而，我并没有告诉总统这一点，主要是因为我觉得他不会愿意听。

总统又接着说，如果他身边有谁做了错事，我们能把他揪出来是再好不过的了，但他什么都没做错，因此希望我可以找机会对公众说明，联邦调查局并没有对他展开调查。

接着，他突然把话题转向了联邦调查局副局长安德鲁·麦凯布。他说他也没有将"麦凯布那些事"公之于众，只因我认为麦凯布是个值得尊敬的人。接着他说，弗吉尼亚州的州长特里·麦考利夫（Terry McAuliffe）是民主党人，与克林顿夫妇关系密切，还曾为麦凯布（我觉得他说的可能是麦凯布的妻子）提供过竞选资金。我知道他说的这件事。麦凯布的妻子吉尔是一名医师，在北弗吉尼亚州工作，曾在2015年参与弗吉尼亚州的州立法委员竞选，但失败了，那时候麦凯布是联邦调查局华盛顿特区办公室的一把手。吉尔是由麦考利夫州长招募进竞选团队的，她的竞选资金大部分都来源于由州长负责的政治行动委员会。大选的时候，特朗普总是谴责联邦调查局对希拉里·克林顿手下留情了，还说就是因为麦凯布的妻子与克林顿夫妇的老朋友、弗吉尼亚州州长之间有这样的关系。作为总统候选人，当时特朗普还声称，希拉里自己就曾经给麦凯布的妻子提供过竞选资金。当然，这个指控不是真的。

无论何时，这个指控都是无中生有。说它无中生有有很多原因。首先，联邦调查局的员工并不是希拉里的秘密粉丝。尽管联邦调查局特工在踏入联邦调查局大厦之前，都得把自己的政治倾向置之度外，但他们也倾向于在政治版图中选择自己认为正确的那一侧——而麦凯布长期以来都觉得自己是个共和党人。同时，联邦调查局花了好几年时间调查与克林顿有关的案子，在比尔·克林顿执政的时候就开始调查了。那时候，联邦调查局局长路易斯·弗里（之前也是联邦调查局特工）放弃了可直入白宫的通行证，因为他认为克林顿涉嫌一桩刑事案件。但特朗普自打一上任，便问过我两次，"麦凯布是否跟我有过节，因为我对他妻子确实不太客气"。我回答道，麦凯布非常专业，不会让这些事情影响自己的工作。

我不理解为什么这时候总统又把这些事情翻出来了，是想跟我做什么交易，还是想威胁我他要开始攻击副局长了？我又说了一次，麦凯布是个值得尊敬的人，并不会因政治原因影响工作。

最后，特朗普总统又强调了一遍他头上的"阴云"已经影响了他做决策，希望我能让公众了解，联邦调查局并没有对他展开调查。我对他说，我会想办法，我们会好好调查，我们会尽快调查。

挂了电话，我马上给代理副总检察长达纳·本特（Dana Boente）打了个电话（因为塞申斯已经从俄罗斯相关案件中抽身出来，而又没有正式的副总检察长上任）。我对本特汇报了总统的要求，表示我会等待他的指示。但过了两周，我都没有等到他的指示，只等来了特朗普的另一通电话。

4月11日上午，总统又打来电话，问我对他上次的要求采取了什么处理方式。这次他打电话来，并没有像之前一样先奉承我一番，也没跟我寒暄几句，而是直接切入正题。看起来，他对我很是生气。

我回答说，我已经向代理副总检察长说明了他的要求，但没有得到副总检察长的回复。总统说，头顶的"阴云"已经妨碍到了他的日常工作，也许他会让自己的工作人员去跟代理副总检察长谈谈。我对他说，这才是正常的沟通方式。总统顾问应该与司法部领导沟通，提出要求，这才是正常的沟通渠道。

总统表示，他会这样做的。然后说："因为我一直都对你十分忠诚，十分忠诚。我们之间还是有点什么的，是吧。"

我什么也没说，也没问他"有点什么"究竟是什么，但这好像是个互相表忠心的过程，可能他想起来之前我拒绝对他表忠心，所以这次想让我表个忠心吧。之前我们一起在绿色会议室吃晚餐的时候，我只承诺他一定会对他"知无不言、言无不尽"。但无论如何，他这种要求下属表忠心的行为，都是不太正常的。而我只能回复他说，如果他想尽快处理俄罗斯这个案子，就得让总统顾问给代理副总检察长打电话。他说他会这么做的，然后把电话挂掉了。

这是我最后一次与特朗普总统通话。挂了电话，我就把这次通话内容向代理副总检察长做了汇报。很显然，从3月30日到现在，他对于这件事什么也没干。他对我说："天哪！我还以为这件事就这么过去了。"

但这件事，并没有过去。

最终，这些狂风化作暴雨落了下来。2017 年 5 月 9 日，我正在洛杉矶参加一场多样化探员宣讲活动。我们之前已经在华盛顿和休斯敦开展过这个活动。活动中，我们邀请不同肤色、不同种族的年轻律师、工程师和商学院毕业生来听宣讲，就是想让年轻人知道，为什么这么多人愿意领着不高的薪水到联邦调查局来做特工。我非常喜欢参加这样的活动，这与我一直以来想让联邦调查局特工更加多样化的诉求十分相符，之前的两场活动也大获成功。让联邦调查局的员工保持多样化，是保持联邦调查局活力的重要举措。我之前也说过，很多年轻人不愿意到联邦调查局工作的原因，尤其是黑人和拉丁裔美国人不愿意来这儿工作的原因，就是他们认为联邦调查局是"白人工作的地方"。谁想到只有"白人工作的地方"工作呢？我喜欢参加这样的宣讲活动，因为这给我和联邦调查局的其他领导者提供一个机会，向这些有天赋的年轻人展示我们的工作，展示联邦调查局的团队究竟是什么样子的。

这些年轻人急于改变社会，而我们可以告诉他们，为公众服务、为国家尽忠、从事有益的工作将会对社会带来多么深刻的影响。一朝入联邦调查局，永是联邦调查局人，体验过联邦调查局特工的工作与生活后几乎没有人愿意离开。我的任务就是激发这些年轻人内心的热血，让他们想要加入这样的组织，过这样的生活。华盛顿和休斯敦的两场宣讲会呼声很高，于是我到洛杉矶来参加这场活动，面对 500 多名可能成为新任探员的年轻人说出我的想法。我知道，很多未来的特工可能就出自那些台下的听众。我已经等不及要跟他们交流了。

宣讲活动在晚上举行，但我早早就到了联邦调查局洛杉矶分局。我愿意在联邦调查局的办公室里面走一走，参观每个楼层、每个隔间，看望每一位联邦调查局的员工，跟他们握握手。在我看来，这种做法非常值得，因为对联邦调查局人来说，局长能亲自来感谢他们，对他们意义重大。像联邦调查局这样的大组织，办公室遍布世界各地，我的探望会让员工感到自己的辛勤劳动被肯定了，让他知道他们的上司不是只关心他们工作做得怎么样，还真正地关心他们本人和他们的家人。每一次我出差的时候，都会挤出几个小时，去探访当地的联邦调查局办公室，探访这些为了联邦调查局的工作殚精竭虑的普通探员。他们平凡，却又很伟大。

当天，我在联邦调查局洛杉矶分局里见到了很多联邦调查局员工。洛杉矶分局的领导者还做了一件很暖心的事情，他们把那些没有办公室的工作人员（包括清洁人员和设备间工作人员）叫到一起，坐在一间大指挥室的桌子前，跟我见面。下午 2 点（华盛顿时间下午 5 点）的时候，我去问候了他们。我对他们说，2015 年我们重新撰写了联邦调查局的使命，现在我们的使命更简短，更能凸显我们职责的重要性。我们最新敲定的使命是：保护美国人民，捍卫宪法尊严。我对大家说，我想让使命表述得简短一些，这样所有人，尤其是年轻人，都能知道我们的使命，了解我们的使命，记住我们的使命，然后与亲朋好友分享我们的使命。我希望，所有人都能意识到……

然后我停了下来。

我看到后面墙上的电视中出现了"科米离职"这四个大字。我的听众是背对电视的，大概他们注意到了我的失神，也都转过头去探个究竟。我笑了，然后说："这太滑稽了。这个谣言应该是费了大力气吧。"我没管这些，继续说："联邦调查局里没有所谓的职能部门，我希望……"

屏幕上的字又变了。三个屏幕正在播放来自三家不同电视台的新闻，但内容都是一样的："科米被解雇了。"我笑不出来了，屋子里开始议论纷纷。我对大家说："朋友们，我得去弄明白究竟发生了什么，但无论这条信息是真还是假，我想传达的理念不会改变。现在请让我说完。"我继续说，"你们之中的每个人都肩负着保护美国人民的任务，肩负着捍卫宪法尊严的使命。我们分工不同，但使命都一样。感谢各位在过去的时光里做出的贡献，谢谢各位！"然后，我走到每个员工面前，和他们握手，紧接着便离开会场去到一间私人办公室，想弄明白到底发生了什么。

联邦调查局局长出差的时候，身边是有通信团队的，以保证司法部或白宫可以随时找到他。但是没人给我打过电话，司法部部长没打过，副总检察长也没打过，没有一个电话。明明出差的前一天我刚刚见过司法部部长，几天前我还跟新上任的副总检察长单独见过面。副总检察长请我去见他，想就如何开展工作咨询我的意见，毕竟我在2003—2005年曾出任这一职位。2016年10月末，大选之前不久，现任副总检察长当时还在巴尔的摩任联邦检察官，他还请我去做演讲，面对他所有的员工讲领导力，讲我为什么要在希拉里邮件案中发表7月声明。那时，他还夸赞我是个能够鼓舞人心的领导者。现在，他不仅一个电话都没给我打，还起草了一份备忘录，支持特朗普解雇我，说我2016年的所作所为不可接受，非常糟糕。这让我觉得十分不可理喻。

当时，我知道的所有情况都是通过媒体得知的。一通混乱之后，我们了解到一名白宫的工作人员正在前往联邦调查局总部，想要给我带个总统的信儿。我给帕特里斯打了个电话，她说她和孩子们都看到新闻了。我对她说，我也不知道是不是真的，我们正在研究是怎么回事。帕特里克·菲茨杰拉德给我打电话，我也是这么对他说的。

国土安全部部长约翰·凯利（John Kelly）也给我打了个电话，说我被解雇之后他也伤透了心，也想辞职抗议。他说他不想再为这个无耻之徒工作了，对我他都能干出这种事情来，还有什么干不出来的。我劝凯利别这么做，这个国家、这个总统都需要自律的人在身边，尤其是总统更需要。

我的助手奥尔西娅·詹姆斯非常给力，她在联邦调查局大楼门口拿到了白宫工作人员带来的消息，草草地看了一遍然后发给了我。我确实被解雇了，即时生效。我居然被解雇了，被这个多次表扬我、请我留任的总统解雇了。解雇我的决定是由副部检察长提出并经司法部部长同意。这位副总检察长不久之前还夸赞我，说我是一名出色的领导者；而司法部部长不仅完全抽身俄罗斯干预美国大选一案，而且据总统先生所说，还曾称赞我工作做得很好。解雇我的原因都是假的，但这封解雇信确实是真的。我觉得我有点反胃，还有点头晕。

我走出这间办公室，一大群联邦调查局洛杉矶分局的员工聚在外面，很多人都热泪盈眶。我跟他们简单说了几句，告诉他们联邦调查局的价值观比我们任何人都重要、都坚定。现在要离开他们，我非常伤心，我告诉他们，正因他们都具备那些生而为人的珍贵品质——诚实、称职和独立，使我觉得离开是如此苦痛。我非常不愿离开他们。随后，我去了洛杉矶分局局长迪尔德丽·菲克（Deirdre Fike）的办公室。当初是我推荐她出任这个职位的，我相信她的判断力。直觉告诉我们，无论如何我都应该参加这场宣讲，就算以一个普通公民的身份也好。这场宣讲是我非常关注的活动，我依旧愿意劝说那些有才能的男男女女加入联邦调查局，就算我不再是联邦调查局的一分子了。但最终我还是决定不参加了，因为我的出现会转移大家的注意力，只要有一个媒体看见了我，整场活动就别想顺利进行下去了。我的出现没什么好处，可能还会带来害处。于是，我觉得还是直接回家比较好。

但现在问题出现了：我该怎么回家呢？我还是把这个问题留给安德鲁·麦凯布来操心吧，这家伙几分钟之前刚从联邦调查局副局长变成代理局长了。麦凯布刚听到这个消息的时候，也跟我一样惊愕不已。现在他是一把手了，他得想个合理又合法的法子解决这个问题才行。刚听到这个消息的我十分震惊，我还想过租个车，开上 2 700 英里回家得了，但转念一想觉得不妥，我又不是自己来的，脑子也还算清楚，不能这样做。最后还是麦凯布决定，既然联邦调查局依然对我的安全负有责任，我还是坐来时的飞机原路返回，反正安保人员和机组人员也都得回华盛顿。拿定了这个主意，我们就都上了车，开向机场。

新闻直升机在我们从联邦调查局洛杉矶分局去机场的路上追上了我们。我们的车缓缓地行驶在洛杉矶的路上时，我看到我们右侧的车里，开车的人用手机在看新闻，新闻里俨然都是我们的身影。然后他转过头来，摇下车窗，对我笑了一笑，竖起了大拇指。我不知道他是怎样完成了这一串动作，同时又握得紧方向盘的。

往常，我们都是直接将车开进停机坪，由警官直接护送我到登机梯架上，这次也不例外。一般我都会感谢护送我们的警官，但这次我整个人都是懵的，不知道在胡思乱想些什么，差点儿忘了这事儿。还是我的特别助理乔希·坎贝尔（Josh Campbell）提醒了我。他看我没有与护送警官握手告别，就用胳膊肘轻推了我一下，让我去谢谢那些警官。我照做了，跟每个人握了手，然后登上了扶梯。我不敢看飞行员的眼睛，也不敢看我的安保团队，怕我会失态。他们也非常安静。随后，机舱广播响起，说飞机即将滑行起飞了。这些影像全都被跟随我们的新闻直升机拍摄了下来。

特朗普总统显然在白宫也一直盯着电视看，自然看到了我感谢护送警官之后登上飞机离开的画面。而这让他异常恼怒。第二天早上，他给麦凯布打电话，要他调查一下是谁允许我乘坐联邦调查局的飞机从加利福尼亚州飞回来的。

麦凯布说，他确实可以调查是谁允许我使用联邦调查局的飞机的，但他不必这么做，因为就是他自己允许的。麦凯布对总统说，无论如何飞机也是要返航的，安保团队也得回来，而联邦调查局也肩负着将我安全送回家的责任。

听麦凯布这么说，总统爆发了。他下令说，决不允许我再踏入联邦调查局的任何地方，绝对不许。我的前同事只能将我办公室里的东西都打了包送到我家。总统的命令中还禁止我与联邦调查局员工见面，不允许我与他们之间有任何交流。那些都是曾与我并肩奋斗过的兄弟啊！

大选的时候，特朗普就对麦凯布和他妻子的事情有诸多不满，至今还总对那事儿愤懑不已，总想拿出来说一说。

因此，特朗普问麦凯布："你妻子在弗吉尼亚州输了竞选，是不是？"

麦凯布回答道："是的，她没能取胜。"

然后，总统居然问了联邦调查局代理局长这样一个问题："替我问问她，输了的感觉如何？"然后把电话挂了。

回家的飞机上，我一个人坐在那儿，努力理清思路。我从手提箱里掏出了一瓶从加利福尼亚州带回来的黑皮诺，倒在纸杯里抿了一口，盯着舷窗外的万家灯火，盯着这片我深爱的土地。如果我还没有被解雇的话，这种行为可是不被允许的。快到华盛顿的时候，我问飞行员，能不能让我坐在驾驶室里感受一下降落的过程。联邦调查局的飞机我坐了几百次，从未进过驾驶区。我坐在驾驶位后面的弹跳座椅上，戴上耳机，看着两个出色的特工飞行员操纵飞机降落，稳稳地停在了里根国家机场。这是我最后一次坐这架飞机了。他们曾带着我飞遍整个美国，飞遍整个世界，而现在，我们只能眼含热泪，紧紧地握着彼此的手，说声珍重。

我在从加利福尼亚州飞回来的路上，一边抿着红酒，一边想接下来会发生什么。我什么也不想做，就想花些时间真正思考一下，我接下来要干些什么呢？在家的那段日子，有朋友自发地告知媒体：我曾经多么努力想要在联邦调查局与特朗普的白宫之间划出一道清晰的界限；我又是多么努力在那天的晚餐会上，拒绝向特朗普总统表忠心。然而，我与特朗普总统打过这么多次交道，自然还有很多黑暗的故事没有见诸报端。

可能听起来很奇怪，但跟特朗普总统共事5个月有余，我是真心实意地希望他能成为一名成功的总统。这并不是什么政治偏见。如果希拉里·克林顿上台了，我也同样会希望她成为一名称职的总统。在我看来，这是爱国的表现。谁不希望自己国家的总统是成功的、称职的呢？我与特朗普总统之间发生的事情让我感到很悲哀，但我并不生气。我并不怎么了解他，也不了解他的生活。但他似乎并没有跟随过像哈里·豪厄尔这样的领导，因此也就没学到刚柔并济的领导艺术；他可能也没在像海伦·费伊这样自信又谦逊的领导手下待过，因此也无法感受到其中的不同之处。将心比心是人之常情，帕特里斯和我失去科林之后，我们变得更愿意同情他人，关心他人，其他遭受过痛苦且能将心比心的人也是如此。我相信特朗普肯定也经历过痛苦与失去，但他似乎并没有从中学到将心比心。我也曾做过凌虐他人的事情，也曾在打篮球的事上说过谎，更见过很多信口雌黄、最后把自己都骗了的人，这些经历都给了我很大的教训。但我从未见过特朗普因自己的谎言而痛苦，也未曾见过他因给别人带来痛苦而罢手，这实在是悲哀又可怕。生而为人，如果不能用善良纾解强硬，不能在自信和谦逊中找到平衡，不能同情他人，不愿尊重真相，那么特朗普总统就无法吸引能帮他做明智决定的人才。他不能，任何一个这样的总统都不能。这让我为他感到悲哀，更让我忧心国家的前途和命运。

5月12日，星期五。特朗普总统发表了一篇推文，当着他390万关注者的面警告我说："在将我们之间的谈话泄露给媒体之前，詹姆斯·科米最好祈祷我没有将我们的对话录下来。"这句话简直让我摸不着头脑。他是在威胁我吗？我根本没想过要将这些对话公之于众，也不想泄露机密信息。我只想将唐纳德·特朗普这个人从我的脑海中清除，这样我就不用花时间思考他这些话的意义了。这些日子，我都待在家里，睡觉、锻炼、避免与家门口的媒体接触。

5月16日，星期四。帕特里斯和我计划偷偷溜出去，绕过媒体的包围圈，去城外过几天。我早上2点就惊醒了，猛然想起，2月14日我们见面的时候，特朗普与我讨论迈克尔·弗林的事情。当时，他说"希望"我撤销对这位前国家安全顾问的调查。尽管我就我们的会面写了非机密的备忘录，但当时联邦调查局领导层和我都隐隐有些担忧，因为备忘录里可谓全是我的"一面之词"。当时，我们并没有撤销调查，而是决定不管这件事，让调查团队不受总统的影响，等司法部决定。待司法部部长撤出对俄罗斯一案的相关调查之后，司法部将如何处理特朗普团队与俄罗斯之间关系的调查？我们准备等司法部做好决定后，我们再做打算。但这条关于录音的推文让我猛然惊醒，我躺在黑暗中，思绪万千。如果我和特朗普总统的对话真的被录下来了，那么他想让我撤销对弗林的调查这件事就有了呈堂证供，这就不只是我的"一面之词"了。如果真的有录音，大家就能听到美国总统在椭圆形办公室里对我说："我希望你能想想办法。"

我躺在床上，细细思考着这份迟来的爆料。我可以什么都不管，寄希望于联邦调查局的领导层看到特朗普推文里的东西，这样他们就会敦促司法部去拿到这些录音。也许联邦调查局还能敦促司法部指派一名独立检察官去调查这件事，也许我该相信政府会处理这件事的。但几年前，我在虐囚案上已经相信政府一次了，最终呢？后来我又相信司法部部长会在刑讯政策问题上与白宫据理力争，最后也没成行。现在，我再也不愿犯这种错误了。这次，我能做，也愿意做点儿事情，因为多亏了特朗普，我现在是个普通公民了。这真是大大的讽刺。

我信任联邦调查局，但我不信任现任司法部部长和副总检察长领导下的司法部会做正确的事情。若想让他们做点儿正确的事情，可能需要一些刺激。既然我现在是名普通公民了，这点儿刺激我还是能给的。于是，我决定要向媒体曝光 2 月 14 日总统让我撤销对弗林的调查这件事。这可能会逼迫司法部任命一名特别检察官来处理，然后就可以顺藤摸瓜，找到特朗普推文里所说的录音了。同时，尽管我不能再踏进联邦调查局大楼一步，但我还有一份备忘录，安安全全地躺在家里。

周二早上，天亮之后，我联系了好友丹·里奇曼（Dan Richman），他之前也是个检察官，现在正在哥伦比亚大学法学院当教授。自从我被解雇后，丹就一直给我提供法律建议。我对他说，我会给他发一份非机密的备忘录，想让他将里面的内容（而不是这份备忘录）爆料给媒体。我之所以请丹来做这件事，是因为我觉得，如果我自己做这件事，那我家门前一定会堆满了狂热的记者，而我本人也会被紧紧追问，不得不对这事儿发表看法。当然，如果有人问我是否参与了此事，我确实参与了，我不得不这么做。在这里，我必须澄清，这并不是对机密信息的"泄露"，无论那些政客、政治掮客或是总统怎么说，我的这种行为都不是"泄露"。普通公民，无论是将自己与总统对话中得到的非机密信息分享给媒体，还是将其写在书里，都是完全合法的。我相信媒体的力量，也知道托马斯·杰斐逊曾经说过："新闻自由是公民自由的基础，新闻自由一旦限制即意味着彻底失去。"

我并不知道，司法部指派特别顾问这事儿，跟我将 2 月 14 日与总统的对话曝光给媒体有没有关系，但联邦调查局已经开始紧锣密鼓地准备指派特别顾问前去调查特朗普总统推文中说到的录音了。我只知道司法部以迅雷不及掩耳之势指派了罗伯特·穆勒（Robert Mueller）来负责调查特朗普团队与俄罗斯政府的关系，一切相关问题都由穆勒来处理。

我也不知道，这位特别顾问是否会发现特朗普有什么刑事犯罪行为，也不知道他们能不能查出来我没写到的其他东西。我觉得，罗伯特·穆勒的调查团队正在调查的一个重要问题，就是在劝我撤销对其国家安全顾问的调查和炒我鱿鱼这两个案子上，特朗普总统有没有妨碍司法公正。如果有，那他就触犯了联邦法律。其实在我看来，特朗普很有可能已经妨碍了司法公正，因为间接证据还是存在的，穆勒的团队可能也会找到很多其他的证据。我处理过很多妨碍司法公正的案子，但在这件案子上，我并不是检察官，而是个目击者。我对眼之所见有自己的看法，这可能并不符合优秀领导者的基本要求和理念，却是合理合法的。比如说，在这起妨碍司法公正案中，最重要的就是特朗普总统是否表露出自己想要妨碍司法公正的意图，是否有足够的证据显示他采取这些行动的目的就是妨碍刑事调查，而且他自己明知道这些行为是违法的。我并没有掌握全部的证据，也不能确凿地回答所有这些问题。但我知道，在我写下这些文字的时候，特别顾问穆勒及其团队正在努力调查，美国人民可以相信，除非有人妨碍他们调查，不然他们一定会调查出真相。无论是什么样的真相，他们都会调查得清清楚楚。

2017 年 6 月 8 日，我在参议员情报委员会面前公开出席听证会，参议员们都想听听我跟特朗普总统都交流了些什么。不知道为什么，特朗普的言论让人们对我的说法愈加好奇。于是，我决定把我和他之间的这些交流过程记录下来，提前交给委员会，这样我们就不需要在一开始花很多时间去讲述这些事情，也能给参议员一些时间消化我说的这些东西，然后提出问题。

我想通过一个简洁的方式与联邦调查局成员说再见。我走的时候，特朗普总统并没有大发慈悲让我与同事们好好道别，他也没有那个气度。同时我还想利用这一机会代表联邦调查局，也代表我自己，澄清政府曾经说过的谎——联邦调查局并没有陷入混乱。我知道联邦调查局成员都会看到，这是我能与他们直接对话的机会。

写好开场白之后，我在帕特里斯和一个女儿面前演练过，她们对我想脱稿发言的做法很是震惊。但我对他们说，我的这番话都是发自内心的，如果我拿了稿子，我就会不停地看，反而不好。尽管我对当众脱稿发言很打怵，但我更想让联邦调查局的那群同事体会到我的真情实感。帕特里斯也担心我会紧张，担心我会傻笑，或是紧张得眉头深锁。我得找到一个方式平衡一下。

就在我即将走进参议院听证会房间的时候，我依旧在思考究竟要不要脱稿。如果我忘词了怎么办？要是我紧张，舌头打结了怎么办？一般情况下，我在镜头前都不会紧张，但这并不是一般情况啊。然而，这时已经容不得我犹豫不决了。我与委员会的领导一起走进了会议室，走过发言台后面长长的走道，左转，踏上了证人席。一切都显得那么不真实，之前我也面对过很多次镜头，也经常听到咔嚓咔嚓的快门声，但这次太不同了。

我坐在证人席上，脑海中一直响起帕特里斯的那句话："想想联邦调查局成员，一想到他们，你的眼睛都会亮起来。"我确实想到了他们，我说话时有点结巴，最后提到联邦调查局成员的时候，几乎没控制住自己的感情，但我所说的话，完全发自肺腑，出自内心。

2013年，我被任命为联邦调查局局长，那时我知道，总统对我的上任很满意。国会之所以决定联邦调查局局长有10年的任期，就是要保持联邦调查局的独立性，希望联邦调查局能成为政治斗争之外的独立组织。尽管如此，我也能理解，总统确实能以任何原因，或是压根儿没有原因，辞退联邦调查局局长。

5月9日，我知道自己被解雇了之后，就立刻回了家，做一名普通公民。但随后那些说法，那些颠倒黑白的说法让我很困惑，也让我越来越担心。这些说法让我很困惑，是因为总统和我曾就我的工作进行过很多次探讨。他在上任之前和上任之后，都曾一次次告诉我，我工作得很出色，他希望我能留下来。我也一次次向他保证，我愿意留下来，做满10年任期。

总统不止一次地对我说，他与很多人谈起过我，包括现任的司法部部长。这些人都对他说，我的工作很出色，联邦调查局成员也都爱戴我、尊敬我。

因此，当我在电视上看到总统说，是因为我对俄罗斯干涉美国大选一案的调查而炒我鱿鱼的时候，我困惑不已。同时，我也是从媒体口中才知道，总统私下和其他人说道，炒掉我之后针对俄罗斯问题相关调查的诸多压力大大减轻。

我被解雇后，政府第一时间发布的解雇原因是，我在大选年做出了不当的决定。对此，我也十分不能理解。在我看来，这个说法根本说不通。首先，时间上就说不通；其次，大选年的那些艰难决定是根据当时的情况必须要做的。因此，这个说法我十分不能理解。

其实，法律规定，总统解雇联邦调查局局长不需要任何理由。但随后，政府开始对我进行诽谤，更重要的是，开始对联邦调查局进行诽谤，说联邦调查局已经陷入一片混乱，说我的领导使联邦调查局一团糟，说联邦调查局成员已经对他们的领导者失去了信心。

这些都是谎言，彻头彻尾的谎言。我很抱歉，联邦调查局成员竟然会听到这些谎言；我也很抱歉，有人将这些谎言告知了美国民众。在联邦调查局工作的这段时间里，我每天兢兢业业，就是为了能给联邦调查局添砖加瓦，使它能更上一层楼。而我说"添砖加瓦"，是因为我并不是在孤军奋战。在联邦调查局，没有谁是不可或缺的，因为联邦调查局的力量就在于，其价值观已经深深根植在每个联邦调查局成员的心中。没有我，联邦调查局也能继续运转。联邦调查局的使命就是：保护美国人民，捍卫宪法尊严。这个使命，一定会被联邦调查局成员坚定彻底地贯彻下去。

未来，我一定会非常怀念曾经为此奋斗的生活。联邦调查局和联邦调查局的使命一定会继续向前，无论是我还是政府，都无法撼动其前进的脚步。

最后，我有几句话要对我的前同事们说。但在此之前，我想让每一名美国公民都知道：联邦调查局永远诚实，永远强大，永远保持独立。

现在，我的前同事们，我想向你们表达我的歉意，因为我没有机会跟你们好好说再见。能与各位一起为国家服务，能成为联邦调查局大家庭中的一员，是我一生的荣幸，我会永远想念你们。感谢你们来听我的发言，感谢你们为国家做出的卓越贡献，希望各位能继续为国家奉献青春，直到年华老去的那一天。

现在，参议员们，我期待你们的提问。

后　记

　　在我写这本书的时候，美国民众正深处焦虑之中。我理解他们焦虑的原因，也相信美国一定会好起来。我能看到当前的危机，也更愿意相信会有机遇存在。

　　唐纳德·特朗普的总统之位，对美国之所以成为美国的那些美德造成了很大的威胁，而我们所有人，都要为在 2016 年大选中将这个德不配位的人推上总统宝座而负责。因为我们选择了他，国家正在为此付出沉重的代价：总统品德不端，满口谎言，不遵守制度和规则。他的领导方式极其随意，想怎么样就怎么样，还经常要别人对他表忠心。但我们还是很幸运的，因为有一些德才兼备的领导者选择了继续为公众服务，继续在政府内出任重要的领导岗位。但特朗普统治中的问题，就像森林火灾一样愈演愈烈，肆意蔓延，仅凭他们并无法阻止火灾的蔓延，只能稍稍加以控制。

　　我见过很多所谓的保守派评论员，其中一些还是所谓的信仰领袖，他们只看得见对自己有好处的政策提案和法院任命，为自己对这个国家造成的伤害找一些冠冕堂皇的借口，而对这位总统对基本准则和道德观念造成的消极影响只字不提。在我看来，这种做法不仅大错特错，还虚伪至极。请想一想，如果希拉里·克林顿登上了总统之位，然后做出跟特朗普一样的事情，你会不会觉得她很虚伪？请闭上眼睛想一想，如果是希拉里·克林顿当了总统，然后对联邦调查局局长说"我希望你能想想办法，撤销这个调查"；如果是希拉里·克林顿当上了总统，然后每天都随随便便地说一些很容易被戳穿的谎言，还要求我们都相信她，你不会觉得她很虚伪吗？这实在是虚伪得好笑，简直像黑色幽默一般。作为一名将毕生都奉献给执法机构的政府工作人员，作为一名曾与两党两届总统共事的人，我这样说是有根据的。现在发生的一切，都不正常。辟谣的那些说辞并不都是真的，大多数都是在粉饰太平。

任何人，无论政治立场为何，都不能破坏美国几十年来，甚至立国以来就奉行的价值与传统。几十年来，美国的执法机构都奉行着监督政府领袖的重任，而我们的总统正在厚颜无耻地降低公众对执法机构的信心。我们不能对此视而不见，置之不理；更不能知而不言，良策在身却缄默不语。每个组织都有自己的缺陷，而司法部之所以设立职业检察官，联邦调查局之所以设立职业探员，就是为了将国家利益置于党派利益之上，无论党派立场为何，都要做对国家有意义的事情。如果我们不对领导人进行监督，没有这些机构从早到晚反对职权滥用，我们的国家、我们的民主体制就无法正常、健康地运转下去。我知道，国会里一定有心地良善的人理解我的想法，既有民主党人也有共和党人，但他们之中愿意站出来发声的人还不够多。请他们一定要扪心自问：我究竟向谁效忠？向什么效忠？是向党派利益效忠，还是向国家民主效忠？在这些问题面前，他们选择沉默的原因不言自明，但在他们的内心深处，一定也了解自己沉默的原因。

政策会变，高级法院的法官也会换，但国家赖以生存的信仰不会变。国家的信仰就是我们所有人相信并承诺会遵守的一套价值共识。这套价值共识从乔治·华盛顿在任的时候就形成了——克己、正直、平衡、透明、求真。如果我们不再信任这套价值共识了，那只有傻瓜才会被某个减税政策，或是被某个不同以往的移民政策迷惑。

尽管如此，我依然保持乐观。确实，现任总统短期内会给这个国家带来不可磨灭的伤害，会像林火一样，烧掉国家赖以生存的重要准则和传统。然而，林火固然可怕，火灭后依然可涅槃重生。林火会带来与之前完全不同的生机与力量，老树身上会长满嫩芽。在现在这场林火中，我已然看到了新的生机——年轻人正以前所未有的姿态存于其中，媒体、法庭、学术界、非政府组织，还有其他的民间团体也都找到了新的机会，焕发了勃勃生机。

这场林火，还为美国的三大机构提供了一次重新平衡权力的机会，就像当初开国元勋们致力于打造的平衡一样。因此，我愿意相信，这场大火，会像之前"水门事件"烧起的大火一样，削弱总统的权力，赋予国会和法庭更多权力。若真能如此，还是有很多好处的。

心思缜密的人总是盯着身边恶名昭彰的党派问题。特朗普的统治并不能创立什么可以被广泛接受的新规范，但他的所作所为确实激起了民众对真相的探索和对道德价值的追求。父母会告诫孩子，不要说谎，要尊重所有人，要避免偏见，不要憎恨。学校和宗教团体也在宣扬基于价值导向的领导力。

因此，无论下届总统来自哪个党派，他一定会强调这些价值——求真、正直、尊重和宽容。在过去的 40 多年里，美国总统从不需要强调这些，但下届总统一定会大力宣扬这些。特朗普燃起的大火，一定会帮助森林长出些好东西。

我之所以写这本书，是因为我希望能帮助那些正在大火中苦苦挣扎、思考未来的人们。我也希望，这本书会对未来的人们有所帮助，激励他们选择至高忠诚的对象，在谎言中寻找真实，成为优秀的领导者。

致　谢

　　写这本书的时候，很多人愿意给我提出中肯的建议，愿意说出事实真相，因此我觉得这本书应该有点用处。

　　感谢我最爱的家人，没有他们就没有这本书，是他们让我成为更好的人。

　　贾夫林（Javelin）的凯斯·厄原（Keith Urbahn）和马特·拉蒂默（Matt Latimer）给予我很多帮助，教会我很多东西。他们也在我撰写本书的时候对我提供了诸多帮助。感谢他们！

　　夫拉提轮出版社（Flatiron Books）和我的编辑艾米·艾因霍恩（Amy Einhorn）一直敦促我，使我反复修改写成此书。感谢他们！

　　最后，我要感谢这么多年来曾经教导过我、与我并肩奋斗，一起开怀大笑的人们。你们知道我在说谁。感谢你们给我带来的快乐，感谢你们陪我走完这段旅程。你们的故事，还在继续。